WILLIAM QUINDT – Die Pantherbraut

WILLIAM QUINDT

DIE PANTHERBRAUT

Roman

Deutscher Literatur-Verlag – Hamburg 70
Otto Melchert

Verlagsnummer D 33

Umschlag: D 155/80 Carrillo
Satz: MERO-DRUCK Otto Melchert KG (GmbH. &. Co.), 2054 Geesthacht/Elbe
Druck und Verarbeitung: Ebner Ulm
Printed in Germany 1980
ISBN 3–87152–010–1

»A – o – ong, A – o – uh, A – o, A – o – ong!«

Das schräge Mondhorn hängt inmitten des glitzernden Sterngefunkels, das den samten schwarzen Himmel bestickt. Durch den nahen Wald wandert lautlos auf weichen Pranken, mürrisch und bösartig raunzend – der Tiger.

Ein hungriger Schakal folgt seiner Spur, und in den kurzen Pausen des brummenden Brüllens erhebt sich sein verzweifelt trauriges Geheul.

»A – o – ong!«

Der Tiger tritt aus dem niederen Wald und steht plötzlich hart vor Yutta. Er faucht in der Verlegenheit freudigen Erschreckens; dann drückt er seinen Kopf an Yuttas schmale Knie, reibt wohlig seine Backen an dem rauhen Frotté des Bademantels und prustet zärtlich und verliebt.

Yutta sieht anerkennend in das kantig schmale Gesicht in ihrem Schoß, das aus unendlich treuherzigen blauen Augen zu ihr aufblickt.

»Fein!« sagt sie. »Fein, Robby! Ganz richtiges Tigerraunzen! Man hört ihn ordentlich näher kommen, man sieht ihn förmlich, und auch der Schakal heult goldrichtig. Nur, Robby, du machst immer ein furchtbar dummes Gesicht dabei, wenn du Tierstimmen imitierst!«

Robby Neuhaus läßt einen traurigen Krähenschrei von seinen Lippen springen, dann kuschelt er behaglich seinen Kopf noch tiefer in die weiche, wohlige Wärme, sieht gegen den Mond und sagt mundfaul und sehr nachsichtig mit sich selbst:

»Weiß ich, Yutta! Aber ich kann doch nicht aussehen wie der heilige Goethe, wenn ich wie eine Kuh muhe!« Und im gemütlichen Übermut schließt er seinen Spruch mit dem quirlenden Quietschen eines springlebendigen Ferkels, das sich auf dem Mist seines jungen Lebens freut.

Dann schweigen sie eine Weile und lauschen in die warme Spätsommernacht hinein.

Sie sitzen auf der Treppe des verlassenen Garderobenwagens; vor ihnen liegt, niedrig und langgestreckt, das große Raubtierstallzelt, in dem die hundert Löwen schlafen, die dreißig Tiger, das Dutzend Panther, die Seelöwen, die Hyänen, die Glücksschweinchen und die Eisbären.

Links von ihnen macht der Stall einen kurzen, scharfen Knick und mündet in den Reitergang des großen Spielzeltes. Auf vier Stahlrohrmasten erhebt sich das gewaltige Rundzelt, das Chapiteau, mit mächtiger Kuppel. Es liegt still und dunkel da; die Sternstreifen der elektrischen Birnen, die am Abend seine weichen Konturen blendend und lockend umschmeicheln, sind erloschen. Der Zirkus schläft; es ist drei Uhr in der Nacht. Reglos in der windstillen weichen Luft hängen die bunten Fahnen und die tausend Wimpel.

Das dünne Mondlicht liegt über den beiden jungen Menschen, die beisammen im stillsten Winkel der schlafenden Zirkusstadt sitzen. Schmal und bräunlich hebt sich das Gesicht Yuttas aus dem silbernen Licht, weiß glänzt der Scheitel im schwarzen straffen Haar; groß und dunkel, das Gesicht beherrschend, stehen die Augen unter schmalen, hochgewölbten Augenbrauen. Zarte Schultern, schlank und zierlich – Yutta Mansfield ist kaum sechzehn Jahre alt.

Robby Neuhaus, der ein paar Stufen tiefer auf der schmalen Treppe sitzt und seinen Kopf nicht aus Yuttas Schoß nimmt, ist einige Jahre älter, schon zwanzig, und er ist groß und stark. Kein Wunder: seit er beim Zirkus ist, hat er arbeiten müssen, was die Muskeln nur hergaben. Und er ist mit vierzehn Jahren zum Zirkus gekommen, ein Jahr nach dem Tod seines Vaters – auf der Flucht vor einer bösen Stiefmutter, die sich freute, als sie ihn los war – auf der Flucht auch vor dem allzu engen Leben in dem schrecklichen Hinterhaus einer Altonaer Mietskaserne.

Aber es ist nicht allein eine Flucht gewesen, die damals den Bürgerjungen zum Zirkus trieb; es war ein Suchen und ein Finden. Robby Neuhaus hatte mit zehn Jahren zum erstenmal einen zoologischen Garten besucht, und von jenem Tag an hatte ihn eine Art stiller Verrücktheit erfüllt; all sein Denken und Tun drehte sich nur noch um die Wildtiere, um Löwen und Tiger und Leoparden und Elefanten. Er wäre vor Sehnsucht verkommen in den nüchternen Straßen einer großen Stadt; der Zirkus wurde für ihn das Paradies. Sechs Jahre ist er nun Tierpfleger im Raubtierstall gewesen, aber heute ist sein Dienst zu Ende, heute noch fährt er in die weite Welt.

Yutta drückt mit zärtlichem Finger die Spitze seiner Nase breit.

»Schade, daß du gehst, Robby! Ich hab mich mit dir immer so gut unterhalten können. Wann fährst du nun?«

»Ich soll um fünf Uhr am Marktplatz sein«, antwortet Robby. »Dann kommt das Lastauto, das mich mitnimmt.«

»Das Auto?« fragt Yutta gedehnt. »Fährst du nicht mit dem Zug? Der Mr. Baker muß dir doch das Fahrgeld zahlen.«

»Hat er sogar schon!« sagt Robby ruhig. »Bis Genua – zweihundert Mark!«

»Aber wenn du das Geld hast, was willst du dann mit dem Lastauto?«

»Das Geld verdienen!« erwidert Robby grinsend. »Ich bin doch nicht verrückt und gebe das gute Geld für eine Eisenbahnfahrt aus. Das Auto nimmt mich mit bis Konstanz. Und von Konstanz nimmt mich ein anderer Wagen mit, das ist schon abgemacht. Und wenn ich erst in Mailand bin – dort habe ich von unserem Gastspiel her noch Verbindungen – dann habe ich es geschafft; dann rutsche ich noch am selben Abend per Auto nach Genua. Ich habe das Fahrgeld auf die Bank gebracht. Weißt du, wie hoch jetzt mein Konto ist? Genau zweitausend Mark!«

Das Mädchen sieht mit sehnsüchtigen großen Augen zu der dünnen Silbersichel empor, die über dem Raubtierstall hängt.

»Das ist aber fein, Robby!« sagt er mit ehrlicher Freude. »Zweitausend Mark, damit kannst du schon etwas anfangen! Wenn ich sie hätte – das würden zwei Leoparden. Oder vielleicht, wenn man Glück hätte, vier ganz junge.«

»Für mich sind sie immer nur erst ein halber bengalischer Königstiger«, sagt er elegisch. »Ein halber Tiger – es wäre ja schon eine Sensation – aber eine große Raubtiernummer wird das nie!«

Yutta machte eine hochmütige Schnute.

»Das ist ja deine Schuld! Warum müssen es bei dir auch ausgerechnet Tiger sein?«

»A – o – ong!« singt er tief und dunkel. »Weil ich nun mal auf Tiger verrückt bin, Yutta! Warum müssen es bei dir ausgerechnet Leoparden sein?«

Sie lacht glücklich gegen den Sternenhimmel.

»Weil ich auf Leoparden verrückt bin, Robby! Fünf Leoparden, ein schwarzer Panther und Miss Yutta, die Pantherbraut – im weißen Seidenhemd und seidenen Shorts, nur mit einem Stöckchen in der Hand – läßt sie spielen und springen.«

»Ja, ich weiß schon!« brummt Robby. »Aber kein Direktor gibt dir eine vernünftige Gage dafür. Wenn dich überhaupt einer arbeiten läßt im Zirkus. Eine Leopardennummer, die zeigt doch gar nichts her in der Manege. Die Katzen sind viel zu klein; du holst keine anständige Wirkung heraus. Und wie gefährlich die Panther sind – gefährlicher als Löwen und Tiger und Bären zusammen –, davon versteht ja doch keiner was im Publikum.«

Yutta verzieht ihren stolzen Mund.

»Ich will dann ja auch nur in Varietés arbeiten. Auf der Bühne wirken die Leoparden großartig – du sollst sehen, ich werde eine ganz große Sensation! Dann steht's in riesig dicken Lettern auf dem Programm und auf den Anschlagsäulen, und abends leuchtet es von der Theaterfront in meterhohen Buchstaben: Miss Yutta, die Pantherbraut! Wie ich es dir sage, Robby, vielleicht schon, wenn du zurückkommst aus Indien!«

»Das glaubst du ja selbst nicht, Yutta!« sagt Robby ernst und vorwurfsvoll. »Ich bin in drei Jahren zurück, und ich bin überzeugt: du arbeitest dann immer noch bei den Gipsy-Girls, und Bumkes Karl beutet dich nach wie vor aus, läßt dich arbeiten für Kost und Kleidung und ein Lehrlingstaschengeld!«

Die glatte Stirn unter dem weißen Scheitel im schwarzen Haar kraust sich stark.

»Das wird er nicht tun, Robby! Das wird bald genug ein Ende haben. Ich werde schon in den nächsten Tagen einmal gründlich mit ihm sprechen und Klarheit schaffen!«

Robby antwortet mit einem höhnisch grellen Häherschrei.

»Wer's glaubt!« sagt er dann spöttisch. Nachdenklich und ernst fährt er fort: »Zeit wird es für dich, Yutta, wenn du mal eigene Tiere haben willst. Uns armen Kerlen schenkt keiner was. Im Gegenteil: wenn einer schon nichts hat, muß er froh sein, für andere Leute arbeiten zu dürfen, damit die was haben und noch mehr dazu kriegen. So, wie der Bumke es jetzt mit dir macht.«

»Er macht das nicht lange mehr!« erwidert Yutta energisch.

»Wollen es hoffen, Yutta!« sagt Robby. »Und was fängst du dann an? Ich würde an deiner Stelle irgendwo Hausdompteuse werden. Wenn es auch nicht schön ist, mit fremden Tieren zu arbeiten, die einem schließlich jederzeit wieder weggenommen werden können – aber du kriegst dann doch anständige Gagen, und mit den Erfahrungen, die du bei der Arbeit sammeln kannst, macht sie sich schließlich immer bezahlt.«

»Das laß nur meine Sorge sein, Robby«, sagt Yutta von oben herab. »Ich bin ja Artistenkind und im Zirkus aufgewachsen. Ich kann reiten und seiltanzen, jonglieren, Kautschuk- und Parterre-Akrobatik. Ich finde immer Arbeit. Und dann kann ich sparen!«

»Und beim Sparen kannst du alt und grau werden!« ruft Robby. »Schau doch bloß mich an. Seit fünf Jahren spare ich eisern; jeden Tag habe ich eine Mark zurückgelegt, und alle Trinkgelder und jeden Lohn für Extraarbeiten habe ich dazugetan – und heute habe ich zweitausend Mark oder einen halben Tiger! Sechs brauche ich mindestens, wenn ich eine anständige Nummer rausbringen will; also müßte ich nach meinem System sechzig Jahre sparen. Dann hätte ich die Gruppe zusammen – und dann wäre ich ein uralter Mann mit einem langen Rübezahlbart!«

»Na, jetzt hast du ja deinen neuen Vertrag – jetzt gehst du nach Indien«, lenkt Yutta ab.

»Ja!« sagt er mit tiefer Stimme. »Jetzt fahre ich mit Mr. Cherry Baker nach Indien. Jetzt werde ich drei Jahre in den Dschungeln und in den großen Wäldern leben. Wir werden Tiger fangen und Leoparden – ein Nashorn ist uns auch bewilligt – und Elefanten und Affen und Axishirsche und Schlangen und Wasserbüffel und Rothunde und Wölfe. Yutta, wenn ich wiederkomme, dann stecke ich alle anderen Dompteure in den Sack; dann weiß ich mehr von den wilden Tieren, als meine ganze Konkurrenz zusammen!« Und begeistert läßt er wieder das Tigerraunzen von seinen Lippen ertönen: »A – o – ong, A – o – u, A– o – ong!«

»Wenn du nur nicht so einen verrückten Vertrag mit dem Tierfänger gemacht hättest!« sagt Yutta.

Er sieht sie verblüfft an.

»Ich habe einen Bombenvertrag. Freie Fahrt, hin und zurück, vollständig freie Verpflegung und Kleidung; obendrein noch jährlich tausend Mark. Das ist glatt erspartes Geld!«

»Aber dafür arbeitet doch kein vernünftiger Mensch in den Tropen, zumal bei der dauernden Lebensgefahr, in die sich ein Großtierfänger täglich begibt.«

Robby verfolgt mit seligen Augen das breite, schimmernde Band der Milchstraße.

»Dafür hat Robby Neuhaus aber hochfeine Sonderrechte, min lütte Deern! Er darf in den drei Jahren auf eigene Rechnung zwölf junge Tiger fangen. Die Firma muß sie ernähren, die Firma muß den Transport nach England bezahlen, die Firma muß meine kleinen Tigerlein noch drei Monate in London beherbergen und beköstigen, und die Firma muß mir obendrein noch zwei Käfigwagen verehren für meine großen Verdienste, die ich mir in den Dschungeln vor dem Himalaya sicherlich erwerben werde.«

»Und wenn du nun keine zwölf jungen Tiger fängst?« fragt Yutta.

Er verlacht sie mit dem hämischen Schackern der Elster.

»Dann bin ich nicht wert, daß mich der gute Mond bescheint!«

»Und was machst du, wenn du deine zwölf Tiger zusammen hast?« fragt Yutta.

»Dann mustere ich beim Zirkus als zweiter Exoten- oder Raubtierstallmeister an und stelle meine Tiger für die Tierschau zur Verfügung; dafür habe ich Fressen und Transport frei. Und dann behalte ich mir einige Stunden am Tage zum Probieren vor. Ein, zwei Jahre, Yutta – dann steht meine Nummer!«

Yutta legt beide Hände gegen seine Backen und hält seinen Kopf fest. Sie sitzen still da und sehen in den schmal geschwungenen Mond.

Yutta sagt leise: »Schade, daß du gehst, Robby!«

Er greift an seinem Kopf vorbei in die Höhe, faßt ihre Hände bei den Gelenken und hält sie fest an seinem Gesicht.

So sitzen sie lange. Sie sind durch Jahre gute Freunde gewesen, und der Abschied wird ihnen schwer. Endlich macht Robby sich langsam frei, steht wie schwerfällig auf. Auch Yutta erhebt sich; sie tritt von der Treppe herunter, steht ihm gegenüber und zieht den Bademantel über der schmalen Brust zusammen.

Sie stehen da und sehen sich an. Groß, blond und stark ist Robby – zierlich, behende, klein und dunkel das Mädchen, dessen schmales Gesicht im Mondlicht aufblüht wie eine süße, fremde Blume.

Dann sagt Robby langsam und stockend:

»Ja, Yutta, kleine Yutta, nun muß ich denn ja wohl gehen!«

Sie hält mit der einen Hand ihren Mantel zusammen und streckt ihm die Rechte hin; ihre schönen Augen dunkeln tief und traurig.

»Wie schade, Robby!«

Aber er nimmt ihre Hand nicht; er macht einen Schritt auf sie zu, und sein helles, klares Hanseatengesicht wird plötzlich blutrot.

»Yutta, kleine Yutta, würdest du wohl – zum Abschied – würdest du – kleine Yutta, gib mir einen Kuß!«

»Einen Kuß? Einen Kuß, Robby? Meine Eltern haben mich geküßt, das ist schon lange her. Aber sonst habe ich in meinem ganzen Leben noch niemals einem Menschen einen Kuß gegeben!«

»Dann wird es aber höchste Zeit, kleine Yutta, daß du diesen schmachwürdigen Zustand beendigst. Und einer muß ja doch schließlich mal den Anfang machen, nicht wahr? Glaubst du, daß du dafür einen feineren Kerl findest als deinen netten Robby?« Er legt den Kopf zärtlich zur Seite; weich und süß lockend kommt der schmelzende Liebesgesang des Nachtigallenmännchens über seine gespitzen Lippen.

»Ja!« sagt sie, »du warst immer so lieb, Robby, du sollst einen

Kuß haben!« Sie macht einen kleinen Schritt auf ihn zu und reckt sich – aber dann fährt rot und glühend eine Blutwelle unter die bräunliche Haut ihres Gesichtes; maßlos steigt fremde Verwirrung in ihr auf, und sie weicht wieder in das Dunkel zurück. Und dann stottert sie: »Es – es geht nicht. Lieber Robby, bitte, du mußt nicht böse sein – ich kann nicht küssen! Küß du mich!«

»A – o – ong!« singt er kühn und fröhlich.

Mit einem seiner längsten Schritte ist er bei ihr, wirft den linken Arm um ihre Schultern, zieht sie eng an sich, faßt ihr Kinn mit der Rechten, hebt das schmale Gesicht in die Höhe und sieht verliebt und hingerissen in die großen, braunen weichen Augen, in denen Angst, Mut und freundliche Zärtlichkeit sich seltsam mischen. Er drückt das schmale Mädchenkind noch fester an seinen starken Brustkasten – und dann küßt er sie.

Yutta steht zuerst steif und still, und kaum, daß sich ihre Lippen berührt haben, will sie sich schon wieder frei machen. Aber er hält sie fest. Und dann spürt er beglückt, wie das Mädchen sich leise gegen ihn drängt, wie ihre fest geschlossenen Lippen sich weich öffnen, und der kindhafte Mund die Zärtlichkeit der liebenden Frau erahnen läßt.

Aber dann entreißt Yutta sich ihm hart und plötzlich und springt zurück; er greift mit schneller Hand nach ihr und erwischt den Kragen ihres Mantels – aber dann gibt es einen jähen Ruck, der Mantel bleibt in seiner Hand – durch das dünne Silber des jähen Mondlichts springt ein nackter Knabe, bronzebraun, schmalgliedrig, zart und schön.

Yutta hat sich nach der Vorstellung abgeschminkt, hat sich in der kleinen Gummibadewanne gebadet, wie sie es immer nach der Arbeit in der Manege tut; sie trägt nur eine schmale weiße Druse, über die sie den Mantel geworfen hat, als sie hinausging, um von Robby Abschied zu nehmen. Und nun hält er den Mantel in der Hand, steht und starrt.

Aber noch ehe er sich in dieser ungeahnten Situation zurechtfindet, ist sie auch schon wieder vorüber. Yutta ist bei ihm – in ihrem Mantel, verhüllt bis ans Kinn – und vollends erwacht er dann bei einer schnellen und gar nicht sanften Ohrfeige.

Und Yutta schimpft:

»Schäm dich! Bis zum Schluß bist du frech und unverschämt. Nun mach aber, daß du wegkommst! Gute Reise, Robby, Hals- und Beinbruch! Alles Gute wünsche ich dir – und schreib mir bald, vom Como-See und von Indien! Tjüs, Robby!« Kaum hat er noch Zeit, ihr das begeistert wilde Fauchen eines Leoparden nachzuwerfen – da ist sie schon verschwunden.

*

Yutta hat den Mantel abgelegt und den Pyjama angezogen. Sie steht in ihrem kleinen Wohnabteil, das kaum größer als zwei Meter im Geviert und dennoch Yuttas großer Stolz ist.

Über dem Bett ist ein Kleiderschrank mit Wäscheabteil eingebaut, dem kleinen Tischchen, das vor dem Fenster neben einem schönen Rohrsessel steht, sieht keiner an, daß unter seiner buntgestickten Decke und seiner aufklappbaren Platte ein Waschbecken steht, an den Wänden hängen bunte Dinge: indianische Lederarbeiten, dick mit Glasperlen verziert, ein vernickelter Elefantenhaken, ein riesig großer Platzpatronenrevolver, ein malaiischer Kris, eine Peitsche mit kurzem Stock und lang aufgerollter Nilpferdlederschnur, einige Bilder mitten darin.

Die Dieselmotore schweigen, es gibt kein Licht, der Zirkus liegt im Dunkel. Yutta hat eine elektrische Taschenlampe in der Hand und leuchtet ein Bild an. Da sitzt eine dunkelhaarige Frau auf einer Schaukel, trägt ein weißes seidenes Schleppkleid verschollener Mode, rechts und links von ihr kauern übereinander auf Postamenten je zwei schön gefleckte Leoparden, ein fünfter Leopard sitzt über ihrem Kopf auf dem Gestell der Schaukel, und zu ihren Füßen hockt der sechste Leopard. Unter dem Bild steht in ungelenker Artistenschrift: *Madame Morelli, la reine des léopards.*

Yutta tippt mit spitzen Fingern gegen den Leoparden, der die Pyramide krönt.

»Der muß weg! Dort muß ein ganz schwarzer Panther sitzen!« sagt sie leise, und dann wischt sie schnell und heftig mit dem Finger über die Frau, deren schöner Arm auf dem Fleckenfell des einen Leoparden ruht: »Und dort steh ich, in Shorts und Polohemd – und ohne Gabel, ohne Peitsche!«

Sie steht lange da und sieht auf das Bild. Wie sie sich dann abwendet, und der Lichtkegel ihrer Lampe durch das enge Gemach huscht, glühen die Farben eines anderen Bildes auf.

Yutta leuchtet es an. Das Bild stammt aus einer Zeitschrift; es zeigt eine schöne Frau, die sich im schweren Abendkleid und edler Pose über die Leiber von sechs nebeneinander ruhenden Mähnenlöwen streckt, während sechs andere Löwen hinter ihr auf Piedestalen hocken und ihr zusehen.

Die schöne Frau hat Yuttas Gesicht – reifer und voller. Sie ist strahlend schön; dennoch scheint dieses Gesicht allein aus einer tiefen Traurigkeit heraus belebt. Unter dem Bild zieht sich die Druckschrift: *Die berühmte Dompteuse Mademoiselle Candia, die in Toulon von ihren Löwen zerrissen wurde.*

Yutta sieht eine Weile still und andächtig auf den knallig bunten Druck; dann sagt sie, leise und zart und wehmütig, das eine Wort: »Mutter!« Und ihr junger Mund ist schmerzlich und wissend verzogen dabei.

Gleich darauf läßt sie die Lampe verlöschen.

*

Die kurze Morgendämmerung verfliegt. Aus purpurnen Wolken hebt sich strahlend die junge Sonne über das Frankenland. Weiches Zwielicht erfüllt das große Zirkuszelt, und in den langen Stallzelten verbleicht das Laternenlicht; trübe, schmal, giftig-gelb glimmen die Dochte hinter dem Glas.

Aus den Heubergen im Futterzelt schälen sich ein halbes Dutzend junge Männer – Stallburschen, die es vorgezogen haben, die Nacht im Zelt und im duftenden Heu zu verbringen, statt in den Betten ihrer engen Schlafwagen. Verschlafen schlurfen sie hin und her. Einer geht in den Raubtierstall und weckt den Burschen, der die Stallwache hat und noch immer in einem sicheren Winkel schnarcht; zwei bummeln von Lampe zu Lampe, löschen das Licht und hängen dann die Laternen auf ihren alten Platz zurück.

Zwei andere schieben sich an den Käfigwagen entlang, nehmen mit schnellen, leisen Griffen die Türen herab, die man abends vor die Gitterstäbe hängt, um den Schlaf der Tiere vor dem ewig brennenden Licht zu schützen.

Wie sie zu ihren Kameraden zurückkehren, hat einer einen Kessel voll Wasser besorgt, ein anderer einen Petroleumkocher zum Vorschein gebracht und in Betrieb gesetzt. Wie Indianer um ihr Feuer hocken sich die jungen Männer um den leise und stetig fauchenden Apparat.

Vor zwei Monaten ist in Rosenheim eine üble Sache mit einem solchen Ding passiert. Eine lange Flamme ist herausgeschlagen, in der Nähe hat eine Flasche voll Benzin gestanden, und es hat eine furchtbare Explosion gegeben. Sechs Stallburschen sind schwer verbrannt gewesen, und zwei Jungen sind gestorben an ihren Verletzungen. Seit diesem Tag sind die Kocher streng verboten; allein der Besitz wird mit Abzug eines vollen Wochenlohnes geahndet.

Dennoch sind im Zirkus zu dieser frühen Morgenstunde drei oder vier dieser Kocher in Gang, und vor jedem sitzt ein Trüppchen, das andächtig seinen Morgenkaffee bereitet.

Sie sind sicher; die Stallmeister tauchen frühestens in einer halben Stunde auf. Und wenn man diese Gelegenheit nicht nützte, müßte man noch zwei Stunden auf den Kaffee warten; dann erst öffnet die Kantine.

In den langen Käfigreihen regen sich die Tiere. Geschmeidige Raubkatzenleiber recken und strecken sich, gähnende Rachen blecken mörderisch starke, feuchtweiße Zähne. Die halbwüchsigen Löwen, ein Rudel junger Rüpel, balgen sich schon wieder, daß die Haare in dicken Flocken zum Gitter hinausstieben. Die gestreifte Schönheit der Tiger weht golden und schwarz hinter den Eisenstäben hin und her, die Braunbären sitzen am Gitter und saugen schmatzend an ihren Branten, der Jaguar Senhor späht mit weiten, grün glostenden Pupillen in den Stall hinein.

Ralf, der abessinische Löwe mit der langen, fast schwarzen Mähne, reibt seinen starken Schädel krachend am Gitter. Plötzlich drückt er den Kopf zurück, sein Rachen öffnet sich, und gewaltig wie Donnergrollen bricht der röhrende Löwenruf in den Morgen.

Jäh stehen alle Tiere aufrecht, drängen sich hart gegen die Gitter und spähen hinaus. Die goldenen schmalen Löwinnen legen die Köpfe zurück, stimmen ein in den Jagdruf des gewaltigen Ralf; unruhig streichen die Tiger hin und her, raunzen dunkel und heiser. Die Geparden bellen aufgeregt und töricht, die Glücksschweinchen quietschen in ihrer Ecke, die Seelöwen röcheln wie Trinkene, Senhor hustet – und nur ein schwarzer Panther liegt still und abweisend und eng zusammengerollt in der hintersten Käfigecke; er hat nur leicht den Kopf gehoben und lauscht mit schmalen bernsteinhellen Augen dem Ruf der Wildnis, der sich rhythmisch hebt und senkt wie Meeresbrandung, die gegen das Klippenufer donnert.

Von fernher kommt Antwort; zweihundert Pferde wiehern. Zebras keckern, ihre Hengste bellen – und dann grellt die gewaltige Fanfare von zwanzig Elefanten auf; ihre Stärke bezwingt und besiegt alle die wilden Schreie aus Steppe und Savanne, aus Dschungel und Urwald.

Unvermittelt, wie sie aufgestiegen ist, stirbt die heiße, aufrührerische Melodie: der neue Tag ist begrüßt, der Zirkus ist erwacht.

Und nun ist auch der Kaffee fertig, in Zinktassen verteilt, und der verbotene Kocher ist spurlos verschwunden. Die Stallburschen sitzen auf Futtersäcken, auf Strohbündeln und Heuballen; jeder hält seinen Napf mit beiden Händen und bläst andächtig in den heißen Trank.

Aber noch hat keiner einen Schluck tun können, da wird die Plane in der Ecke zwischen Futterzelt und Raubtierstall auseinandergeschlagen, und eine seltsam vermummte Gestalt schiebt sich herein – eine schlanke Frau im dicken Lederwams, das sie vom Kinn bis zu den Handgelenken und bis zum Gürtel einhüllt. Starke Lederhosen enden in hohen Stulpenstiefeln, die Hände stecken in dicken Handschuhen. Schmal und blaß, von hellblonder Pagenfrisur umrahmt, versorgt und verarbeitet, längst nicht mehr jung, steht das Frauengesicht über den schweren Falten des Lederrockes: Miss Mabel Power, die Löwenlehrerin.

Der stämmige Niedermayer stellt verdutzt seinen Becher zur Seite.

»Sakra, Fräulein«, sagt er voll Anerkennung. »So früh schon auf?«

Die Frau nickt ihm flüchtig zu.

»Ja, ich will einen neuen Trick probieren!« sagt sie langsam und wohlakzentuiert in dem steifen Lyzeumsdeutsch, das sie einmal in Ipswich gelernt hat. »Bitte, wollen Sie so freundlich sein und anmachen den Laufgang an meinem Käfig – the lions sollen sofort in die Manege!«

»With pleasure!« sagt der kleine Otto gebildet in englischer Sprache und reinem Sächsisch.

Sie lassen ihren Kaffee im Stich und machen sich schnell an die Arbeit. Als letzte Nummer sind gestern die Eisbären gegangen. Wie im großen Zelt noch der Vorführungskäfig steht, so führt der Gitterschlauch noch durch den Reitergang in den Raubtierstall. Es braucht nur ein bereitstehendes Zwischenstück eingeschoben und das Kopfende an den Löwenwagen gehängt zu werden. Und die Vorhänge des Reiterganges – die rotsamtenen Gardinen, die das Spielzelt von den Stallungen trennen – müssen zurückgezogen und aufgerollt werden, weil sie sonst in den Gittergang hineinhängen. Im großen Käfig selbst ist alles schon in Ordnung; die Böcke und Tonnen und Postamente sind nach der Vorstellung bereits von den Raubtierpflegern und Requisiteuren ausgewechselt worden.

Miss Mabel ist indessen unter die Absperrung geschlüpft und an ihre Löwen herangetreten. Achtzehn Tiere – zwölf Mähnenlöwen und sechs Löwinnen – drängen sich ihr entgegen, prusten und knören, raunzen und maunzen. Die Frau streift schnell die Lederhandschuhe ab, wirft sie weg, und schiebt beide Arme bis zu den Ellenbogen durch das Gitter; sie greift zausend in die Mähnen der Löwenherren und reibt mit den Fingern Stirnen und Backen der Löwinnen.

»Farme – Darling – good old Ralf – Menelik – Mahdi – Saida, sweetie, come on – Adua, little girl!« Das verarbeitete Gesicht ist heiter und aufgeschlossen; die schmalen blassen Lippen wölben sich zärtlich und formen zwischen den liebkosenden Worten sanft-fröhliche Raunz- und Knurrlaute – Miss Mabel ist bei ihren Löwen, und ihre Löwen sind Miss Mabels einziges Glück.

Leise legt sich eine Hand auf ihre Schulter. Mabel blickt zur Seite und sieht Yutta, die neben ihr steht. Yutta trägt eine schwarze Russenbluse mit schmalen bunten Streifen am Hals und an den Handgelenken, graue Cordbreeches und braune, kniehohe absatzlose Tscherkessenstiefel. Ihr schmales bräunliches Gesicht ist gerötet, ihre Augen leuchten, und sie fragt:

»Mabel – darf ich mit hineinkommen?«

Miss Mabel zieht einen Arm aus dem Käfig, legt ihn um Yuttas schmale Schultern und küßt sie leicht und schnell auf das kleine Ohr, hinter dem sich das straffgescheitelte schwarze Haar im offenen Knoten lockt und kräuselt.

»Nicht gleich, Yutta!« sagt sie sanft und entschuldigend. »Nicht gleich, bitte. Ich will den Ringkampf mit Adua und Fatme probieren. Du verstehst: sie würden unaufmerksam sein, wenn du mit im Käfig bist. Aber sieh zu, ja? Ich würde mich freuen, wenn du zusehen wolltest? Und wenn ich fertig bin mit dem Trick, kommst du – und dann darfst du Menelik springen lassen. Ist es recht so?«

Yutta nickt mit heißem Gesicht.

»Gern!« sagt sie. »Ich sehe dir zu, Mabel!«

Sie stehen beide, eng aneinandergelehnt, eine Weile still und sehen in die leuchtenden Tieraugen, die sich vor ihrem Gesicht hin und her bewegen.

»Wo ist Robby?« fragt dann Mabel.

Yutta entreißt sich der Versunkenheit, die sie immer überkommt, wenn sie vor den Raubtierkäfigen steht.

»Ach, Robby!« sagt sie lächelnd. »Er wird wohl jetzt schon bald in Konstanz sein!«

»Er wird uns sehr fehlen«, seufzt Mabel, »die Tiere haben ihn alle gern gehabt, und er hatte so viel Liebe zu ihnen. Wenn man Robby im Stall wußte, war man immer ganz sicher, daß nichts geschehen konnte. Schade – aber er hat ja solch ein großes Glück gehabt, daß er nach Indien gehen darf. Wenn er nun nur nicht leichtsinnig wird und Dummheiten macht!«

Yutta schüttelt energisch den Kopf.

»Robby nicht! Robby macht keine Dummheiten! Robby weiß, was er will. Weißt du, Mabel, er ist so ganz der richtige Hamburger; die fahren über alle Meere, treiben sich herum in der ganzen Welt, holen sich, was sie brauchen und bleiben doch immer die gleichen Menschen dabei: harte Dickschädel nämlich, auf die nichts abfärben kann. Mein Vater war genauso, und Mutter war auch nicht viel anders. Du weißt ja, wir heißen Mansfeld, und meine Eltern stammen beide von der Niederelbe, aber die Ringling Brothers, mit denen wir sechs Sommer gereist sind, und die Londoner Olympia haben das Mansfield daraus gemacht, das international berühmt geworden ist. Aber Vater und Mutter haben immer für ihren Lebensabend von einem Strohdachhaus am Övelgönner Strandweg geträumt!«

»Und du?« fragt Miss Mabel mit mütterlich gütigem Lächeln. »Wovon träumt die kleine Yutta?«

Yutta strahlt die Freundin an.

»Natürlich noch nicht von einem Altersheim. Du weißt doch, Mabel: von einer großen, ganz großen Panthernummer!«

Hinter ihnen hebt sich Ottos sanfte Stimme:

»So, wenn Sie nun anfangen wollen? Alles ist fertig!«

Mabel nickt dankend und läßt im gleichen Augenblick den Schieber hochrasseln. Die Tiere drängen und balgen sich vor der schmalen Tür, aber der starke Ralf schiebt im unhemmbaren Ansturm alle anderen zur Seite; er ist der erste, der hinab- und hinausspringt, im schlanken Trab durch den Laufgang in den Dressurkäfig prescht.

Ihm nach drängen, eilig und sehr vergnügt, die anderen Löwen. Kaum eine halbe Minute dauert es, bis der Käfig leer ist. Miss Mabel hängt den Schieber fest; dann geht sie am Laufgang entlang in das Spielzelt, und Yutta folgt ihr.

Mabel greift mit rascher Hand durch das Gitter und drückt die Tür des Laufganges in das Schloß; dann setzt sie sich neben Yutta auf einen der Klappsitze hart hinter der Piste – so nennt der Zirkusmann die hölzerne Manegenumrandung – und sieht besinnlich und liebevoll ihren Löwen zu, die sich im weiten Rondell austoben in Sprung und Lauf und fröhlichen Balgereien.

Eine gute halbe Stunde währt das Spiel, dann steht Mabel auf, streift die Handschuhe über, nimmt die Peitsche und den Holzknüppel und tritt rasch in den Zwinger. Die Peitsche knallt laut und scharf, die Löwen stieben wild durcheinander.

»An Platz!« ruft Miss Mabel, und noch einmal: »An Platz!«

Achtzehn Löwen quirlen erregt und fauchend über dem gelben Sand – aber plötzlich sitzen sie dann im Halbrund auf den Stühlen, brav wie Hühner auf ihrer Stange, und nur der mächtige Ralf gähnt laut und verdrossen.

Mabel wirft achtlos die Peitsche fort, tritt an ihre Zöglinge heran und geht von einem zum anderen. Sie murmelt mit halblaut singender Stimme gute Worte, zaust in den Mähnen, reibt Stirnen und Nasen; sie bekommt von Darling den üblichen Kuß auf die Backe, wird von Ralf mit donnerndem Gebrüll empfangen, mit Gefauch und wildem Prankenschlagen, das ebenso einstudiert ist wie Darlings Kuß und die weich verliebte Geste, mit der Tristan seinen schweren Schädel an ihrem Arm reibt.

Dann beginnt Mabel ihre übliche Morgenarbeit. Sie läßt Ralf im Paradeschritt die Manege durchqueren, Mahdi und Menelik durch den Reifen springen, Tristan und Rex auf der Bambusstange balancieren, Negus die große Kugel rollen; sie läßt die übliche große Schlußpyramide bauen – und als diese steht, als achtzehn Löwen auf Böcken, Piedestalen, Postamenten, Sprungtischen zu einer phantastischen Gruppe vereint sind, beginnt ihre Arbeit an ihrem neuen Trick.

Sie stellt sich vor die Pyramide, wendet ihr den Rücken zu, verbeugt sich gegen ein nicht vorhandenes Publikum und wirft den Knüppel von sich.

»Fatme!« ruft sie leise dabei.

Die schlanke Löwin gleitet still von ihrem niederen Sitz am Fußende der Pyramide herab, duckt sich und näher sich lautlos, mit schlangengleichen Bewegungen, von hinten der Dompteuse. Sie duckt sich noch tiefer, ihr Hinterteil zuckt hin und her, erregt peitscht der Schweif gegen den Sand. Einer lodernden Flamme gleich springt sie vor – golden wölbt sich der Bogen ihres Sprunges – mit beiden Vorderpranken stößt sie gegen Mabels Schultern und wirft die Frau vornüber: Löwin und Dompteuse wälzen sich im Sand.

Es sieht sehr gefährlich aus, aber es ist ein Spiel, ein heiter harmloses Spiel, das Mabel der guten Fatme beigebracht hat, als diese noch nicht ein Jahr alt war, noch die starken Jugendflecke trug und immer noch gern warme Milch aus der Flasche trank. Mit dem Gummisauger und der Milchflasche ist dieser Trick einstudiert –

diese wilde Szene zwischen der Menschenfrau un dem königlichen Raubtier aus Zentral-Afrikas paradiesischen Steppen.

Mabel liegt auf dem Rücken, wie ein Block kauert die Löwin über ihr. Aber Mabel drückt den schmalen Schädel zurück; fauchend öffnet Fatme den blutroten Rachen – und Mabel schiebt ihren Lederarm quer zwischen die drohend starken Dolchzähne.

»Adua!« ruft sie jetzt leise.

Die Pyramide der Löwen grollt und brüllt. Ralf, der auf der obersten Spitze thront, ein kaiserliches Wappentier, donnert seinen gewaltigsten Schlachtgesang; er späht mit glitzernden Lichtern herab und sieht aus, als wenn er brennend gern hinunterspringen und Fatme zur Hilfe kommen möchte. Er sieht nicht nur so aus. Wenn er herunter kommen könnte, wäre es gewiß um Mabel geschehen. Ralf ist unberechenbar und launisch, es ist nicht viel Verlaß auf ihn; darum auch sitzt er dort oben auf dem Platz, den er nicht verlassen kann, bevor nicht die neben und unter ihm Sitzenden ihre Plätze räumen. Aber das tun sie nicht, sie fauchen und murren zwar, fallen auch ein in Ralfs Gebrüll – aber sie sitzen still und weichen nicht.

Eine zweite Löwin löst sich aus dem Tableau – stark, mit breiter Stirn und Brust und mit einem kurzen Mähnenansatz, der sie schon manchen Laien als Löwen erscheinen ließ. Sie duckt sich nicht, sie springt nicht; sie läuft fauchend geradewegs gegen Fatme an, überrennt sie einfach, wirft sie hinunter von Mabel und treibt sie, brüllend nun, mit raschen Tatzenhieben zurück – fort von der Dompteuse. Fatme dreht nach kurzem Geplänkel scharf auf der Hinterhand um, kneift den Schweif ein und ist mit ein paar Sprüngen auf ihrem Postament; sie setzt sich brav und zieht ein maulendes Gesicht wie ein Kind, das die versprochene Milchflasche nicht bekommen hat.

Adua aber wendet sich, kehrt zu Miss Mabel zurück, die sich aufgerichtet hat, und reibt wohlig und um Liebe bettelnd ihren Kopf an Mabels Hüften. Die Dompteuse beugt sich zu ihr nieder und tätschelt ihr zärtlich Rücken und Flanken.

Das ist Miss Mabels neuer Trick; er soll ihre abendliche Produktion schließen und dem sensationslustigen Publikum einen gefährlichen Überfall und eine dramatische Rettung vortäuschen.

Yutta auf ihrem Klappsitz klatscht Beifall:

»Großartig, Mabel! Du kannst ja den Trick schon bringen. Der wirkt, sage ich dir! Fabelhaft, Mabel! Ganz echt – du wirst Erfolg haben, daß die Masten wackeln.«

Aber Miss Mabel ist noch nicht zufrieden. Sie führt Adua auf ihren Platz zurück, beginnt den Trick von neuem und führt ihn bis in alle Einzelheiten immer wieder aus – zweimal, viermal, sechsmal.

Einmal dann, als Adua, gerade wieder Fatme verjagt hat und Mabel sich aus dem Sand hebt, geht es durch sie hin wie eine Erstarrung. Sie steht da – ihre Augen blicken leer und krank gegen den Eingang – mit flatternder Hand, abwesend und verstört, liebelt sie die Löwin, die sich gegen sie drängt.

Yutta folgt dem Blick der Freundin, und sofort verkneifen sich ihre Lippen angewidert und böse.

Vor dem roten Samt des Vorhanges steht ein sehr eleganter Herr, breitschultrig, mit einem seltsam farblosen Gesicht und merkwürdig roten Lippen, über denen ein schwarzes Schnurrbärtchen wie gepinselt klebt. Der Haarhut sitzt schräg in der Stirn; im Knopfloch des hechtgrauen Sommermantels hängt traurig eine verwelkte Kamelie. Bedenklich schwankt der Mann hin und her – er ist sehr betrunken.

Yutta kennt diesen Mann, und sie weiß, was wenige im Zirkus wissen; dieser Betrunkene ist Mabels Mann, ihr richtiger, kirchlich und standesamtlich angetrauter Mann. Als Mabel ihn heiratete, übte er irgendeinen kleinen bürgerlichen Beruf aus; nun arbeitet er schon längst nicht mehr. Er ist ein Tagedieb, ein Trinker und Spieler; er knechtet und quält die arme Mabel, er nimmt ihr alles Geld ab und verpraßt es. Und Yutta weiß: Mabel liebt diesen Kerl, ist ihm willenlos ergeben, duldet alles von ihm und lebt nur für ihn; sie arbeitet mit den Löwen und bringt die gefährlichsten Tricks, damit sie nur immer noch mehr Geld verdient – Geld, das dieser Mann da vergeudet.

Jetzt löst sie rasch die Pyramide auf; dann verläßt sie schnell und erregt den Käfig, geht um die Poste herum auf den Eleganten zu. Der lacht ihr ordinär und hämisch in das blasse Gesicht; dann reden sie miteinander. Yutta versteht nichts von ihren Worten, aber sie weiß genau, was dort geschieht: der Trunkene will Geld haben von Mabel, um weiter trinken zu können. Sie sieht Mabels ratlos verstörtes Gesicht, sieht die Geste des Mannes, der seine Hand dicht unter Mabels Nase hält und Zeigefinger und Daumen gegeneinander reibt.

Mabel winkt. Yutta steht auf, geht zu ihr und blickt sie an; sie tut, als ob der Mann nicht vorhanden ist.

»Yutta!« sagt Mabel leise. »Würdest du so lieb sein, bei den Löwen zu bleiben,bis ich wiederkomme? Ich muß nur eben auf einen Sprung zum Büro hinüber. Ich bin sofort wieder hier.«

»Natürlich!« sagt Yutta ruhig. »Geh nur! Aber ich glaube nicht, daß du so schnell wiederkommst. Du mußt nämlich den Vorschußzettel vom Direktor gegenzeichnen lassen – und der läßt dich unter Umständen lange warten.«

Mabel sieht mit erschrockenen Augen in das schmale kindliche Gesicht, das ihr so trotzig und hart erscheint, wie sie es noch nie gesehen zu haben glaubt. Aber dann wendet sie sich wortlos ab und geht mit raschem Schritt davon.

Nahe bei Yuttas Schulter meckert der Gent:

»Guck an, wie die Göre im Bilde ist. Wer hat dir denn das geflüstert, Püppchen, was ich von der Mabel will?«

Yutta sieht an ihm vorbei; ihre Lippen runden sich verächtlich.

»Was wird ein Kerl wie Sie schon wollen? Doch nur Geld!«

»Richtig!« Der Mann lacht schamlos und breit. »Geld, natürlich Geld – nur Geld. Was der Mensch braucht, das muß er haben!«

»Von mir würden Sie das auch schon bekommen, was Sie brauchen!« sagt Yutta rasch und mit zusammengepreßten Zähnen.

Miss Mabels Ehemann torkelt ein paar Schritte auf sie zu und lacht blöde.

»Bekäme ich auch? Geld? Hast du Knirps denn auch schon Geld?«

»Wer redet von Geld?« höhnt Yutta und sieht in Meneliks achatene Augen, die nahe hinter dem Gitter unbeweglich stehen. »Von mir bekämen Sie Prügel – und nicht zu knapp. Die brauchen Sie nämlich viel notwendiger als Geld!«

»Ich werde dir schon zeigen, was ich von dir kriege – einen Kuß nämlich!«

»Loslassen!« sagt Yutta schnell und leise.

Der Elegante lacht.

»Ich denke nicht dran! Erst mach ich dich kirre. Ich bin weiß Gott nicht gewohnt, daß kleine Mädchen mir so dumm kommen wie du!«

Yuttas schmaler, trainierter Körper wirbelt herum und reißt den Mann mit sich. Er prallt mit den Knien gegen den Manegenrand, schwankt, verliert den Halt – seine Arme öffnen sich, fuchteln und rudern hilflos in der Luft – er stürzt und fällt auf den Sandstreifen zwischen der Piste und dem Rundkäfig.

Plötzlich sind alle achtzehn Katzen an dieser Gitterstelle. Nahe über sich sieht der Liegende funkelnde Raubtieraugen. Schlanke

Pranken schieben sich durch die Stäbe, ihren Postern entspringen gleißende Yatagane; sie stoßen gegen den Mann, versuchen ihn zu haschen, zu halten, ihn näher heranzuziehen. Er rollt sich schnell vom Käfig ab, zurück zur Piste. Jählings ernüchtert, mit grüngelbem Gesicht, richtet er sich auf und übersteigt zitternd die Holzverschalung; hinter ihm dröhnt der wütende Chor der Enttäuschten.

»Schade!« sagt Yutta; sie sieht nun stracks in die angststarren Augen und lächelt süß und grausam. »Schade – ich hätte so gern gesehen, wenn Menelik Ihnen eins auswischt!«

Mabels Ehemann drückt den Hut, den er beim Sturz nicht verloren hat, tief in die Stirn und stößt einen merkwürdigen Laut aus – ein Grunzen, halb ein Knirschen. Dann holt er unvermittelt mit dem Arm zu einem Boxerschlag aus.

Aber wo eben noch Yutta stand und lächelte, steht jetzt auf einmal ein Mann, der ganz niederträchtig grinst – ein kleiner Mann mit scharfem Artistenprofil, im englischen, karierten Anzug, die weiche Mütze auf dem Ohr.

»Gestatten!« sagt der kleine Mann und steckt die Hände tief in die Hosentaschen. »Gestatten: Arrigoni, Kunstreiter Signor Arrigoni. Sie verstehen: Jockei, Voltige à la Richard, Pas-de-deux, Czikopost – was Sie haben wollen, mein Herr. Boxen kann ich auch – und bestimmt besser als Yutta. Wollen Sie es mal mit mir versuchen?«

Signor Arrigoni bekommt keine Antwort. Der elegante Mann dreht sich um und geht zum Zelt hinaus. Der Kunstreiter blickt ihm bedauernd nach, spuckt dann verächtlich aus und lacht Yutta an.

»So ein dummer Lümmel. Und feige natürlich auch. Es lohnt nicht, kleine Yutta, daß man die Hände aus den Taschen nimmt.«

»Nein, es lohnt nicht, Enrico!« sagt Yutta und setzt sich auf einen Logenstuhl.

Signor Arrigoni nimmt neben ihr Platz.

»Aber es freut mich, daß ich dich hier treffe, Yutta, und mal in Ruhe mit dir reden kann. Warum willst du nicht mit mir arbeiten? Ich muß mich verändern; Zephira wird mir zu schwer – viel zu schwer. Und sie nimmt und nimmt keine Vernunft an; sie frißt Schlagsahne und immer wieder Schlagsahne. Ich kann doch nicht Pas-de-deux arbeiten mit einer Zweizentnerdame als Partnerin; schließlich bin ich Reiter und nicht Athlet! Ich muß ihr kündigen, Yutta, es bleibt mir nichts anderes übrig. Soll ich erst annoncieren um Ersatz? Wir zwei würden doch so gut zusammenpassen. Ich kenne dich; ich weiß, was du kannst. Wir könnten einen doppelten Jockei-Akt arbeiten, Yutta, vielleicht auch jonglieren auf dem Pferd, Pas-de-deux und so weiter, und so weiter. Warum willst du nicht, Yutta? Ich habe schon deinen Vater gekannt, und er hat mich geschätzt. Ich werde immer anständig zu dir sein.«

Yutta blickt an ihm vorbei in das Löwenrudel.

»Wieviel zahlst du deiner Zephira?« fragt sie mit abwesendem Gesicht.

»Zweihundertfünfzig«, sagt er. »Warum?«

»Gib mir hundert mehr, Enrico, abzugsfrei – und ich komme zu dir!«

»Du bist verrückt!« sagt er und steht auf. »Das ist beinahe die Hälfte meiner Gage! Soll ich vielleicht mit dir auf Teilung arbeiten?«

»Das wäre das Reellste!« sagt sie trocken. »Ich kann mehr als deine Zephira. Ich kann mindestens ebensoviel wie du, Enrico. Ich mach mich schon bezahlt. Du bist nicht dumm – drück doch deine Gage in die Höhe! Du kannst das leicht, wenn du mich in deiner Nummer hast. Gib hundert mehr, und wir arbeiten zusammen.«

Er steht unentschlossen da.

»Zephira war es genug, und –«

Sie schneidet ihm kurz das Wort ab:

»Für Zephira war es viel zuviel. Sie ist ein Trampeltier, aber keine Reiterin – und niemals eine Voltigeuse. Zephira hast du dir aus dem Ballett geholt und hast ihr das Reiten beigebracht; sie ist auch danach. Und ich bin Yutta Mansfield, Enrico.«

»Weiß ich, Yutta!« sagt der Italiener. »Aber gleich hundert Mark mehr!«

»Du brauchst ja nicht. Oder überlege es dir!«

»Da ist nicht mehr viel Zeit zum Überlegen. In drei Tagen läuft mein Vertrag hier ab; dann muß ich in München anfangen. Und im nächsten Monat kommen dort alle Agenten zusammen und sehen sich die Nummern für die Weihnachtsprogramme und für die nächstjährige Tentsaison an. Wenn ich dort mit dir arbeiten könnte und –«

»Das mußt du wissen, Enrico«, sagt sie kühl. »Schließlich bist du ja Truppenchef und weißt, was nötig ist und was nicht. Ich lasse dir drei Tage Zeit. Meine Bedingungen kennst du. Ich würde gern mit dir arbeiten!«

»Gut, Yutta!« beginnt Arrigoni – aber in diesem Augenblick taucht Miss Mabels immer noch verstörtes Gesicht im Eingang auf, und er bricht schnell ab; immerhin – hundert Mark, das will überlegt sein. »Gut, Yutta! Also spätestens in drei Tagen. Guten Morgen, Mabel!« Er nickt der langsam Näherkommenden zu, wendet sich dann ab und bummelt zum Stall.

Miss Mabel setzt sich still neben Yutta, sagt kein Wort und sieht trübe vor sich hin. Yutta sieht sie von der Seite an.

»Na, Mabel, ist er wieder abgehauen mit deinem Geld?«

»Yutta!« sagt die Engländerin weich. »Sei nicht immer so häßlich, wenn es sich um meinen Mann handelt. Du magst ihn nicht, ich weiß, aber du sprichst auch so schlecht von ihm. Yutta, er ist mein Mann!«

»Leider! Ich weiß!« erwidert Yutta. »Wenn ich es auch nie in meinem Leben begreifen werde. Gewiß, er ist dein Mann – aber ein Lump ist er doch!«

»Yutta!« mahnt Miss Mabel.

»Ach was – Yutta, Yutta!« ruft das Mädchen. »Der Kerl ist ein Scheusal, und zu dir ist er nicht besser als ein Erpresser. Was hast du denn von ihm? Schmeiß ihn raus, dann wirst du endlich mal wieder deines Lebens froh werden!«

»Das kann ich nicht, Yutta, ich liebe ihn«, sagt die Dompteuse still und traurig.

»Schöne Liebe das – zu so einem Säufer, so einem Gigolo! Ihr Raubtiermenschen seid alle nicht ganz richtig im Kopf. Ich habe noch nicht einen gefunden, der nicht ein Pantoffelheld wäre. Alle Raubtierdompteure, die ich kenne, kuschen vor ihren Frauen – und du kuschst natürlich vor diesem nachgemachten Mann! Eine feine Liebe!«

»Sei still, Yutta, bitte sei still. Es hat doch keinen Sinn. Du änderst nichts – du tust mir nur sehr weh, Yutta. Und es geht dich nichts an. Ich hab's allein zu tragen. Und, Yutta – ich trag's ja gern – trotz allem. Man wird ja so bescheiden mit dem Alter – so sehr bescheiden. Davon weißt du nichts – davon weißt du noch gar nichts. Es ist meine Sache, Kind. Dir will ich gern wünschen, daß du einmal nicht so bescheiden zu werden brauchst. Und nun sei still!«

Yutta legt zärtlich und versöhnlich ihren Arm um die Freundin und bettet den Kopf an ihre Schulter. So sitzen sie und sehen den Löwen zu, von denen die meisten nun still im Sande liegen, und nur wenige noch im Bummelschritt hin und her schlendern.

Nach einer guten Weile fragt Yutta:

»Willst du nicht weiterarbeiten, Mabel?«

Sie fühlt zu ihrer Verwunderung, daß Mabel leise aber heftig erschauert, und verblüfft hört sie die erregte Antwort:

»Weiterarbeiten – jetzt?! Niemals, um keinen Preis! Sie würden mich zerreißen!«

Yutta richtet sich auf und sieht erschrocken die Freundin an.

»Was ist denn los mit dir, Mabel? Die Löwen würden dich zerreißen? Ich versteh dich nicht!« Mabel wendet ihr Gesicht ab, daß Yutta nichts davon sieht. Wegwerfend sagt sie:

»Was verstehst du von diesen Dingen, du Kind!«

Gleich danach aber bereut sie ihre Heftigkeit schon wieder, sie dreht sich herum, streichelt das Mädchen, das beleidigt und verwirrt nach ihren Augen sucht, und sagt dann – langsam und stokkend:

»Du mußt mich recht verstehen, Yutta: es ist schön, wenn man noch ein Kind ist. Dann sind alle Dinge des Lebens leicht und einfach und klar. Und dann ist es auch sehr leicht mit den wilden Tieren. Denn du bist als Kind immer der gleiche Mensch; immer geht von dir die gleiche Atmosphäre aus, das gleiche Fluidum, das den Tieren vertraut ist und auf das sie reagieren. Wenn ich jetzt zu den Löwen hineinginge, würden sie spüren, daß ich aufgewühlt bin – erregt, nicht Herr über mich selbst, über mein Fühlen und Denken. Sie würden es wittern; es würde nicht gut ausgehen. Sie sind klug, die Tiere – viel klüger, als wir Menschen denken – wenn ihre Klugheit auch nicht im Kopf sitzt, sondern in ihren Instinkten, von denen wir soviel reden und von denen wir doch gar nichts wissen. Sie spüren, sie wittern alles. Kleine Yutta, glaube es mir; wenn du einmal eine große, eine ganz große Dompteuse werden willst, dann kümmere dich um nichts in der Welt, beileibe um keinen Mann. Verheirate dich nicht, verliebe dich nie. Wenn du einen Menschen liebst, kannst du die Tiere nicht so lieben, wie sie geliebt sein wollen – mit restloser Hingabe an sie, an eure Gemeinschaft. Die Tiere spüren es, wenn du dich von ihnen entfernst; es wächst eine Kluft zwischen dir und ihnen. Fremdheit wächst aus der Kluft, Feindschaft wächst aus der Fremdheit – und einmal dann empören sie sich, einmal dann mußt du sterben unter ihren Klauen. Kümmere dich um nichts und um niemand; kümmere dich einzig und allein um deine Tiere. Dann wirst du groß. Ich, Yutta, ich bin nur eine gewandte Artistin, eine gute Arbeiterin, aber ich bin kein richtiger ›Tiermensch‹. Und ich werde niemals groß, denn meine Löwen verzeihen mir niemals meine Liebe zu meinem Mann!«

Ehe Yutta antworten kann, kommt vom Reitergang ein lauter Ruf; das ist der Tigerdompteur.

»Hallo, Mabel, was ist denn los mit dir? Arbeitest du, oder gibst du da einen Five-o-clock? Deine Zeit ist schon um eine Stunde überschritten. Jag die Herren mit den dicken Köpfen nach Hause – meine Kater wollen raus!«

Mabel steht sofort auf und macht sich an die Arbeit, die Löwen in ihre Käfige zurückzubringen. Yutta sieht ihr noch eine kurze Weile zu; dann wendet sie sich gedankenverloren ab und bummelt unter dem Balkenwerk der Sitzeinrichtung entlang zum Exotenstall.

›Kümmere dich um nichts und um niemand; kümmere dich einzig und allein um deine Tiere. Dann wirst du groß!‹ Wie seltsam Mabel doch mitunter sein konnte – was für merkwürdige Dinge sie manchmal zusammenredete.

Aber es bleibt ihr nicht viel Zeit zum Nachdenken und zum Grübeln. Kaum hat sie den Stall betreten, stößt eine weiche warme Schnauze gegen ihre Brust; große glänzende Kinderaugen sehen sie an, vertraut und fragend. Auf überschlanken, überlangen Beinen tänzelt Nikoa vor Yutta herum – das Dromedarkind, das zu dieser frühen Morgenstunde frei im Stallgang herumlaufen darf. Safari, die Mutter, hat ihren edlen schmalen Kopf auf das Holzgatter gelegt und sieht verliebt und besorgt ihrem hellfarbigen Kind zu.

Yutta sieht ihr lachend nach; dann geht sie an der Reihe der zwanzig Elefanten entlang, die nebeneinander auf dicken Eichenbohlen stehen, in denen die schweren Ringe ihrer Fußketten eingelassen sind. Sie stehen tief im frischen Heu; ihre Rüssel zausen kleine Bündel heraus, schlenkern sie in skurrilen Kurven durch die Luft, krümmen sich dann und legen das duftende Trockengras bedächtig auf die rosaroten Gletscher der Zungen. Und alle die zwanzig Tiere, alle zwanzig indischen Elefantenweiber wiegen sich dabei auf ihren starken Beinsäulen im uralten Rhythmus – gleich schweren Tänzern, die Tänze träumen – Tänze der Dschungel, Tänze des wilden Waldes.

Yutta geht langsam. Die Elefanten sind ihre Freunde, aber die zwanzig sind hohe Damen – sie frühstücken. Sie erlauben ihrer kleinen Yutta gern, daß sie jeder von ihnen einmal im Vorübergehen über die rauhborkigen, schiefergrauen Rüssel streicht; sonst aber lassen sie sich nicht stören und haben wenig Sinn für Zärtlichkeiten. Nur Maud, das verspielte Baby, fährt mit schnellem, tastendem Rüsselfinger Yuttas Kleider und Taschen ab. Yutta nimmt den schlanken Rüssel in beide Hände und gibt Maud den Elefantenkuß: zart und liebevoll bläst sie in den rosigen Rüssel, dessen Ende merkwürdige Ähnlichkeit mit einer Schweinenase hat.

Am Ende dieser Reihe schmausender Giganten sitzt in sicherer Ecke auf einem bretterumhüllten Ballen Preßstreu ein Neger im gelben Overall. Er hat das faltenlose Gesicht eines Jünglings, aber sein stures krauses Haar ist schneeweiß. Es ist Jonas, der Basuto; er ist Elefantenpfleger gewesen bei Mr. Mansfield, Yuttas Vater. Er ist uralt.

Jetzt lacht er Yutta an und zeigt dabei zwei blinkende Reihen noch immer untadelig fester und weißer Zähne.

»Seelchen, warum kommst du so spät? Der alte Jonas hat schon gefrühstückt. Seelchen, darf Jonas dir einen Becher Kaffee geben?«

Yutta setzt sich neben den Alten auf den Ballen, nimmt eine Tasse starken süßen Buren-Kaffee aus seiner Hand entgegen, fährt streichelnd einmal darüber hin, wie sie es immer tut, wenn sie dem guten alten Jonas begegnet, und dann sagt sie:

»Onkel Jonas, bitte, erzähl mir von meinen Eltern.«

Der alte Neger hat Yutta schon hundertmal alles erzählt, was er von ihren Eltern weiß und was er mit ihnen erlebt hat. Aber er wundert sich nicht über ihre Bitte und ist nicht gelangweilt. Von guten und ernsten Dingen kann man nicht oft genug sprechen, nur ein ›Bas Schwachkopf‹, ein dummer ›Bwana Weiß-ich-schon‹ läßt sich eine Geschichte nur ein einziges Mal erzählen, und wenn man zum zweitenmal anhebt, winkt er mit der Hand und sagt: ›Halt den Mund, dummer Neger, das weiß ich schon!‹

Er legt die Hände im Schoß zusammen und blickt auf die grauen Gebirge der Elefantenleiber, die sich vor ihm wiegen im unaufhaltsamen Rhythmus. Er zieht einmal mit Mund und Nase den Atem ein – den hundertfältigen Geruch der sonnenwarmen Zeltstallung und der Tierleiber; dann verliert sich der onkelhaft gutmütige Ausdruck seiner sanften, feuchten braunen Augen, und sie werden seltsam leer. Wie ein Somnambuler beginnt der alte Neger:

»Seelchen, Jonas ist bald so alt wie ein Elefant.

Einmal, vor vielen Jahren, hat man ihn Moschesch genannt, aus dessen Blute er gekommen ist. Moschesch war ein König, ein siegreicher König – aber ein König auch, der nur ungern mit den Menschen kämpfte, denn Moschesch war ein Jäger und ein Wanderer.

Und auch Jonas, Seelchen, war in seiner Jugend ein Jäger und ein Wanderer. Aber später, als Jonas alt war und weißes Haar hatte, lernte er in Sansibar einen weißen Mann kennen, der rüstete eine Safari, um Elefanten zu fangen. Jonas ging mit ihm und half ihm – und ohne den klugen Jonas Schnee-im-Haar hätte der weiße Mann nichts gefangen. Dann fuhr Jonas mit ihm über das große Meer, fütterte die Elefanten und auch die Löwen und Chuij, die Leoparden. Jonas kam nach England und blieb dort, weil man ihn für die wilden Tiere brauchte – und auch, weil die wilden Tiere, die nun alle gefangen waren und im Eisen lagen, den guten Jonas brauchten.

Aber dann kam ein Tag, Seelchen – der alte Jonas saß in seiner Ecke und dachte an die Hyänen –, da ging eine wunderbar schöne weiße Frau durch den Stall. Jonas sah in ihre Augen und war ihr gleich von ganzem Herzen zugetan. Aber auch sie sah Jonas mit Wohlgefallen an; sie kam viele Tage hintereinander und sah dem alten Jonas zu, wenn er die wilden Tiere fütterte und pflegte. Aber niemals sprach sie ein Wort mit Jonas. Und nach einer Woche kam ein Mann mit ihr – das war der Baas Piet, dein Vater, Seelchen –, und er fragte Jonas viele Dinge von Afrika und von den Tieren. Und die schöne weiße Frau hieß Lotta und war deine Mutter. Und sie fragten den alten Jonas, ob er mit ihnen gehen, bei ihnen bleiben und ihre Löwen und Elefanten hüten wolle. Und Jonas packte gleich sein kleines Bündel und ging mit der schönen Frau Lotta und dem Baas Piet zum Zirkus.

Seelchen, du lagst im Wohnwagen, du schriest sehr und warst noch nicht ein Jahr alt. Jonas nahm dich aus dem Bett und setzte sich mit dir auf die Wagentreppe. Frau Lotta wärmte die Milchflasche, aber du wolltest sie nicht nehmen, Seelchen. Da sah der alte Jonas mal nach, und dann legte Jonas dich trocken und wickelte dir eine frische weiße Windel um. Seelchen, da lachtest du so süß und nahmst die Flasche. Und als sie leer war, lachtest du noch mehr, und dann spielten wir. Jonas erzählte dir viele Dinge aus Basuto-Land, aus Kenia, Uganda und Deutsch-Ost; du hörtest zu mit klugen Augen, du lachtest, du schliefst in Jonas; Armen ein – und da blieb der alte Jonas, weil sein Herz schon ganz und gar bei euch war.

Seelchen, deine Mutter war, wie du einmal werden wirst – nur nicht ganz so klug, denn die arme Frau Lotta hat keinen guten alten Jonas zur Amme gehabt. Seelchen, dein Vater war, wie ein Mann sein soll; er war klug und doch nicht klug mit dem Kopf allein, sondern auch klug mit dem Herzen, und er war stark und sehr mutig – es war eine Freude, ihn anzusehen.

Viele Menschen sahen ihn mit großer Freude an, auch die Frauen. Ja, die Frauen gewiß mit der größten Freude. Aber – woran die Frauen sich freuen, das wollen sie haben. Ja, Seelchen, die Frauen waren in Rudeln hinter dem schönen Baas Piet her, wie Jaji, der Hyänenhund, hinter dem Elen-Bock. Baas Piet lachte; ihm machte die Jagd Freude, er ließ sich gern jagen – und dem armen Jonas wurde oft ganz sonderbar im Kopf von dem, was er sah. Und manchmal mußte der alte Jonas wegsehen und an die ferne Zeit zurückdenken, als er noch ein Wanderer und Jäger war, und in jedem Dorf, das er betrat, ihm die Mädchen freundlich zulachten – sonst wäre er sehr neidisch geworden.

Aber Frau Lotta wurde von alledem nicht neidisch; sie wurde nur traurig, und manchmal weinte sie auch. Sie wollte den schönen Baas Piet ganz und gar allein für sich haben; sie wollte nicht, daß er sprach mit anderen Frauen. Denn mehr tat dein Vater nicht, Seelchen. Er spielte gern; es machte dem Baas Piet viel Spaß, seinen Jägerinnen immer dann wegzuspringen, wenn sie schon dachten, daß sie ihn ganz fest und sicher in der Falle hatten. Und er liebte auch Frau Lotta ganz mächtig – beinahe so sehr wie dich. Seelchen – beinahe so sehr wie seine zwölf Riesen-Elefanten aus dem Lande Indien.

Aber Frau Lotta sah das nicht, Frau Lotta sah immer nur die fremden Frauen. Frau Lotta war sehr traurig.

Und so ging es viele Jahre, Seelchen; wir reisten durch die weite Welt. Jeden Abend führte Frau Lotta ihre Löwen vor und Baas Piet seine Elefanten. Du wuchsest schön und fein heran, Seelchen, du warst immer bei den Tieren und bei dem guten alten, klugen Jonas, und was der alte Jonas nur von den Tieren wußte, das mußte er dir alles erzählen. Und Jonas erzählte es dir gern und immer wieder. Und alles war gut – bis auf Frau Lottas heimlichen Kummer und Baas Piets allzu fröhliches und allzu sorgloses Lachen.

Dann aber kam die Frau mit dem bösen, wilden Mund. Sie hatte schlimme Marderaugen, Seelchen, und ihr Haar war so dunkel wie eine mond- und sternenlose Nacht im Sumpf am Bengweolo-See. Es war ihr nicht genug, daß Baas Piet mit ihr lachte und scherzte; sie wollte mehr, sie wollte anderes von ihm. Sie reiste dem Zirkus nach durch viele Städte. Frau Lotta weinte viel und sehr. Baas Piet aber lachte, und weil er nicht nur mutig war, sondern auch verwegen, und weil er wußte, daß dieser böse, wilde Mund sehr gefährlich war, und weil Gefahr ihn lockte, wie sie jeden Wanderer und Jäger lockt – darum küßte er ihn einmal.

Aber Frau Lotta kam hinzu, und nun weinte sie nicht, sondern zankte sehr zornig mit dem Baas und auch mit der fremden Frau. Die aber lachte frech. Da nahm Jonas einen Knüppel und brachte ihn deiner Mutter, Seelchen. Aber die weißen Menschen sind sehr sonderbar. Frau Lotta nahm den Knüppel nicht; sie schimpfte nun auch mit dem guten Jonas. Der böse, wilde Mund lachte laut, und Baas Piet trat nach dem alten Jonas und traf ihn tief im Rücken, so daß der arme, alte Neger sehr schnell laufen mußte, um nicht hinzufallen.

Am Abend aber, Seelchen – am Abend empörten die Löwen sich, und deine Mutter starb unter den Dolchen ihrer Krallen. Auch der Baas konnte Frau Lotta nicht mehr retten, obwohl er gleich in den Käfig sprang, auf die Löwen einschlug und sie hinaustrieb. Er konnte nur noch einmal Frau Lotta küssen, und sie lächelte ihn so süß an, Seelchen, daß Jonas heute noch das Herz weh tut, wenn er an dieses Lächeln denkt. Der Baas weinte – und dann starb Frau Lotta, als er sie aus dem Sand auf seine Arme hob. Aber ihr süßes Lächeln war noch da, Seelchen, als wir ihren Sarg schlossen. Und Baas Piet heulte durch die Tage und durch die Nächte wie ein Löwe, den ein schlechter Schütze zuschanden geschossen hat und der weiß, daß er, der König, nun den Hyänen und Schakalen gehört – noch bei lebendigem Leib. Und der Baas Piet weinte – und das war schlimmer noch, viel schlimmer, Seelchen, als selbst Frau Lottas süßes Lächeln.

Du warest nicht bei uns damals, Seelchen, du warest in Deutschland, und in einem jener Häuser, in denen man euch so dumm macht, daß es einem alten Neger weh tut, wenn er euch nur sprechen hört – in denen man euren Kopf mit unnützem und albernem Kram füllt, die Weisheit eurer Herzen verdirbt mit Tinte und Papier – in denen man alles Wissen und Ahnen und Träumen des Kinderherzens aus euch heraustreibt, damit ihr werdet, wie alle weißen Menschen – steif und starr und hohl und wichtigtuend; in einem solchen Hause warst du, Seelchen, das ihr ›Schule‹ nennt.

Der Baas Piet und der alte Jonas begruben die arme, schöne Frau Lotta und ihr süßes Lächeln. Und noch waren nicht acht Tage darüber vergangen, da kam der böse, wilde Mund zurück, kamen die Marderaugen – und sie lachten den Baas an.

Aber diesmal brauchte der kluge Jonas keinen Knüppel zu bringen. Der Baas nahm die Peitsche. Gestreift wie eine Zebrahaut war das weiße Gesicht unter dem nachtschwarzen Haar, als die fremde Frau auf der Bahre zum Zirkus hinausgetragen wurde.

Seelchen, eure Häuptlinge haben komische Gesetze gemacht, und wegen dieser Peitsche sollte sich dein Vater vor Gericht verteidigen. Sie nannten ihn einen Rohling und einen Übeltäter; von Frau Lotta, die sterben mußte, sprach niemand, aber auf allen Lippen war der große Titel, mit dem die fremde Frau genannt wurde, und alle Lippen tranken diesen großen Titel wie süßes Bier, an dem man sich einen dummen Kopf säuft.

Der Baas verteidigte sich nicht; er brauchte sich nicht zu verteidgen. Candy, der Elefantenbulle, der wilde, gefährliche, den er nicht aus der Herde gab, obwohl es ihm alle Menschen rieten – Candy, den er liebte, eben weil er wild und gefährlich über alle Maßen war – Candy nahm den starken und klugen Baas Piet am gleichen Abend auf die Zähne, erschlug ihm mit seinem Rüssel das Kreuz, und dann nagelte er den Baas mit den Zähnen fest in den gelben Sand.

Seelchen, der alte Jonas hat damals den Bullen Candy vom Baas heruntergeschlagen – und der Baas lebte noch. Als der arme Jonas neben ihm kniete, schlug der Baas seine klugen und mutigen Augen auf, und er erkannte den armen, alten Neger neben sich. Baas Piet sagte mit seiner guten Stimme: ›Jonas!‹ Und dann war etwas wie Angst in den mutigen Augen; der Baas sagte traurig: ›Yutta – mein Seelchen!‹ Und dann war eine große Freude in den klugen Augen; der Baas sagte mit fröhlichem Mund: ›Carlotta – ich komme!‹ Und dann war der kluge und starke Baas ganz tot.

In der Nacht nach diesem Abend kamst du, Seelchen. Wir zwei und alle die anderen Menschen im Zirkus haben den Baas begraben – den starken, den schönen, den allzu mutigen. Und der Baas Bumke nahm dich und nahm Mackinaw, den Riesenbären, der Frau Lottas Eigentum war – und der alte Jonas durfte als Wärter bei den Elefanten bleiben, die dem Zirkus gehören. Der Bulle Candy ist nicht mehr unter ihnen; er wurde erschossen, weil er tollwütig wurde nach seiner Mordtat. Und den bösen, wilden Mund hat Jonas nie wieder gesehen.

Seelchen, dieser böse, wilde Mund trägt die Schuld, daß der Baas und Frau Lotta sterben mußten. Er hat ihre Herzen verstört, die vordem ruhig und sicher gewesen waren, wie es die Herzen derer sein müssen, die Simba, den Löwen, Tembo, den Elefanten – Hati, wie ihn die Inder nennen – bezwingen wollen.

Seelchen, wilde Tiere leben im menschlichen Herzen – eine Steppe, ein wilder Wald voll Tiere. Du mußt sie alle bezwingen und du darfst sie nie gegeneinander toben lassen. Erst wenn du Herr bist über die wilden Tiere in deiner Brust, wenn sie alle miteinander friedlich in deinem Herzen singen, wie der Chor der Jungfrauen singt, die ihre Reife feiern und sich dem Mann und der Liebe entgegensehnen – erst dann, Seelchen, weißt du, wer du bist – erst dann, Seelchen, bist du, was du bist. Und erst dann kannst du dir die starken Tiere der Wildnis vertraut machen; dann ist deine Kraft und dein Wille stärker als ihr wildes Blut.

Aber sie bleiben nur unter deinem Willen, solange du selbst Herr bleibst über dein Wollen, über deine Süchte und deine Begierden. Verlierst du dich, toben die Tiere in deiner Brust gegeneinander, singen sie nicht mehr, sondern zerfleischen sie dein Herz – dann, Seelchen, dann verlierst du auch den ewigen Kampf zwischen Mensch und Tier – wie ihn der stolze Baas verlor und die schöne, arme Frau Lotta . . .«

Die leeren Augen des alten Negers kommen aus der vagen Ferne zurück, in der sie verankert waren. Jonas sieht die grauen Berge der sich wiegenden Elefanten – eben noch sah er den bösen, wilden Mund – Jonas riecht den tausendfältigen Duft des warmen Exotenstalles – eben noch roch er das rauchende Blut, das in den Manegensand rann vor Jahren – Jonas weiß die kleine Yutta neben sich und sagt – unvermittelt, ohne Übergang – im fast gleichen Tonfall seiner Erzählung:

»Seelchen, darf Jonas dir noch einen Becher Kaffee geben?«

Aber Yutta steht rasch und wortlos auf; ihre Lippen sind eng geschlossen, ihre Augen glänzen feucht, traurig und verstört. Sie schüttelt schnell den Kopf, streicht rasch über Onkel Jonas' dunkle Hand und geht fort in dem eiligen Schritt, den ein Mädchen geht, das seine Verwirrung und seine Tränen verbergen will.

*

Dem Signor Arrigoni fließt der helle Schweiß in Strömen über das Gesicht. Das weiße seidene Hemd klebt ihm fest an der Brust und am Rücken. Unter ihm gehen im maschinenmäßig gebändigten Trab die beiden schweren Isabell-Schimmel, auf denen er mit gespreizten Beinen steht und die Wellenstöße ihrer breiten Rücken mit gekrümmten Beinen federnd abfängt. In der rechten Hand hält er die Zügel und die schnurlose Peitsche; die Linke liegt um Zephiras mollige, nackte Taille. Das hübsche Mädchen steht neben ihm auf dem inneren Pferd und dankt mit flatternder Hand für den Applaus des Publikums.

Der Italiener ist sehr wütend. Es geht nicht mehr, er macht sich kaputt; das Mädel wird ihm viel zu schwer. Und sie nimmt keine Vernunft an, wird mit jedem Tag leichtsinniger und gleichgültiger gegen ihn. Nicht genug, daß sie die Nachmittage in den Kaffeehäusern versitzt und Schlagsahne futtert – heute hat er sie vor der Abendvorstellung im Restaurant ertappt, und Mademoiselle Zephira hat soupiert! Ein Holsteiner Schnitzel mit zwölferlei Beilagen, ein Schnitzel, groß wie ein Cowboysattel – das hat sie nun im Leib, und er muß es tragen und balancieren! Unmöglich kann er noch länger mit diesem Mädel zusammenarbeiten. Nie hat sie es verstanden, sich ›leicht‹ zu machen; immer ist sie auf ihm herumgetrampelt wie auf einem Holzblock. Er hat das ertragen, solange sie das ursprüngliche Gewicht behielt; jetzt aber, wo sie mit jedem Tag schwerer wird – jetzt wird es verdammt Zeit, daß er sich nach einer anderen Partnerin umsieht!

Mademoiselle Zephira steigt auf zum letzten Trick. Über sein gekrümmtes Knie, über seine Hüften klettert sie, gezogen von seiner Hand, auf seine linke Schulter; dann läßt sie langsam seine Hand los, die sich sofort hinter ihr Knie legt, richtet sich auf und breitet die Arme nach beiden Seiten aus. Im gleichmäßigen Trab gehen die beiden Isabellen; weiß und lang wehen die Mähnen von den schönen, zurückgebundenen Köpfen. Signor Arrigoni keucht und schwitzt – dennoch weicht das heiter-leichte Lächeln des Artisten nicht für einen Augenblick von seinem Gesicht.

Langsam, sehr langsam winkelt Zephira das rechte Bein in die Höhe, nimmt die Ferse in die rechte Hand, führt das Bein seitwärts und aufwärts, drückt das Knie durch – und im gleichen Sekundenbruchteil verliert sie die Balance – ein wilder Massenschrei gellt durch den weiten, dichtgefüllten Kuppelbau – Zephira kippt hintenüber.

Sie stürzt nicht – Signor Arrigoni hält sie fest. Im Nu hat er seinen Griff geändert, hat ihr Knie losgelassen und im Sturz ihre Fessel erwischt. Nun hängt sie kopfabwärts über seinem Rücken. Er hat sich leicht vorgebeugt – nicht allzuviel, denn er darf den Isabellen die Zügel nicht locker lassen. Er ist ganz ruhig und gleichmütig.

Solche Sachen kommen beim Pas-de-deux eben immer mal vor – kein Grund zur Aufregung. Sie hängt mit Kopf und Schultern und Armen über dem Pferderücken. Ein Pferderücken ist nach der Meinung des Artisten so sicher und trostspendend wie ein Bett. Zephira braucht nur zuzufassen und sich herumzuschwingen; dann sitzt sie auf der Hinterhand und kann dem schreienden Publikum zuwinken. Aber morgen früh in der Probe wird er sich das Weibsbild einmal vornehmen und ihr mindestens fünf Pfund heruntertrainieren. Sie soll ihn kennenlernen, die Schnitzelschlingerin!

Als er fühlt, daß sie sich mit den Händen auf das Pferd stützt, ruft er leise:

»Attention!«

Er läßt ihren Fuß los – und im Augenblick später flammt die helle Wut in ihm auf. Das Publikum kreischt und brüllt, die Pferde unter ihm stolpern durcheinander – es gibt ein paar dumpfe Hufschläge – im Manegenrand schreit etwas. Die Requisiteure, die vor der Portiere zum Aufsitzraum stehen, springen wie gejagt über die Piste – und Signor Arrigoni weiß: Zephira, dieses Trampeltier, hat das Unglaubliche fertiggebracht und ist zwischen die Pferde gefallen!

Der junge Stallmeister fängt die Isabellen auf. Mit einem wilden Satz ist der Italiener in der Manege – und mit drei Sprüngen bei dem Mädchen, das stumm und bewußtlos im gelben Sand liegt. Er sieht mit einem Blick: das linke Schlüsselbein ist gebrochen, die Rippen haben ein paar Tritte abbekommen und sind nach innen gebeult, die rechte Hand hängt unnatürlich verdreht, und das Gesicht sieht böse aus; sonst ist es aber nicht weiter schlimm – nur für ihn ist Mademoiselle Zephira nun erledigt.

Nun muß ich doch der Yutta die hundert Mark mehr zahlen! denkt er, indem er sich bückt und das Mädchen aufhebt. Er nimmt Zephira auf die Arme und trägt sie durch die Manege. Die Diener reißen die Tür in der Piste vor ihnen auf; klirrend wird die rotsamtene Gardine zurückgezogen – aber da dreht sich der Italiener um und ruft mit lächelndem Gesicht in das unruhige Publikum:

»Kein Grund zur Besorgnis, meine Damen und Herren! Kein Unglück – ein kleines Malheur. Sie verstehen? Kommen Sie morgen wieder, und Sie werden uns arbeiten sehen können!« Unter dem aufknatternden Beifall geht er dann schnell hinaus, und der Stallmeister führt ihm die Pferde nach.

Neben der Tragbahre aber, auf die man Zephira gelegt und die man ins Freie neben den Reitergang gestellt hat und über die sich der Zirkusarzt beugt – umdrängt von Artisten, Arbeitern, Büromenschen, Stallburschen, Indern, Arabern, Chinesen und Tscherkessen –, steht Signor Arrigoni und möchte bersten vor Wut.

Der Arzt richtet sich schnell auf, läßt den Blick von der immer noch Bewußtlosen und sieht den Kunstreiter an.

»Schluß, Enrico!« sagt er. »Das Mädchen muß ins Krankenhaus. Für die nächsten Wochen wird man sie dort in Gips packen!« Er wendet sich an einige der umherstehenden Arbeiter: »Lauft mal zum Betriebsleiter. Ich brauche einen Wagen – verschlossen, privat natürlich, verstanden? Es braucht keiner zu merken, daß wir einen Unfall gehabt haben. Ich bring das Mädel selbst weg. Bißchen schnell, ja?«

Die Umstehenden grinsen verlegen. Jeder weiß, daß dem Italiener kein Vorwurf zu machen ist. Er hat ein Temperament wie ein Pulverfaß, aber seine Sache versteht er wie kaum ein zweiter. Alle Achtung vor dem schnellen Griff, mit dem er die stürzende Zephira bei der Fessel erwischte! Nein, ihn trifft gewiß keine Schuld, und Zephira ist bestimmt keine leichte Elfe gewesen. Trotzdem tut es einem jeden bitter leid um das Mädchen, das da bleich, mit gebrochenen Gliedern und einem verunstalteten Gesicht auf der Bahre liegt. Sie wird wochenlang im Krankenhaus liegen. Jeder schüttelt sich insgeheim; das Krankenhaus, das alle schon kennengelernt haben, das keinem Zirkusmann erspart bleibt – es ist das Schrecklichste auf dieser Welt, das man sich nur denken kann.

Gespräche flackern auf, aber die erregten Dispute verstummen jäh wieder; über den weiten Zirkushof rollt langsam eine große, dunkle Limousine heran – und neben ihr geht, mit elastisch schwingendem Schritt, in leuchtend weiße Seide gehüllt, die Reiherfeder am Turban, ein indischer Fürst, ein glanzvoller Maharadscha: der Herr Direktor.

Die Stallburschen und Arbeiter, die hier nichts zu tun haben, verdrücken sich schnell, und auch von den Artisten verkrümeln sich die meisten. Wenn der Herr Direktor schlechte Laune hat – und es ist naheliegend, daß dieser Unfall ihn ärgert – dann brüllt er – und in der ganzen Zirkuswelt ist nichts so gefürchtet, wie das Brüllen des Maharadschas.

Aber der Herr Direktor brüllt nicht, sondern ist still und sachlich; er beugt sich rasch über die Ohnmächtige, und der Arzt gibt ihm flüsternd Bescheid. Der Radscha nickt und überwacht dann sorgfältig, wie die Bahre in das Auto gehoben und darin festgemacht wird. Er spricht noch ein paar Worte mit dem Arzt, der sich neben die Bahre hockt, schließt den Schlag und sieht dem langsam davonrollenden Wagen nach.

Dann erst wendet er sich dem Italiener zu und sagt jäh und verächtlich:

»Schöne Schweinerei, die Sie mir da eingebrockt haben, Arrigoni! Und was wird nun?«

Der Kunstreiter wird blaß.

»Ich bin unschuldig, Herr Direktor!« sagt er leise und zutiefst gekränkt. »Ich habe sie festgehalten, aber . . .«

Der Maharadscha winkt ab.

»Ich weiß, ich bin im Bilde. Aber wenn Sie Verstand gehabt hätten, würden Sie Zephira durch eine andere Partnerin ersetzt haben, ehe ein Unglück kommen mußte, verstehen Sie mich? Sie wissen genausogut wie ich, daß das Mädchen als Reiterin nichts taugte. Na, jetzt sind Sie glücklich runtergetrudelt – und was wird nun? Wer reitet morgen mein Pas-de-deux?«

Signor Enrico wirft sich stolz in die Brust.

»Ich, Herr Direktor – natürlich arbeite ich morgen!«

»Solo? Ein Pas-de-deux? Sie wollen wohl Witze machen, Signore?« fragt der Radscha mit mitleidigem Hohn.

Jetzt ist Signor Arrigoni blutrot in plötzlicher Beschämung. Santo porco! Daran hat er ja noch gar nicht gedacht. Ohne Partnerin kann auch der beste Artist kein Pas-de-deux arbeiten. Jetzt hat er es zum guten Schluß noch mit dem großen Direktor verdorben, der sieht ihn als unzuverlässig an, der wird ihn nie wieder engagieren. Figlio d'un dane! Was hat ihm Zephira, dieser verfressene Trampel, da eingebrockt! Wie ein dummer Junge steht er jetzt vor dem großen Maharadscha.

Aber da sagt eine helle, klare Stimme neben ihm:

»Enrico macht keine Witze, Herr Direktor. Er hat mich längst engagiert; ich gehe am Ersten mit ihm ins neue Engagement – und natürlich arbeite ich unter diesen Umständen ab morgen schon mit ihm. Ich kann für die paar Tage sehr gut in beiden Nummern arbeiten, denn es liegen drei andere dazwischen: die Chinesen, die musikalischen Ponys und Sie, Herr Direktor, mit Ihren Elefanten. Ich habe Zeit genug zum Umkleiden. Wir lassen Sie selbstverständlich nicht im Stich. Das Pas-de-deux wird gehen, bis der Kontrakt abgelaufen ist.«

Es ist bekannt, daß der Maharadscha nicht leicht zu verblüffen ist, aber jetzt sieht er doch mit großen, verwunderten Augen auf das schmale kleine Mädchen, das neben dem aufatmenden Kunstreiter steht.

»Dich hat der Signor engagiert?« fragt der Radscha gedehnt – und dann lacht er plötzlich dem Italiener breit in das glückstrahlende Gesicht. »Dumm sind Sie nicht, Arrigoni, und ein guter Artist sind Sie auch, aber für so gescheit, dem Bumke die kleine Yutta auszuspannen, hätte ich Sie doch nicht gehalten. Schreiben Sie mir, wo Sie im Frühjahr arbeiten – ich sehe mir dann mal eure Nummer an – und wenn Sie mir bis dahin nicht die Yutta versaut haben mit Ihren sogenannten Ideen aus dem vorigen Jahrhundert – dann kriegt ihr einen Bombenvertrag von mir für die nächste Saison. Und nun ziehen Sie sich um, Menschenkind; Sie sehen aus wie ein Mörder – ganz voll Blut sind Sie!«

Enrico Arrigoni macht glücklich eine tiefe Verbeugung und springt dann schnell davon. Ein Staatsweib, diese Yutta, ein Prachtmädel! Sie soll die hundert Mark mehr haben – sie hat sie heute schon um ihn verdient.

Der große Direktor nimmt indessen das kleine Zigeunermädchen beim Arm und geht mit ihr ein Stückchen in den Zirkushof und in die Sonne.

»Zahlt er dir denn anständig?« fragt er.

Yutta zeigt lächelnd die weißen festen Zähne.

»Er muß mir hundert Mark mehr geben als der Zephira. Und ich werd ihm weiter auf den Nähten knien. Seine Nummer wird besser durch mich, ich weiß das; außerdem werde ich auch noch allein arbeiten. Bekommt er dadurch mehr Geld, muß er auch bei mir mehr herausrücken.«

Der Maharadscha grinst wohlgefällig.

»Gut, Yutta, halt ihn nur fest an der Kandare. Und wie hast du dich mit Bumke auseinandergesetzt?«

Yutta legt ihre glatte Stirn in sorgenvolle Falten.

»Überhaupt noch nicht. Ich habe noch gar nicht mit ihm gesprochen. Ich fürchte, es wird noch einen bösen Krach geben.«

»Das verbiete ich mir«, sagt der weißseidene Fürst. »Wenn einer in meinem Zirkus Krach macht, dann mach ich den Krach, kein anderer! Der Bumke hat dir gar nichts zu sagen – aber anständig abfinden soll er dich. Ich will dir helfen; paß auf, Yutta! Sag ihm, daß du schon mit mir gesprochen hast. Er ist jetzt bei mir sechs Jahr ununterbrochen im Engagement, und er weiß genau, daß ich ihn hauptsächlich deinetwegen gehalten habe. Mit dir und Macky, dem Riesenbären, zeigt die Nummer gut was her. Bumke hat einen Haufen Geld auf die Bank gebracht in diesen Jahren, ich weiß das; einige tausend Mark muß er rausrücken, denn das Taschengeld, mit dem er dich abgefunden hat, zählt nicht. Sag ihm das – und sag ihm das folgende: ist er anständig zu dir, bin ich anständig zu ihm. Dann kürze ich ihn bei deinem Ausscheiden nur um ein Fünftel und prolongiere ihn für die nächste Saison. Ist er schäbig, dann kürze ich ihn um die Hälfte und lasse ihn ziehen, wenn sein diesjähriger Saisonvertrag abgelaufen ist. Hast du das verstanden, Yutta?«

Sie strahlt in heller Freude und streckt ihm die Hand hin.

»Vielen Dank, vielen Dank, Herr Direktor!« sagt sie. »Nun weiß ich, wie ich es machen kann; nun will ich ihn schon klein kriegen!«

Der Maharadscha nimmt die schmale Kinderhand und tätschelt sie.

Hinter dem Radscha taucht lautlos ein alter Mann im graugrünen Manchesteranzug auf, die große Elefantenpeitsche und den versilberten Stachel tragend.

»Herr Direktor!« sagt er. »Bitte, es ist soweit. Die Ponys sind schon bei der ›Letzten Rose‹, und die Elefanten sind im Reitergang.«

»Ist gut, Massel!« sagt der Direktor hart und kühl. Er nimmt mit raschem Griff Peitsche und Stachel und wendet sich dem Spielzelt zu. Halb über die Schulter ruft er Yutta noch zu: »Also, es bleibt bei dem, was wir abgemacht haben. Knöpf dir den Bumke vor und laß nicht locker. Und vergiß nicht, dich bei mir zu verabschieden, Yutta Mansfield!« Und schon schlägt die Zeltplane hinter ihm zusammen.

Eine halbe Stunde später ordnen sich die Elefanten zum grandiosen Schlußmarsch. Jenny, die riesige Elefantenkuh, nimmt die Spitze, und vierzehn Elefanten schließen sich ihr an. Sie gehen alle auf den Hinterbeinen, und jedes Tier hat die Vorderbeine auf den Rücken des Vordermannes gelegt. So umschreiten sie dreimal das weite Rund der Manege und biegen dann endlich in den Reitergang ein. Mitten in der Manege bleibt der Maharadscha zurück; er muß sich wieder und wieder verneigen, umtobt von brausendem Beifall, den man seiner Dressurleistung zollt, der aber auch ihm allein gilt, seiner legendenumsponnenen Person – dem Träger der letzten Romantik eines nüchtern und sachlich gewordenen Jahrhunderts.

Diener harken den Sand, eine neue Nummer folgt. Vom Eingang her rollt ein Wagen in die Manege, ein klappriger, verrotteter, in allen Gelenken kreischender Zigeunerwagen, von zwei struppigen Gäulen gezogen, und von einer Meute Terrier wild umkläfft. Aus den blinden, mit schmutzigen Gardinenfetzen verzierten Fenstern drängen sich hübsche Mädchenköpfe – zwei blutjunge Zigeunerinnen – und eine Frau, der man trotz aller Schminke ihre Jahre ansehen kann. Ein Riesenbär ist hinten am Wagen angekettet – ein gewaltiges Tier, das aufgerichtet über zweieinhalb Meter mißt – zottig braun, mit tückisch kleinen Augen: Mackinaw, der alaskische Riesenbär. Ihm auf dem Fuße folgt ein bunt zerlumpter Zigeuner und streicht mit großen Gesten und kratzenden Fehlgriffen die Geige.

Das Publikum lacht amüsiert; hier und da klatscht man eifrig. Einmal rollt der Wagen die Piste entlang, und die Zigeunerdirnen winken aus den Fenstern. Mit grellem Geschrei kommt ein Nachzügler hereingepreßt – ein grauer, alter Esel, der mit steifen Beinen, von den Terriern umtobt, seine Bocksprünge macht. Dann hält der Wagen im Ausgang an, die Tür springt auf, und mit den Zigeunerinnen drängt ein Dutzend Affen – Rhesus, Meerkatzen und Makaken – heraus. Die Nummer beginnt.

Terrier werden als Pferde aufgeschirrt, Affen in bunten Husarenjacken reiten auf ihnen die Piste entlang und schneiden wilde Fratzen in das Publikum. Der alte Esel steht beiseite und dreht ergeben einen quietschenden Leierkasten, dessen Ledergriff er mit den Zähnen gefaßt hat.

Eine Zigeunerin hat sechs Terrier an den Riemen und läßt sie in den Pas der Hohen Schule die Manege durchqueren; das zweite Mädel läßt Hunde und Affen in buntem Wechsel springen und Saltos drehen: die Zigeunermutter spannt die Wäscheleine aus. Es ist ein dünnes Drahtseil, kaum ist es gesichert, steht Yutta darauf und läuft darüber im schleifenden Steppschritt. Die anderen drängen heran und klatschen rhythmisch in die Hände – die Musik geht in einen sanften Walzer über – Yutta tanzt, ohne Schirm, ohne Stange, schneller und schneller – und wirbelt dann schließlich im Doppelsalto von dem hell aufsingenden Silberdraht herab.

Der Zigeunervater will es ihr nachtun – aber aus seinem Tanz wird nur das hilflose Schwanken eines trunkenen Tölpels. Die Mädchen lachen ihn aus, lassen Tambourins rasseln, Kastagnetten klappern, tanzen spanische Tänze. Die Terrier umspringen sie mit Gekläff, die bunt kostümierten Affen finden sich paarweise und tanzen mit, so gut sie es verstehen; auch zwei Hunde haben sich gefaßt und drehen sich todernst auf den Hinterläufen. Frenetischer Jubel springt durch das Publikum.

Bis Yutta sich mit hellem Schrei aus der Tanzgruppe löst, Zigeunervater und -mutter beseite stößt, mit einem Griff Macky, den Bären, losmacht und ihn in die Mitte der Manege zieht. Da weichen alle anderen kreischend zur Seite, die Affen zetern davon, die Hunde verdrücken sich stumm. Allein mit dem Bären steht das schmale Kind auf dem gelben Sand. Er ist alt und bösartig – er erträgt nur Yutta. Durch seine Nasenmitte geht ein Ring, von dem eine dünne Kette herabhängt, an der Yutta ihn hält. Sie schiebt ein

Zuckerstück unter den windenden Fang; da richtet er sich auf, und ein entsetztes ›Oh!‹ weht durch den weiten Zirkus.

Das gewaltige Tier ist fast doppelt so hoch wie das kleine Mädchen; seine mächtigen Pranken pendeln schwer über ihrem Kopf. Es sieht über alle Maßen unheimlich und gefährlich aus. Aber Yutta lacht, reißt das rote Tuch vom schwarzen Haar, schüttelt den Kopf, daß die Locken zigeunerhaft flattern, und die Musik fällt ein: Yutta Mansfield tanzt mit dem Bären Mackinaw.

Er setzt seine kurzen Hinterbeine wie sie ihre schmalen Füße, er dreht und wendet sich, wie sie es ihm vormacht. Sie ist klein, zierlich und sehr graziös – er ist riesig, plump und von drolliger Massigkeit. Hier und da lacht man belustigt, aber der größere Teil des Publikums merkt, daß dieser Tanz alles andere als ein lustiges Spiel ist; es hält den Atem an und stöhnt erlöst auf, als der Tanz zu Ende ist – Bär und Kind in schöner Schlußpose den Beifall fordern. Aufrecht, leise schwankend auf seinen Hinterbranten, steht Mackinaw; dicht an ihn geschmiegt – den schmalen Rücken gegen seinen breiten, zottigen Bauch gedrückt – reckt sich Yutta auf den Zehenspitzen und streckt die Hand in die Höhe. Kaum erreicht sie mit den Fingerspitzen das Bärenkinn. Da knattert stürmisch der Applaus auf, und wenn nun auch die anderen Artisten ihre Verbeugungen machen – die beiden Mädchen, der Zigeunervater, die Zigeunermutter, die Terrier, die Affen und der alte Esel – der Beifall gilt Yutta allein und ihrem Tanz.

Langsam rollt der Wagen davon. Yutta folgt ihm, und still und ruhig trottet Mackinaw ihr nach. Reitergang und Aufsitzraum sind leer von Menschen, und wenn jemand Yutta kommen sieht, verdrückt er sich schnell; es ist strenger Befehl der Direktion, dem gefährlichen Bären aus dem Wege zu gehen, weil er jeden Fremden annimmt. Natürlich hat man im Anfang über diesen sonderbaren Befehl gelacht, aber nachdem Macky, die kleine Yutta wie einen Strohwisch mit sich ziehend, einige Frechlinge in wilder Jagd durch den ganzen Zirkus gejagt und einem erst allzu dreisten und dann allzu langsamen Musiker ein Pfundstück Fleisch aus dem Hosenboden geschlagen hatte – seitdem respektiert man die Eigenarten des halbwilden Tieres und geht ihm im großen Bogen aus dem Wege.

Yutta schlendert in den Raubtierstall, bugsiert Macky in sein Käfigabteil, lehnt sich an die Gitterstäbe; sie langt hindurch, krault dem verliebt schnaufenden Bären Kopf und Hals und Brust. Dann holt sie ein Zuckerstückchen nach dem anderen hervor und lauscht lächelnd, wie es unter dem weißschimmernden Gebiß zerknirscht.

Plötzlich dann sagt eine helle, spitze Stimme neben ihr mit böser Betonung:

»Yutta, du sollst gleich mal zu meinem Vater kommen!«

Ein kleiner Schreck durchfährt Yutta, und sie weiß beim ersten Wort, daß sich etwas hinter ihrem Rücken zusammengebraut hat. Aber dann nickt sie scheinbar gleichmütig dem Zigeunermädchen zu und sagt mit ruhiger Stimme:

»Ist gut, Milly, ich komme gleich!«

Sie wartet noch ab, bis Macky mit dem Trinken fertig ist, zieht die Pfanne aus dem Käfig und stellt sie unter den Wagen; dann folgt sie der Voraufgegangenen, deren bunter Rock schon am Ende des langen Stallganges verschwunden ist.

Sie geht durch den Stall und über den Zirkushof, der von Bogenlampen erleuchtet ist. Vor dem langen Wohnwagen der Bumkes bleibt sie einen Augenblick stehen und atmet tief. Dann steigt sie entschlossen die kurze Treppe hinauf, geht über die Veranda und klinkt die Tür auf. Die schmale Küche ist leer, aber im Wohnzimmer sind sie alle versammelt: Karl Bumke, seine Frau Frieda, seine Töchter Elly und Milly. Sie haben sich noch nicht abgeschminkt, und sie tragen noch ihre Zigeunerkleider. Vielleicht sehen darum ihre Gesichter so böse und wild aus. Sie sitzen um den Tisch herum; es sieht aus wie eine Gerichtssitzung.

»Guten Abend!« sagt Yutta höflich und bleibt unter der Portiere stehen. »Was soll ich?«

Karl Bumke funkelt sie an.

»Was ist los mit dir, he? Weißt du, was man mir erzählt hat? Du sollst mit Arrigoni Vertrag gemacht haben ab Ersten! Was ist wahr daran?«

Yutta, die plötzlich ganz ruhig und sicher ist, langt sich kaltblütig einen Stuhl aus der Küche, stellt ihn vor die Portiere und setzt sich darauf. Kühl sieht sie in die vier leidenschaftlichen Gesichter, deren Augen starr und brennend auf ihren Mund gerichtet sind. Dann sagt sie trocken:

»Ich habe Kontrakt gemacht. Ich gehe am Ersten. Arbeiten werde ich schon ab morgen mit Arrigoni.«

Der Mann haut die Faust auf die Tischplatte, daß der Wagen erbebt.

»So, sieh mal einer an, das Fräulein macht Kontrakt! Und ich, wo bleibe ich? Ich zähle wohl gar nicht mehr mit, was? Hast du mit mir keinen Vertrag?«

Yutta sieht ihn furchtlos an.

»Nein. Onkel Karl, ich habe keinen Kontrakt mit dir. Du hast mich damals, als wir meinen Vater beerdigt hatten, gefragt, ob ich bei dir arbeiten wollte. Ich habe ja gesagt, und ich habe vom ersten Tag an auf dem Draht und mit Macky gearbeitet. Du hast gemeint, du wolltest erst mal sehen, wie die Nummer sich anlassen würde. Du hast verschwiegen, daß der Direktor dir sofort die Gage sehr anständig erhöht hat. Du hast gesagt, vorläufig wolltest du mir Essen und Kleidung geben, mir ein Wohnabteil besorgen und ein paar Mark Taschengeld zahlen – soviel, wie du deinen Töchtern zahlst. Das war vor fünf Jahren, Onkel Karl, und bis heute bist du über das ›vorläufig‹ nicht hinausgekommen. Ich bin aber nicht deine Tochter!«

Der Artist senkt verlegen den Blick; seine Frau aber sagt mit bösem Gesicht:

»Wir haben dich wie unser eigenes Kind gehalten – ist dir das nicht genug? Sind wir nicht immer anständig zu dir gewesen? Haben wir das verdient um dich, daß du uns jetzt ohne Dank davonläufst?«

Yutta hebt ein wenig die Stimme:

»Tante Frieda, ich bin ein Artistenkind; ich bin heute Artistin, und ich will noch eine große Artistin werden. Tante Frieda, es war nicht genug. Ihr habt eine nette Kleintiernummer gehabt, ehe ich zu euch kam. Ich habe mit Macky und der Drahtseilarbeit die Nummer erst richtig für die Manege aufgezogen. Ihr könnt mich dafür nicht mit einem Lehrlingstaschengeld abfinden.«

»Phh!« macht die Frau. »Dir ist nichts abgegangen. Du bist ein Kind, eine Waise – ohne uns hättest du auf der Straße gelegen. Wer weiß, wo du schon geendet wärest, wenn wir dich nicht aus Mitleid aufgenommen hätten!«

Jetzt ist es vorbei mit Yuttas Ruhe, jetzt wird sie böse. Tante Frieda ist einmal Putzmacherin gewesen und kann heute noch nicht die kleinste artistische Arbeit; sie hopst nur in der Manege herum, spielt sich als Gattin eines Truppenchefs auf und hat von Tuten und Blasen keine Ahnung. Yutta sagt scharf:

»Ohne euch wäre es mir besser gegangen! Der Direktor hätte sich meiner angenommen. Ich wäre heute weiter!«

Die Frau sieht ihren Mann vielsagend an.

»Siehst du, Kalli, das ist nun der Dank. Jetzt wird sie noch frech und gemein zu uns und lügt noch obendrein. Der Direktor – daß ich nicht lache!«

Yutta, eiskalt vor Ärger und Ablehnung, spielt nun ihren Trumpf aus.

»Ich habe vorhin mit dem Direktor gesprochen. Er weiß, daß ich von euch gehe. Er meint, daß Onkel Karl mir für die letzten Jahre nachzahlen muß. Er sagt –« Und sie wiederholt wörtlich, was der Maharadscha ihr aufgetragen hat.

Die Frau erstarrt; die beiden Mädchen durchbohren Yutta mit neiderfüllten Blicken. Es hat immer Spannungen zwischen ihnen gegeben; Yutta war ihnen in allen Dingen überlegen. Sie hatte den Stolz des Zirkuskindes, dessen Eltern große Artisten gewesen sind, und sie hat manchmal den nicht allzu gewandten Mädels diesen Stolz wohl zu verstehen gegeben.

Karl Bumke hebt seinen puterroten Kopf.

»Das ist eine glatte Erpressung!« knurrt er. »So ein gemeiner Streich – das sieht dem Direktor wieder mal richtig ähnlich! Und die größte Gemeinheit ist, daß mir nichts anderes übrigbleibt, als ja zu sagen! Du hast fünf Jahre bei mir gearbeitet, was willst du haben?«

»Onkel Karl, ich kann nicht handeln. Ich wollte zuerst für jedes Jahr tausend Mark fordern. Aber wenn du mir im ganzen viertausend Mark zahlen willst, soll es mir recht sein. Aber davon lasse ich mir nun keinen Pfennig mehr abhandeln!«

Die Frau stöhnt:

»Das ist der Dank! Erpressung ist das! Viertausend Mark!« und dann kreischt sie los: »Tu's nicht, Kalli! Sie hat gar nichts zu verlangen, gar nichts! Sie hat ja nicht einmal einen Vertrag mit uns! Viertausend Mark – Karl, das ist heute ein Vermögen!«

Für einen Augenblick schwankt der Artist; er schielt Yutta schräg und giftig an.

»Und wenn ich mich einfach weigere – wenn ich dir keinen Pfennig zahle – was machst du dann?«

Aber Yutta läßt sich nicht einschüchtern. Mit höflich bösem Lächeln sagt sie – langsam und leise:

»Dann verklage ich dich, Onkel Karl. Der Direktor und sein Syndikus helfen mir dabei. Du fällst ganz gewiß herein und bekommst obendrein noch einen sehr schlechten Ruf. Und dein Vertrag hier läuft in zwei Jahren ab; der Direktor engagiert dich nie wieder, und ohne mich und Macky taugt deine Arbeit nur für kleine Zirkusse und für mittlere Varietés. Es wird dir sehr teuer zu stehen kommen, wenn du jetzt bei mir sparen willst. Ich würde zahlen an deiner Stelle!«

Karl Bumke sieht seine Frau an, die über der Filetdecke des Tisches verzweifelt die Hände ringt.

»Nun weißt du Bescheid, Mutter. Das Mädel hat uns in der Hand. Wenn ich jetzt nein sage, liege ich im Winter fest, finde höchstens ein oder zwei kleine Vierzehn-Tage-Engagements und habe obendrein für den Rest meines Lebens noch den Radscha im Genick. Es geht nicht anders, ich muß zahlen, Frieda, es hilft alles nichts. Und schließlich kriege ich es ja wieder rein, wenn der Direktor mich prolongiert. Milly muß dann eben die Drahtseilarbeit machen, und Elly muß mit dem Bären tanzen.« Er dreht sich stracks zu Yutta herum: »Aber wenn ich dir die viertausend Mark zahle, gehört der Bär mir!«

»Macky ist mein Eigentum!« sagt Yutta kühl.

»Ich kaufe ihn dir ab!« poltert der Artist. »Ich zahle dir viertausend Mark! Damit bist du abgefunden, und der Bär geht in meinen Besitz über!«

»Ich verkaufe Macky niemals!« antwortet das Mädchen. »Wenn du willst, verpachte ich ihn dir. Wir wollen einen Vertrag aufsetzen, Onkel Karl. Fünfzig Mark Pacht mußt du mir im Monat bezahlen. Bleibst du länger als drei Monate im Rückstand, kann ich dir ohne weitere Kündigung den Bären wegnehmen!«

»Auch noch! Auch noch so was!« ruft Frau Frieda empört und fährt von ihrem Stuhl in die Höhe. »Karl, schmeiß nun endlich das freche Gör raus! Schließlich haben wir es ja Gott sei dank gar nicht nötig, uns von ihr erpressen zu lassen.Mag es kommen, wie es will – Kalli, schmeiß sie raus!«

Aber Karl Bumke sieht seine Frau nicht an. Der Artist weiß genau, was Yutta ihm genützt hat in den vergangenen Jahren; er weiß, daß er in ihrer Schuld ist. Im Grunde freut er sich, so glatt aus der ganzen Geschichte herauszukommen. Wenn das Mädchen raffiniert wäre, könnte es ihm noch eine ganz andere Krawatte drehen.

»Es ist gut!« sagt er. »Ich nehme die Bedingungen an. Du kannst morgen den Scheck und den Vertrag von mir haben.«

*

Christian, der Holländer – erster und dickster Portier im ›Grand Cirque Les frères Moreaux‹ – schreitet gewichtig, der Würde seiner

Mission voll bewußt, über den weiten Zirkusplatz, geht von Wagen zu Wagen und verteilt die Post.

Es ist ein heißer Nachmittag im Hochsommer. Der große französische Zirkus mit seinen endlos langen Menageriezelten steht auf einer weiten, grellgrünen blumendurchstickten Wiese, von der zwei Seiten durch eine scharfe Flußkurve begrenzt werden. Dieser Fluß ist die Seine, und die Stadt dort hinter dem Zirkuszaun – das ist Rouen. Rouen ist eine gute Zirkusstadt. Seit fünf Tagen ist allabendlich das Zelt dicht gefüllt; das Publikum ist dankbar und verständnisvoll interessiert. Sonst aber ist Rouen ein langweiliges Nest – fast alle Artisten sind daheim. Die älteren liegen im Wagen auf den Sofas und schnarchen, daß Christian sie schon von draußen hört; jüngere Ehepaare haben die Rohrstühle auf den Rasen gesetzt und genießen den Wagenschatten; zwei Dutzend Mädels im Badetrikot liegen in der prallen Sonne und lassen sich schmoren. Die Tiere in den Stallungen und den Käfigwagen schlafen.

Christian geht schwer und schmunzelnd von Wagen zu Wagen; er weckt die Schläfer, läßt sich vom Ballett überfallen und umzingeln, und taucht erst nach einer geraumen Weile mit hochrotem Kopf wieder aus dem zappelnden Gewirr bunter Trikots und nackter Mädchenbeine. Christian waltet seines Amtes und nimmt jeden Dank so ernsthaft und würdig entgegen, als sei das Eintreffen eines jeden Briefes allein auf seine persönlichsten Verdienste zurückzuführen.

Auch Yutta Mansfield ist in ihrem Wagenabteil und reckt fröhlich den nackten Arm durch das Fenster. Sie bekommt einen dicken Brief mit vielen Marken und Stempeln – einen Brief aus Indien.

»Danke schön, Christian!« ruft Yutta aus dem schmalen Wagenfenster.

Um den nächsten Wagen biegt mit langen Schritten der Dompteur Proschke, der allabendlich die größte Raubtiernummer vorführt; fünfzehn Tiere – Löwen, Tiger, zwei Leoparden, zwei Eisbären, zwei Grizzlys, zwei Wölfe, zwei Doggen – Vincent Proschke, der Stallmeister der Raubtiere.

Der Dompteur klopft mit harten Knöcheln gegen Yuttas Tür.

»Yutta!« ruft er. »Hallo, Yutta!«

Ihr Kopf taucht auf im schmalen Fensterrahmen.

»Yutta!« sagt der hochgewachsene, breitschultrige Mann mit dem offenen, ehrlichen Gesicht. »Yutta, ich mache Kinderstube – bloß provisorisch, weißt du; ich stelle ein paar Gitter zwischen den Wagen auf. Willst du kommen und ein bißchen mit aufpassen?«

Yutta strahlt.

»Ich komme gleich, Vincent. Ich will nur den Brief hier lesen und mir was anziehen. Zwei Minuten, Vincent!«

»Gut!« erwidert Vincent. »Inzwischen fange ich langsam an!« Mit seinen überlangen Schritten eilt er schon wieder davon.

Yutta steht in ihrem kleinen Abteil und hält Robbys Brief in den Händen. Ihr Blick fliegt über die engen Zeilen. Hitze, Arbeit, Fieber, Konservenessen – seit Monaten schon schreibt Robby immer und immer wieder die gleiche Melodie: Hitze, Arbeit, Fieber, Konserven. – Je länger er in Indien ist, desto weniger schreibt er noch von Dschungel und Urwald und von den wilden Tieren. Ja, in den ersten Briefen – da hat er sich ausgeschwelgt, hat so begeistert von der Schönheit und Wildheit des fernen Erdteils geschrieben, daß Yuttas Herz immer schwer von Sehnsucht war, wenn sie einen seiner Briefe gelesen hatte. Heute aber? Fast nichts von Indien steht in den zwölf Seiten. Über Altona und Hamburg schreibt Robby Neuhaus, voll Wehmut und Rührung. Und von der Reeperbahn, vom Bismarckkanal, von den Landungsbrücken, von der Elbe, von Oevelgönne und von Blankenese und von der sommerlichen Zeltstadt am Steilufer von Tinsdal. Robby Neuhaus da drüben im wildesten Indien hat jämmerliches Heimweh nach der nordischen Stadt im Seewind, seiner Vaterstadt Hamburg.

Dann legt sie den Brief fort, wirft eine dünne Sommerweste über und zieht die flachen Turnschuhe an. Sie trägt eine lange, weite dunkelblaue Spielhose. Nachdem sie noch einmal mit dem Kamm ordnend durch ihr Haar gefahren ist, geht sie hinaus.

Eine kurze Weile steht sie auf der Treppe und zwinkert in die pralle Sonne, dann schlendert sie über den Platz, auf den Winkel zwischen Raubtierstall und Chapiteau zu, in dem Vincent sicher seine Kinderstube aufgebaut hat.

Weiter hinten steht der große Wagen von Monsieur Villier, dem Freiheitsdresseur und Stallmeister für Pferde und Exoten. Unter dem gestreiften Sonnendach auf der Veranda sitzt der schlanke elegante Franzose mit seiner schönen Frau, der Römerin. Enrico Arrigoni ist bei ihnen; sie winken Yutta zu. Im Gegengruß sieht Yutta, daß noch ein anderer Mann, ein Fremder, am Kaffeetisch auf der Veranda sitzt. Schnell und scharf sieht sie hinüber; ihre Augen begegnen dem Blick des Gastes da drüben.

Ein Herr in Grau – graue Flanellhose, graues Seidenhemd, graue Sportjacke, graue Schuhe mit dicken Kreppsohlen – sehr einfach gekleidet auf den ersten Blick; erst beim zweiten Blick stellt man fest, wie gediegen und solide Stoffe und Verarbeitung sind. Ein hartes, kantiges Herrengesicht – straff gescheitelt, blondes Haar, ein wenig dünn bereits – graue Augen, hell wie der hohe, ausgebrannte Sommerhimmel, tief wie die graue Nordsee – und ein kurz gestutzter Bart über dem schmalen Mund, der merkwürdig rot und zärtlich und fast frauenhaft weich über dem eckigen Kinn sich schwingt.

Yutta sieht schnell wieder weg. Warum fühlt sie sich mit einem Male so bedrückt – warum ist plötzlich so viel Unruhe in ihr, Hast und Nervosität? Mit raschen Schritten geht sie vorüber. Aber sie fühlt den Blick des Fremden da oben, der ihr folgt. Wie eine Hand fühlt sie diesen Blick – wie eine Hand, die auf ihr liegt und ihren Schritt hemmt – und einmal ist es, als ob dieser Blick ihr ohne Gnade die Kleider nimmt und sie nackt und zitternd unter ihm dasteht.

Wer ist der Mann? Er ist kein Fremder. Sie entsinnt sich, daß sie ihn gestern schon gesehen hat. Als sie in der Manege arbeitete, stand er am Eingang und sah ihr zu. Und er applaudierte – wie einer vom Bau applaudiert, der dem Publikum das Signal zum Einsetzen des Beifalls gibt, aber die Hände sinken läßt, sobald die der Besucher sich regen. Er ist kein Fremder, er ist ein Artist. Sollte nicht in Rouen ein neuer Schulreiter kommen – ein Engländer, ein weltberühmter Mann? Gewiß, das wird er sein! Aber warum regt der Mann sie so auf? Warum interessiert sie sich so für ihn? Es ist doch sonst nicht ihre Art? Still und ratlos schüttelt Yutta über sich selbst den Kopf. Wie fremd ein Mensch doch sich selber ist und bleibt!

Aber dann hat sie die Begegnung wieder vergessen. Im Winkel zwischen Spielzelt und Raubtierstall ist aus Gitterteilen ein flüchtiger Zaun errichtet auf dem grünen Rasen. Zwei ganz junge Tiger, die kaum erst gelernt haben, ihre dicken Köpfe aufrecht zu tragen, watscheln und rutschen und schliddern mit vor Verwunderung übergroßen Augen durch das hohe Gras. Tierpfleger gehen hin und her zwischen dem Gehege und den Stallkäfigen, kommandiert von Vincent Proschke. Wenige Minuten später ist der gesamte Nachwuchs der Raubtierstallungen auf dem Rasen vereint: zwei Dutzend junge Löwen mit den starken Jugendflecken an Brust und Beinen, Bauch und Schultern – ein Dutzend Tiger, von den Zehn-Wochen-Babys bis zu den hochbeinigen Halbjährigen – ein halbes Dutzend Pumajunge, silbergrau, mit schwarzen Flecken und Streifen – zwei Jaguare, kaum ein Vierteljahr alt – zehn Jungwölfe, verspielt und zärtlich gleich kleinen Hunden – sechs junge Braunbären, possierlich, neugierig über alle Maßen, frech und verliebt. Diese Jungtiere sind die Zuchtergebnisse der wandernden Menagerie, der Nachwuchs, der große Stolz der Direktion und der noch größere Stolz des Dompteurs und Stallmeisters Vincent Proschke. Ein paar Hunde sorgen für Ordnung: die Schäferhündin Senta bei den Löwen, denen sie als Amme gedient hat, der Eskimospitz Mala bei den Bären, seinen Spielkameraden, die Dalmatinerin Mignon bei den Wölfen.

Und Yutta Mansfield sitzt mit überschlagenen Beinen im hohen Gras; von links und rechts drängen sich die Katzen gegen sie an. Die beiden Jaguare haben sich gleich in ihrem Schoß zusammengerollt, die Pumas reiben sich an ihren Knien, zwei der größeren Tiger sitzen links und rechts wie stolze Wappentiere ihr zur Seite – und von hinten vergräbt ein Teddy seine schnüffelnde Nase tief in die offenen Locken ihrer Frisur; er kämmt dann mit seinen Krallen so robust durch das Haar, daß Yutta im Schmerz aufkreischt, bis der empörte Spitz Mala eilfertig und hilfsbereit herangesprungen kommt und den allzu neugierigen Teddy kläffend und schnappend dreimal um das weite Viereck jagt.

Vincent Proschke hockt in einer anderen Ecke des Geheges und balgt sich mit den halberwachsenen, sehr rüpelhaften Löwen herum. Gaston, der Raubtierpfleger, wäscht einem Puma die entzündeten Augen mit Kamillentee aus, und die junge Frau des Dompteurs bearbeitet die zottigen Pelze der eifrig und begeistert brummenden Bären mit dem weitzinkigen Holzkamm. Hoch steht die Sonne am Sommerhimmel; die Tier aus Dschungel und Urwald, die wilden und schönen Tiere, die niemals ihre Heimat gesehen haben, und sie niemals sehen werden – die Steppen Zentral-Afrikas, die Dschungeln vor dem Himalaya, die majestätische Bergwelt der Rocky Mountains, die vereisten Tundren Sibiriens, die wuchernde, schwüle Wildnis des Amazonen-Waldes und die nackten Felsklippen von Texas und Kalifornien – die junge wilde Brut schwelgt in Sonnenlicht und Sonnenwärme, brummelnd und maunzend, im tobenden Spiel und im wohligen Geräkel.

Auf der Veranda des Wohnwagens wendet sich James Gordon, der Schulreiter, dem Signor Arrigoni zu:

»Ich gratuliere, Enrico. Du hast dir da ein fabelhaftes Mädel aufgegriffen. Deine Nummer war noch nie so gut. Noch Lehrmädchen oder schon richtige Partnerin?«

Verblüfft sieht er sich um. Der Kunstreiter macht plötzlich ein bös verkniffenes Gesicht; Monsieur Villier prustet laut heraus und Cléa, die Üppige, jubelt vor Freude.

»Was ist denn los mit euch?« fragt Gordon verwundert; dann greift er mit leichtem Lächeln nach der Kaffeetasse und sagt: »Hab ich einen Witz gemacht? Unfreiwillig? Du wirst doch nicht gekränkt sein, Enrico; ich habe wirklich keine Ahnung!«

Der Stallmeister stöhnt:

»Wenn du wüßtest, James, wie gut dein Witz ist!«

Und die Römerin lacht frivol und aufreizend.

»Wie kann Enrico wohl beleidigt sein, wenn man seinen Truppenchef für ein Lehrmädchen hält!«

Aber gegen diese Worte begehrt Signor Arrigoni nun stürmisch auf, und es gibt zwischen ihm und der lachenden Frau eine so rasante Auseinandersetzung in der heimatlichen Sprache, daß keiner der beiden anderen Männer auch nur ein Wort versteht. Die Römerin lacht und läßt sich von dem Wütenden durchaus nicht einschüchtern. Schließlich schnappt Enrico erschöpft nach Luft, sieht empört in die Runde – und nun lachen alle drei ihn aus.

Er schneidet eine wilde Grimasse; dann wendet er sich jäh dem Engländer zu:

»Paß auf, James! Du sollst einmal ein Urteil abgeben – ein unparteiisches Urteil, verstehst du? Was mit mir und meiner Nummer los ist, erfährst du ja doch, und dann will ich es dir lieber gleich selbst erzählen, als daß andere auf meine Kosten ihre faulen Witze reißen. Wann hast du mich zuletzt arbeiten sehen?«

»Warte mal!« sagt James Gordon. »Das war – wann war das nur? Ah – ich weiß schon! Vor vier Jahren ungefähr, in Lissabon. Wir waren zusammen engagiert. Fortunio mit seinen Löwen war mit im Programm, die Codonas und Collins mit seinen Elefanten. Damals hattest du die kleine Blonde – wie hieß sie doch?«

»Zephira hieß der Trampel!« knurrt Arrigoni. »Die reist heute als Assistentin mit Attila, dem ungarischen Athleten. Mir fiel sie vor ungefähr drei Jahren zwischen die Pferde. Und da habe ich mir die Yutta geholt. Aber sag mir, James: wie war damals meine Arbeit?«

Der Schulreiter sieht ihn verständnislos an.

»Gut war sie. Natürlich gut. Erstklassig, Enrico. Warum fragst du so dumm?«

»Und wie ist sie heute, he?« fragt der Italiener und beugt sich über den Tisch.

James Gordon lehnt sich in seinem Stuhl zurück und sieht Arrigoni mit schmalen, kühlen Augen an.

»Ich weiß nicht, worauf du hinaus willst, Enrico!« sagt er bedächtig. »Damals rittet ihr einen Voltige-Akt und ein Pas-de-deux. Deine Partnerin war ein bißchen schwer, nicht wahr – ich glaube, sie hat's dir nicht leicht gemacht, wie? Aber sie sah hübsch und niedlich aus, und was ihr fehlte, machtest du reichlich wett. Wie gesagt: es war erstklassig. Aber mit heute ist die Arbeit von damals gar nicht zu vergleichen. Ihr reitet immer noch Voltige und Pas-de-deux. Die Voltige ist sehr rassig, sehr elegant, und das Pas-de-deux ist die schönste Arbeit, die ich bis jetzt in der Manege gesehen habe. Ganz groß aber ist die Solo-Arbeit des Girls: als Schlangendame auf dem galoppierenden Pferd. Das ist die beste kontorsionistische Arbeit, und das Mädel weiß die Nummer blendend zu verkaufen. Allein ihr Kostüm – dieses Trikot aus knallgrünen Pailletten, die unter dem Scheinwerfer glitzern und funkeln und strahlen – ich habe gestern im Gang gestanden: das Publikum war hell begeistert. Originelle Idee; im Londoner Weihnachtszirkus bekäme sie für dieser Arbeit glatt zehn Pfund für die Vorstellung!«

»Danke schön!« erwidert Arrigoni und starrt ihn finster an.

James Gordon sagt gelassen:

»Ich weiß nicht, was du willst, Enrico. Recht muß Recht bleiben. Das Girl ist mindestens so gut wie du. Vielleicht ist sie sogar besser als du. Du hast mich um meine Meinung gefragt – bitte!« Er faßt in die Jackentasche, läßt ein schwergoldenes Zigarettenetui aufspringen, bietet an und reicht Feuer.

Der Kunstreiter macht einen tiefen Zug: dann sprudelt er den Rauch heraus.

»Darum geht es ja schließlich gar nicht – es geht um ganz was anderes. Das Mädchen ist eine gemeine Person, aber kein Mensch will mir das glauben. Jeder lacht mich nur aus. Nun sollst du einmal urteilen – aber gerecht und unparteiisch, verstehst du? Also es war so: die Zephira stürzte, und ich habe die Yutta engagiert. Sie hat gleich hundert Mark mehr verlangt. Ich habe sie gezahlt, weil ich wußte, daß sie was kann. Wir arbeiteten in München – und es regnete Kontrakte dort, kann ich dir nur sagen. Ich habe die Gage fast auf das Doppelte getrieben – aber wie ich denke, nun habe ich es geschafft, da hat mir die Yutta die ganze Rechnung versalzen! Sie hatte mit mir zuerst nur einen Drei-Monats-Vertrag. Als ich dann abgeschlossen hatte und ihren Vertrag verlängern wollte – was sagt die kleine Bestie? Bitte schön, hat sie gesagt, gern – aber auf Teilung: fünfzig zu fünfzig oder gar nicht. Ich hab nicht schlecht getobt, es hat mir nichts genützt. Ich wollte mir eine andere Partnerin nehmen, aber die Herren Direktoren gaben mir deutlich zu verstehen, daß ihnen die Yutta mindestens ebensoviel wert sei wie ich selbst – daß meine Nummer ohne Yutta sie aber gar nicht interessieren würde. Am gemeinsten war der Maharadscha; das ist ihr spezieller Freund, mußt du wissen. Kurz und gut, eine Wahl blieb mir nicht; seit der Zeit habe ich mit ihr nach Abzug der Futter- und Transportkosten die Gage geteilt. Du brauchst nicht zu grinsen, James, es kommt noch besser. Ein paarmal war dann das Mädel dabei, wenn ich mit Agenten oder Direktoren verhandelte. Sie hat nicht stumm und steif danebengesessen – sie hat immer hübsch den Mund aufgemacht. James, ich bin ein alter Zigeuner, und ich hab mich mit tausend Teufeln um mein bißchen Gage geprügelt – aber die Yutta verstand es viel besser noch als ich, und sie hat die Gage nochmals um die Hälfte hochzutreiben gewußt. Ich wäre ein Narr gewesen, wenn ich ihr daraufhin nicht das Geschäftliche überlassen hätte. Warte, es kommt noch besser. Sie brachte ihre Kautschukarbeit heraus, ritt aber nur drei- oder viermal sozusagen auf Probe in der Manege. Jeder Direktor, der die Arbeit sah, wurde sofort wild und verlangte die Nummer täglich. Aber was tat Yutta, was sagte sie? Nein, sagte sie! Diese Arbeit gehört nicht zu der Nummer, die Sie engagiert haben, Herr Direktor. Ja, sagt sie, ich bringe den Akt – wenn ich besonders dafür bezahlt werde. Na, was soll ich lange erzählen, du hast es ja gesehen: sie bringt die Arbeit, sie bekommt die Arbeit besonders bezahlt – und jetzt verdient diese rabenschwarze Seel glatt das Doppelte wie ich. Nun urteile du, James!«

Der Schulreiter schnippt belustigt die Asche von seiner Zigarette. »Was soll ich da urteilen, Enrico? Ich kann dich nur wieder zu dem glücklichen Griff beglückwünschen. Wenn du von allem Äußerlichen absiehst, hast du dich doch kolossal verbessert. Du rechnest immer dem Girl nach, was sie verdient. Verdienst du nicht aber durch sie auch bedeutend mehr als früher?«

»Ja, gewiß, das tue ich!« erwidert der Italiener. »Aber ich könnte doch viel mehr haben, wenn sie nicht so unverschämt auf ihren Vorteil bedacht wäre!«

»Wenn du nicht so schrecklich dumm wärst, willst du wohl sagen, Enrico!« sagt Frau Cléa mit funkelnden schwarzen Augen. »Warum hältst du das Mädel auch wie eine Prinzessin? Hättest doch was mit ihr anfangen können – eine kleine Liebschaft, meine ich, Enrico – du warst doch sonst nicht so zimperlich. Meinetwegen hättest sie ja auch heiraten können – dann wäre sie dir nicht so über den Kopf gewachsen. Und wenn schon – die Gage gehörte dann auf alle Fälle dir allein!«

»Certainement!« sagt Monsieur Villier. »Mund auf Mund läßt sich am besten geschäftlich mit einer Dame verhandeln!«

»Ach ihr, ihr leichtsinniges Volk, ihr habt es nur immer mit der Liebe zu tun. Ich bin nun mal nicht so veranlagt, und die Yutta ist ganz und gar nicht mein Typ. Ganz und gar nicht. Niemals könnte ich mich für ein so kaufmännsich denkendes Mädel erwärmen – für so einen Bücherwurm!«

»Einen – was?« fragt Gordon interessiert und verdutzt, denn Büchernarren sind beim Zirkus etwa so zahlreich, wie Mäuse in einem Leopardenkäfig.

»Einen Bücherwurm, ja!« sagt der Italiener. »Was ist denn dran an diesem Mädel, was? Alles Geld, das sie verdient, packt sie auf ihr Bankkonto; jedes kleine Ballettmädel leistet sich mehr als sie! Sie schneidert ihre Sachen selbst, wäscht selbst, kocht selbst, hat keinen Flirt, keine Liebelei, nichts! Ausgehen, sich amüsieren, wie andere es tun – das interssiert sie absolut nicht. Bücher interessieren sie und sind das einzige, für das sie hin und wieder mal etwas Geld ausgibt. Einen ganz großen Koffer voll Bücher hat sie, den sie immer mitschleppt!«

»Romane, Liebesgeschichten, was?« fragt Gordon und steckt sich eine frische Zigarette an.

»Kein Gedanke!« schreit der Italiener. »Keine Spur! Die – und sich für Liebe interessieren! Bücher über Tiere schleppt sie mit sich herum – über wilde Tiere, über Löwen, Tiger, Elefanten, Leoparden, Bären. Wissenschaftliche Bücher – kannst du dir das vorstellen, James? Ich denk, mich trifft der Schlag, als die erste Sendung kam. Ich weiß das noch; sie packte sie vor meinen Augen aus. Ein Ding wie ein Lexikon, dreizehn Bände in Leder – stell dir das bloß vor! Wie hieß es doch gleich? ›Brehms Tierleben‹!«

»Komisch!« sagt James Gordon und hebt die Schultern. »Was will eine Reiterin mit Tierbüchern? Wenn sie noch Dompteuse wäre.«

»Das will sie ja werden!« ruft Enrico Arrigoni verzweifelt. »Das ist ja eben die grenzenlose Gemeinheit. Sie will sich bei mir ja nur Geld machen für eine eigene Raubtiernummer. Die verläßt mich gnadenlos, wenn sie ihre Zechinen zusammen hat. Und dann steh ich da und kann wieder von vorn anfangen. Oh, wie ich dieses Frauenzimmer hasse!«

Gordon fragt interessiert:

»Woher stammt sie eigentlich? Privat oder Artistenkind? Wie heißt sie?«

»Mansfield heißt sie!« sagt der Italiener mürrisch. »Yutta Mansfield. Du wirst den Namen wohl kennen, James. Der Vater arbeitete mit Elefanten, die Mutter mit Löwen.«

»Mademoiselle Candia!« sagt der Engländer laut und mit merkwürdig zitternder Stimme. »Natürlich kenne ich sie. Sie nahmen beide ein schlimmes Ende – ganz kurz nacheinander. Irgend etwas stimmte dabei nicht. Aber es war eine große Liebe zwischen ihnen.«

Er blickt mit harten Augen in die Wagenburg hinaus.

»Und das ist also ihr Kind, Carlottas Kind. – Aber – das kann doch höchstens – ja, wie alt kann sie sein?«

»Neunzehn!« sagt Arrigoni lakomisch.

»Neunzehn Jahre! So geht die Zeit hin – so werden wir alt.« Er sieht vor sich hin auf das Tischtuch. Plötzlich steht er auf, drückt die Zigarette im Aschenbecher aus und sagt flüchtig: »Vielen Dank für die freundliche Stunde, Signora. Entschuldigen Sie bitte, ich habe etwas Wichtiges . . .« Er geht schon die Treppe hinunter und verschwindet dann hinter dem nächsten Wagen.

Die drei auf der Veranda sehen ihm verblüfft nach.

Der Schulreiter steht indessen noch zwischen den Gerätewagen. Seine Augen flackern und glühen – sein Gesicht, vom jähen Sturm der Leidenschaft zerrissen, ist verzerrt – seine Hände haben sich zu schweren Fäusten geschlossen.

Also hat er recht gehabt – das Gefühl in ihm hat recht behalten. Als er gestern Yutta in die Manege kommen sah, glaubte er, eine Vision zu haben: Carlotta Mansfield – Mademoiselle Candia!

Zehn Jahre ist es her. Vor zehn Jahren hat sich das in seine Seele gegraben – unzerstörbar, untilgbar, nie zu löschen. Carlotta – er hat sie geliebt wie ein Wahnwitziger.

Damals war seine wilde und glückliche Zeit; wie er nach den Frauen griff, so fielen sie ihm zu.

Aber Carlotta, die Stolze, die Schöne – die einzige, um die es sich gelohnt hätte – Carlotta hatte nur ein ablehnendes, höflich kühles Lächeln für ihn.

Da ließ er alle anderen um ihretwillen, da warb er ehrlich um sie – um ihre flüchtige Gunst – er warb um ihre Liebe. Es half ihm nichts, sie blieb unerreichbar. Er war kein Mann für sie; er war für sie nichts als ein lästiges, unangenehmes Wesen.

Er wurde kühn – sie zerschmetterte ihn mit zehn Worten. Dafür haßte er sie, schwur er ihr Rache; sein Liebeshaß trieb ihn zur Gewalt. Er wollte sie zwingen, zwingen zur Liebe. Sie wehrte sich stumm und verzweifelt; er aber war stärker – er spürte ihre Schönheit. Da kam ihr Mann – da kam Peter Mansfield und mit ihm James Gordons schmachvollste Stunde.

Was ihm geschah, geschah vor den Augen der Frau, die er liebte ohne Grenzen und ohne Maß, die er haßte, weil sie ihn nicht lieben wollte, weil sie sich ihm kühl und gleichgültig versagte.

Was ihm geschah ... Damals hatte er geglaubt, daß er diese Stunde nicht überleben würde. Noch nach Monaten hat er sich im Spiegel nicht selbst in die Augen sehen können. Peter Mansfield war ein harter und grausamer Mann – so hart und grausam, daß er ihn niemals hat hassen, sondern immer nur hat fürchten können.

Nicht daran denken – es wird schmerzen bis an den letzten Tag. Welcher Mann kann leben, wenn ein anderer Mann ihn hart und herrisch vor den Augen der geliebtesten Frau zerbricht, ihn erbärmlich erniedrigt? Welcher Mann kann leben, wenn die geliebteste Frau für seine Schmach nichts anderes hat als eine leise, verstörte angeekelte Geste?

James Gordon strafft sich. Seine Augen flackern wild und böse auf. Er – er kann leben! Und es ist gut, daß er am Leben geblieben ist; jetzt hat die Hölle oder der Himmel die Vergeltung in seine Hand gelegt! Mademoiselle Candia ist tot, Peter Mansfield ist tot – aber ihre Tochter Yutta lebt, sie ist frei – und sie wird ihm gehören!

Sie wird ihm gehören – das ist die Vergeltung über das Grab hinaus. Ein Zirkusmädchen, eine Reiterin, die Dompteuse werden will, ein Mädchen, das keinem anderen Mann versprochen ist – James Gordon fürchtet keine Konkurrenz; er weiß, daß er jeden Mann bei diesem Spiel aus dem Sattel heben wird.

*

Yutta liegt lang ausgestreckt im weichen, hohen Gras. Über ihre Brust und ihre Beine krabbeln, kläglich und vergnügt mauzend, die beiden kleinen Jaguare. Ein junger Wolf versucht voll Eifer, die Sohlen ihrer Stiefel anzukauen. Der Teddybär hat sich wieder eingefunden und bohrt seine schobernde Nase begeistert prustend in ihre Haare. Links und rechts, eng an ihre Flanken geschmiegt, liegen buntgefleckte, gestreifte, seidenweiche Pelzbündel, drängen sich an sie, betapsen sie mit ungeschickt großen Pranken – junge Pumas, junge Löwen, junge Tiger.

Yutta ist glücklich und zufrieden, wie sie immer ist, wenn sie inmitten ihrer geliebten Tiere weilt. Sie ist sehr verwundert, als auf einmal ganz grundlos eine Welle der Verwirrtheit, der Bedrükkung, der Unruhe in ihr aufsteigt. Als sie sich aufsetzt und sich umblickt, steht der Fremde hinter dem Gitter, und sie sieht in seine hellen, grauen, tiefen, harten Augen.

Er nickt ihr leicht und mit unbewegtem Gesicht zu; dann wendet er sich an Vincent Proschke:

»Darf man mal näher treten, Vincent, oder willst du dein Familienglück für dich allein behalten?«

Der Dompteur nickt nur wortlos, aber mit verlegen lächelndem Gesicht. Er ist zu kollegial, um den Schulreiter fortzuschicken, aber gern sieht er es trotzdem nicht, wenn sich Fremde mit seinen Tieren zu schaffen machen.

Aber seine Frau lacht den Engländer an.

»Kommen Sie nur herein, Mr. Gordon. Aber für Ihre Bügelfalte wird keine Garantie übernommen, und wenn die Hosen kaputt gehen – ich flick sie nicht! Sie verstehen mich?«

»Durchaus!« erwidert Gordon; er schiebt das Gitter beiseite und schlüpft schnell und gewandt hindurch. »Außerdem trage ich keine geflickten Hosen; wenn ein Loch drin ist, verklebe ich es mit Leukoplast.«

Er setzt sich neben Yutta, schlägt die Beine nach Türkenart unter und wendet sich ihr zu.

»Yutta Mansfield?« sagt er. »Ich bin James Gordon, der Schulreiter. Ich habe deinen Vater gut gekannt, und auch deine Mutter, Yutta. Auch dich – aber du wirst dich wohl kaum mehr erinnern können. Du warst noch nicht zehn Jahre alt, und wir waren nur eine Saison bei Bostock zusammen!« Er streckt ihr die Hand zur Begrüßung hin.

Das Gefühl der Bedrückung ist nicht von Yutta gewichen, aber nach seinen ersten Worten leuchtet es in ihren Augen auf. Ohne zu zögern, legt sie ihre Finger in seine schmale, langgliedrige Hand, die weiß und sehr gepflegt erscheint und dennoch den Eindruck von eiserner, gebändigter Kraft macht. Ein Mann, der Vater und Mutter gekannt hat, muß ein guter Mensch sein.

James Gordon spricht von Peter Mansfield, dem großen Elefantendompteur – von Mademoiselle Candia, der weltberühmten Dompteuse. Er weiß beide Nummern genauestens zu schildern – genauer als selbst Yutta sie im Gedächtnis hat. Er kennt jeden einzelnen Trick und seine besonderen Schwierigkeiten; er kennt die einzelnen Tiere mit ihren verschiedenen Charakteren. Man sollte denken, er ist ein Dompteur und nicht ein Schulreiter.

Rasch entflammt hört sie ihm zu. Der Mann begeistert sie – seine ruhige, sehr sachliche Art. Er ist weit entfernt von aller Schmeichelei, und er macht auch den Toten keine Komplimente. Er redet sehr nüchtern, vergleicht mit anderen Dompteuren, mit anderen Elefanten- und Raubtiernummern. Aber gerade daran wird Yutta klar, daß ihre Eltern beide Meister in ihrem Fach gewesen sind.

Yutta hört ihm begeistert zu. Seit Robby nach Indien fuhr und sie allein ließ, hat sie kaum mehr mit einem Menschen ausführlich und offen über alle ihre Träume, ihre Sehnsüchte, ihre Zukunftshoffnungen und Pläne sprechen dürfen – am wenigsten zu den Dompteuren, deren Freundschaft sie stets gesucht und immer gefunden hat. Wollen und Planen zählt nicht viel in der Zirkuswelt; Handeln ist alles. Man kann nicht von neuer Arbeit, von neuem Stil, von neuen Ideen sprechen, wenn man noch keine Tiere in der Hand hat, während die anderen alle Möglichkeiten haben. Tut man es dennoch, ist man nichts als dumm. Selbst der beste Freund wird unter solchen Umständen hingehen und die Tricks, von denen er sich etwas verspricht, seinen Tieren einstudieren, wird mit ihnen arbeiten und die erhöhte Gage und den Ruhm ernten. So naiv ist Yutta nicht. Aber vor James Gordon baut sie in dieser Stunde ihre Panthernummer auf, wie sie einmal werden soll – vom Entrée an bis zum Schlußkompliment. Sie strahlt; heiß und freudig, quillt es in ihrem Herzen auf, als er sie einige Male voll Verwunderung und Respekt ansieht.

Dann antwortet er – nicht mit Schmeicheleien, dazu ist James Gordon viel zu gescheit – sondern mit neuen Berichten. Zwei Panthernummern gibt es – beide drüben in Amerika. Er kennt sie beide, beschreibt ihre Arbeit haargenau und bis ins kleinste. Yutta lacht hochmütig.

»Die hänge ich beide ab – keine Konkurrenz für mich!«

Endlich steht der Mann auf, setzt zärtlich den greinenden Puma ins Gras und schiebt mit weichen Händen die schmeichelnden Tiere zurück.

»Ich muß noch mal zu meinen Pferden«, sagt er und bleibt neben Yutta stehen. »Heute abend reite ich zum erstenmal. Wirst du dir meine Arbeit auch mal ansehen?«

»Selbstverständlich!« erwidert Yutta.

»Ich sah dich gestern. Du bist sehr gut. Du brauchtest Arrigoni längst nicht mehr. Mit dem Kautschukakt allein kannst du in England und Amerika das gleiche Geld verdienen wie hier mit deiner Doppelarbeit – vielleicht sogar mehr. Ich habe gute Beziehungen drüben. Wenn du willst, helfe ich dir jederzeit!«

»Nun habe ich es doch nicht mehr lange nötig!« sagt Yutta sorglos. »Wenn diese Saison zu Ende ist, kaufe ich mir die Katzen. Ich stehe schon in Unterhandlungen mit London und Stellingen und Ahlfeld. Die Winterkontrakte will ich noch einhalten; dabei kann ich mich dann schon mit den Tieren beschäftigen. Den Sommer über widme ich mich ihnen ausschließlich, und dann denke ich nächsten Winter herauszukommen!«

»Viel Glück!« sagt Gordon; er klopft ihr kameradschaftlich auf die Schulter und streicht ihr auch einmal leicht über das schwarze, blanke Haar. »Hoffentlich klappt alles so. Aber jetzt muß ich gehen. Auf Wiedersehen – bis zur Vorstellung!«

Schnell geht er davon – mit flüchtigem Gruß nach den Proschkes hinüber.

Yutta sieht ihm verloren nach. Da geht der erste Mann, der ihr in ihrem Leben restlos imponiert – an dem sie nicht nach kurzer Debatte irgendeinen Makel, einen Fehler, eine Schwäche entdeckt hat.

Wie seltsam – als er kam, bedrückte seine Gegenwart sie fast körperlich; manchmal noch während ihres Gesprächs spürte sie die Bedrückung seiner Nähe, seiner Persönlichkeit. Jetzt aber läßt er in ihr ein Gefühle der Leere und Einsamkeit zurück.

Wie merkwürdig!

*

Den niedrigen, langgestreckten, raucherfüllten Raum mit den zerbröckelnden Ruinenwänden, zwischen denen fast tausend Menschen sich um die runden Tische drängen, durchtobt Gelächter, Sprachengewirr, schmetternde Musik und unvorstellbarer Lärm. 3 Uhr in der Morgenfrühe – festliche Nacht auf Montparnasse – Hochstimmung im ›Verliebten Hungerwolf‹, der letzten Gralsburg Pariser Bohème.

Das bunte Publikum der Boulevardnächte ist da: junge Lebemänner, elegante Ehepaare, bummelnde Studenten, ältere Bonvivants mit gebranntem Haar, kleine, schon reichlich unter Alkohol stehende Herrengesellschaften. Aber diese wenigen Bürger ertrinken in der schillernden Flut, die sich allabendlich aus den Ateliers, den großen Singspielhallen, aus den Quartieren der Kunst und des

Kunstgewerbes, aus dem Café du Dome, aus Chortänzerinnen-Garderoben und Dichterdachstuben in den verräucherten Saal ergießt.

Menschen aller Rassen, aller Farben, aller Nationalitäten sind da: zitronengelbe Anamitinnen, kaffeebraune Mulatten, hellhäutige Mestizen, Neger, Griechen und Spanier, Südamerikaner und Italiener, Polen und Russen. Alle Frauen sind geschmückt und geputzt; alle Männer tragen sich irgendwie genial und protzen mit ihrem Künstlertum.

An einer Längswand, auf hohem Podium, thront die Kapelle – schwarze Bläser und Streicher aus Martinique. Solange sie spielen, tobt hemmungslos der Lärm. Nur wenn die Kapelle schweigt, verstummt auch das Publikum. Dann hämmert der Klavierspieler, der wie ein alter, haarloser Orang-Utan auf seinem Stühlchen hockt, mit gespreizten Fingern auf die Tasten ein, und neben dem Flügel an der Schmalseite des Raumes steht ein Sänger, ein Sprecher, eine Sängerin, So bunt wie die Gäste, so bunt sind die Vorträge.

Unweit der improvisierten Bühne, allein an ihrem Tisch und einsam in dem Gedränge der Fremdheit ringsum, sitzen James Gordon und Yutta Mansfield. Ihr Zirkus steht seit einer Woche vor den Toren. Der Herbst ist da, der Winter naht; einen Monat noch, und ›Le frères Moreaux‹ beziehen ihr Winterquartier, James Gordon zeigt Yutta die Pariser Nacht.

Nach der Vorstellung sind sie aufgebrochen, sind den Boulevard de Clichy hinuntergebummelt – von Lokal zu Lokal im schnellen Wechsel; dann haben sie Montmartre verlassen, sind im Auto nach Montparnasse gefahren, und jetzt sitzen sie hier im ›Verliebten Hungerwolf‹.

Yutta hat große, runde verschreckte Kinderaugen – Augen wie ein Kind, vor dem der eben noch feierlich mit still brennenden Kerzen besteckte Weihnachtsbaum jählings in prasselnde Flammen aufgeht. Ihr ist diese Nacht keine Freude und kein Vergnügen; ihr erscheint dieser Bummel durch die Pariser Nacht wie eine Fahrt durch alle Stätten der Verdammnis. Fremd war ihr bis heute das nackte, heiße Gesicht der entfesselten Großstadtnächte; jetzt, da sie es kennenlernt, würgt es in ihrer Kehle wie ein drosselndes Schluchzen. In jedem Lokal hat sie nach einer kurzen Weile auf raschen Aufbruch gedrängt. James Gordon hat ihr immer den Willen getan, aber immer hat er sie dann – ganz gegen ihren Willen – wieder in ein neues Lokal geführt.

Yutta sitzt und starrt. Wohin ist sie geraten? Sind das Menschen noch wie sie? Oder hat James sie verzaubert – ist sie auf einem fernen, fremden Stern?

Von der Tür her drängt sich ein Mann durch die Tischreihen. Ihm gelten nun die Rufe – Marcel, dem großen Sänger der Apachen.

Der Mann drängt sich mit kühlem, abweisendem Gesicht durch die Menschenmasse, lehnt dann mit überlegen herausfordernder Pose am Flügel und wartet, bis das Publikum sich beruhigt hat.

Sein dunkler Anzug ist von einem guten Schneider, seine Lackschuhe sind neu und glänzend, seine Wäsche untadelig weiß. Nur ganz diskret noch zeigt Monsieur Marcell sein geniales Künstlertum; unter dem runden, spanischen Hut quellen die Haare um eine Kleinigkeit zu lang hervor, und die Hemdbrust deckt eine dunkelrote Lavallière-Krawatte.

Monsieur Marcell ist bereits ein anerkannter Künstler.

Dann singt er – rasch, anklägerisch, mit wildem Pathos – das Lied des Apachen, der hungernd durch die Straßen des Reichtums streicht, hinter deren marmorner Fassade satt und gewissenlos die großen, die wirklichen Verbrecher schlafen; er singt die Ohnmacht und die Wut des Elenden, die Kälte der Winternacht.

Ohne Maß bricht der Beifall los. Monsieur Marcell wischt ihn weg mit wilder Tribunengeste und beginnt das zweite Chanson.

Mitten in diesem Lied steht Yutta jäh auf. Sie weiß gut, daß man die Vorträge nicht stören darf, daß jeder Künstler es als persönliche Beleidigung empfindet, wenn man den Raum während seines Chansons verläßt – aber sie schert sich nicht drum; sie sagt:

»Komm, James, ich halt es nicht mehr aus!«

Er sieht sie zögernd an.

»Aber doch nicht jetzt, Yutta. Warte doch, bis . . .«

»Wenn du nicht mitkommst, gehe ich allein!« sagt sie, und damit wendet sie sich auch schon ab und geht dem Ausgang zu. Nun folgt ihr James Gordon natürlich sofort.

Monsieur Marcell unterbricht sein Chanson empört bei der pikantesten Wendung und brüllt den beiden davongehenden Banausen nach, was er von ihnen hält. Der ganze Saal assistiert ihm. Nie hat Yutta Mansfield geahnt, daß es solche Flüche und Schimpfreden gibt, wie sie in dieser Minute auf sie einprasseln. Sie zögert verwirrt und bleibt hilflos stehen; da nimmt James Gordon ihren Arm und zieht sie mit sich. Er geht kalten, unbewegten Gesichts durch die Tobenden und zuckt mit keiner Wimper. Kein Wort kommt über seine Lippen, keine Miene verzieht sich – und gerade das bewahrt ihn vor ärgeren Angriffen.

Erst als er Yutta sicher auf der Straße hat, sagt er mit sanftem Vorwurf:

»Mußte das nun wirklich sein, Yutta?«

»Ja«, erwidert sie ernsthaft. »Es mußte sein. Wenn ich noch eine Minute länger dort geblieben wäre, hätte ich einen Weinkrampf oder einen Schreikrampf bekommen. Ich mußte raus – oder ich wäre gestorben.«

Sie bleibt stehen und schnuppert in der Luft. Die ist weich und mild, und die welke Duftfülle des Herbstes schwimmt darin. Dann hängt sie sich entschlossen in Gordons Arm.

»Und nun ist Schluß, James! Laß uns ein Stück gehen; in der frischen Luft kommt man am besten zur Vernunft. Aber daß du nun kein Lokal mehr besuchst, ich habe genug!«

Sie gehen durch die menschenleeren, nachtstillen Straßen, und ihre Schritte finden sich zum Gleichmaß. Eine Weile schweigen sie, dann fragt Gordon:

»Warum haben dich die Chansons nun eigentlich so aufgeregt?«

»Die Chansons haben mich gar nicht aufgeregt!« verteidigt sich Yutta. »Die Chansons waren gewöhnlich und dumm wie alles, was uns da vorgegrölt wurde.«

»Mir haben sie gefallen. Es war etwas darin – –«

»Ach, es war etwas darin? Ja – Lügen sind drin! Das ist doch Unsinn, James, was soll denn schon ein fleißiger und sparsamer Liedersänger von der Verbrecherseele wissen? Natürlich weiß er nichts davon. Der weiß nur, daß mit solchen Sachen Geld zu verdienen ist! Und der Kerl verlangt, daß ich mich an den Gesängen seiner wilden Apachenseele begeistern soll. Das ist doch lachhaft!«

»Du mußt nicht das Kind mit dem Bade ausschütten!« sagt Gordon. »Und du darfst einen Liedersänger nicht beurteilen wie einen Trapezartisten. So schlecht und nichtig, wie sie dir erscheinen, sind diese Kreise nun doch nicht. Es ist mancher schon daraus zum Weltruhm aufgestiegen!« Und er nennt drei, vier Namen.

Aber Yutta läßt sich nicht beirren.

»Diese Kreise sind giftig – sie sind eine Pest! Und die paar Namen zählen gar nicht, James. Es kommt nicht darauf an, daß man gelesen wird – es kommt darauf an, von wem man gelesen wird, von wem man geschätzt wird. Und ich glaube nicht, daß diese Montmartre- und Apachendichter allzu stolz sein können auf ihr Publikum. Ach, James, ich verstehe doch was von Büchern. Es gibt nichts Herrlicheres für mich als ein Buch. Und wie wundervoll sind die Bände, die du mir geschenkt hast – deine Engländer, die über alle Meere gefahren sind und durch die fernsten Länder gezogen. Willst du mir erzählen, daß diese Dichter auch solch ein Luderleben führen? Bei ihnen riecht es immer nach salziger See, nach gut ausgelüfteten Herzen und nach anständiger Seife. Bei den Herrschaften aus dem ›Hungerwolf‹ aber wird es immer nur nach dem grellsten Modeparfüm riechen. Und nun rede ich nicht mehr darüber; die Leute sind es mir nicht wert, daß ich mich mit dir verzanke!«

Eine Taxe kommt heran, und der Chauffeur weist mit einladender Geste auf die Tür des freien Coupés. Da sagt Yutta schnell und hastig:

»Halt sie an, James! Laß uns einsteigen. Ich will heim – ich will zum Zirkus zurück!«

Als der Wagen mit ihnen durch die Nacht jagt, die immer noch nicht den nahen Morgen ahnen läßt, sagt James Gordon:

»Du bist merkwürdig, Yutta. Ich wette: diese ganze kleine Rundreise hat dir nicht für einen Penny Spaß gemacht. Du bist auf der ganzen Tour nicht für einen Augenblick deine Leichenbittermiene losgeworden!«

»Schon möglich!« erwidert sie und hebt gleichmütig die Achseln. »Ich habe wirklich keinen Spaß daran, James. Ich kann kein Vergnügen darin finden, dicht auf dicht mit anderen Menschen in einem Raum zu hocken – sie sehen, hören, fühlen, riechen müssen – nur um des Sehens und des Gesehenwerdens willen. Mich langweilt es – ja, mich quält es!«

»Aber alle Welt hat ihren Spaß daran, auszugehen«, sagt Gordon verständnislos.

Sie fällt ihm eifrig ins Wort.

»Wenn viele etwas Dummes tun, wird das Dumme dadurch durchaus nicht gescheiter. Ich habe meine Arbeit, ich habe meine Tiere. Wenn ich mir mal eine Ausspannung gönnen will, setze ich mich in mein Abteil, koche mir einen guten Kaffee, lese ein gutes Buch und schaue ab und zu mal zum Fenster raus – hinüber zum Raubtierstall. Und eure ganzen Restaurants, Hotels, Bars, Dielen, Vergnügungshäuser und Cafés können mir meinetwegen gestohlen werden!«

»Du bist zu einer idealen Artistenfrau geboren!« sagt James Gordon lachend.

Yutta sieht durch ihr Fenster hinaus.

»Das weiß ich nun wieder nicht. Ich glaub das noch nicht einmal.

Mir tut der arme Mann schon heute leid, der es mal mit mir versucht!«

»Mir nicht!« sagt Gordon rasch und hart in seiner jäh zupackenden Art. »Ich weiß, daß du mir eine sehr gute Frau sein wirst, Yutta!«

Ihr Gesicht wendet sich ihm langsam zu; groß und traurig und fragend stehen die Augen darin. Es ist das erste Wort von Liebe, das James Gordon zu ihr spricht. Ach, sie weiß: wenn er sie heiraten will, dann wird er sie heiraten.

Er ist stolz darauf, daß sie zu ihm aufsieht, daß sie ihn hochachtet und seine Meinungen respektiert. Er hat zart und behutsam um sie geworben – wie noch um keine Frau. Sie ist nobel, sie ist rein, sie ist klug, und sie ist eine große Artistin. Wenn eine würdig ist, die Frau des weltberühmten Schulreiters James Gordon zu werden, dann ist das einzig und allein Yutta Mansfield. Und wenn James Gordon jemals eine Frau liebgewonnen hat aus Wertschätzung und Achtung heraus, und nicht nur mit der flüchtigen Flamme begehrt hat, die sich an Schönheit oder apartem Reiz entzündet – und soweit ein harter und verschlossener Mann lieben kann, der nur sein inneres Gesetz kennt und dem es ganz unmöglich ist, sich selbst an ein anderes Wesen zu verschenken – so weit liebt er Yutta Mansfield. Sie hat seine Liebe erzwungen.

»Yutta!« sagt er mit rauher, verlegener Stimme, wie jeder starke, selbstsichere Mann spricht, wenn er gezwungen ist, von seinen Gefühlen zu sprechen. »Yutta! Ich hab dich gern gehabt vom ersten Augenblick an. Ich habe dich kennengelernt. Heute liebe ich dich, Yutta. Laß deinen Vertrag mit dieser Saison zu Ende gehen. Komm mit mir nach London. Wir heiraten dort. Ich verschaffe dir ein Engagement. Wir werden zusammen im Christmas-Zirkus arbeiten, das verspreche ich dir, Yutta! Und deine Panthernummer arbeiten wir drüben aus; ich kann dir in vielen Dingen dabei behilflich sein. Willst du, Yutta! Kommst du mit mir? Liebst du mich, Yutta?«

»James!« sagt das Mädchen leise und demütig. Ihre Augen sehen ihn glücklos, aber willig an; langsam senkt sich ihre Stirn seiner Schulter zu – da bremst der Wagen plötzlich und hält vor dem Zirkusportal.

Sie fahren auseinander wie ertappte Verbrecher. Gordon springt rasch hinaus, hilft Yutta und entlohnt den Chauffeur. Der Nachtwächter legt grüßend die Hand an die Mütze und öffnet ihnen die schmale Pforte im Holzzaun. Yutta geht voraus – dem großen Chapiteau zu. Er wechselt noch ein paar freundliche Worte mit dem

Wärter und schenkt ihm eine Handvoll Zigaretten; dann springt er dem Mädchen nach.

»Was willst du hier, Yutta?« fragt er erstaunt. »Unsere Wagen stehen doch an der anderen Seite; wir haben nur ein paar Schritte hinüber!«

Yutta Mansfield bleibt stehen. Ihre Augen sind groß und traurig und voll Sehnsucht.

»James«, sagt sie, »es war alles so häßlich, was du mir gezeigt hast. Ich möchte jetzt so gern einmal durch den Raubtierstall gehen. Es wird mir guttun. Bitte, laß mich gehen. Wenn du mitkommen willst . . .«

»Gern!« sagt er und schiebt seinen Arm unter ihre Schulter. Sie tauchen in das Chapiteau wie in eine dunkle Riesenhöhle ein. Gordon läßt eine kleine Taschenlampe aufflammen. Sie klettern auf die Piste, umrunden auf ihr die Manege, gehen durch Aufsitzraum und Reitergang – und dann leuchten ihnen schon die Lichter hinter den Hornlampen entgegen. Sie verharren, und Gordons Lampe erlischt; sie bleiben stehen, bis sich ihre Augen an die Dämmerung gewöhnt haben – bis sie links und rechts die langen Reihen der Käfigwagen sehen.

Rechts sind die Löwen, die Bären, die Hyänen, die Wölfe, die Wüstenfüchse und die Schakale. Yutta lenkt ihre Schritte nach links. – zu den Zellen der Tiger und Panther.

Sie treten dicht an die Käfige heran. Aus der weichen Dunkelheit leuchten die weißen Runen der Gesichtsmasken und der gelöst ruhenden Leiber. Die Tiere liegen in der tiefen Spreuschütte, mit der man ihnen abends den Käfigboden bedeckt, und schlafen tief. Hier und da öffnet sich langsam und sorglos ein Auge, und wenn das Licht einer Lampe in die weite Pupille fällt, glüht das Auge grün und leuchtend auf – hängt wie ein fremder, geheimnisvoller Stern im Dunkel der Zeltnacht.

Sie gehen auf Zehenspitzen, mit angehaltenem Atem, umwölkt von dem scharfen Dunst der Großkatzen. Einmal aber, ziemlich am Ende der langen Reihe, bleibt Yutta stehen, ihre Augen glitzern, und sie sagt mit zusammengebissenen Zähnen:

»Wenn du recht hättest, James – wenn wir nur zur Vergnügungsindustrie gehörten – wenn wir die Tiere hier gefangenhielten allein darum, daß der Pöbel sich an ihrer Knechtschaft freuen darf – James, ich ließe sie alle noch in dieser Stunde aus ihren Käfigen und hetzte sie gegen die Stadt! Aber – du hast nicht recht!«

Seine Hände legten sich zart auf ihre Schultern. Im Hintergrund des Käfigs, vor dem sie stehen, purrt es leise; dann kommt ein weicher Schritt durch das knisternde Stroh, und ein schmaler Leopardenkopf taucht hinter dem Gitter im Lichtschein auf.

»Gussy!« ruft Yutta leise. Sie greift mit beiden Händen durch das Gitter, streichelt und krault die schlanken Backen der jungen Leopardin. Das Tier gurrt verliebt. läßt sich an den Stäben hinabgleiten, rollt sich auf den Rücken und bietet den zärtlichen Händen die weiße Kehle. Rasselnd schnurrt es, während Yuttas Finger die weiche, silberne Seide des Felles kämmen.

Aber die Männerhände weichen nicht von den Mädchenschultern. Allmählich wird ihr Druck schwerer; langsam zieht James Gordon Yutta rückwärts und gegen sich. Sie sieht zu ihm auf, und ihre Hände fallen langsam vom Gitter ab.

»James!« sagt sie fragend und wie bittend. Aber dann hebt er mit einer Hand ihr Kinn, und sein Mund legt sich langsam und fest auf ihre Lippen.

Weich und willig liegt Yutta in seinem Arm – bis ein jähes, messerscharfes Fauchen sie auseinanderscheucht.

Die Leopardin steht hart am Gitter; sie hat die Ohren scharf angelegt, ihre Augen glühen hell, und weiß blecken die Zähne.

Yutta sieht wehmütig lächelnd zur Pantherin auf. James Gordon lächelt selbstsicher und sorglos. Er nimmt das Mädchen fester an seine Brust, tippt mit schnellem Zeigefinger gegen Gussys Nasenspitze, und lacht leise:

»Geh weg, darling. Sei nicht eifersüchtig; das hier geht dich gar nichts an!« Als er sein Gesicht wieder Yutta zuwendet, schließt das Mädchen langsam die traurigen Augen und hebt ihm ihre Lippen entgegen.

*

Noch einmal große Gala-Vorstellung im ›Grand Cirque Les Frères Moreaux‹ – letzte Abendvorstellung der Saison! Zum letztenmal arbeitet das Programm, arbeiten miteinander die ›Nummern‹, die durch Frühling, Sommer und Herbst die Nöte und Freuden, die Fehlschläge und die Triumphe der Zeltsaison gemeinsam getragen haben.

Schon sind die Koffer gepackt und die Wohnabteile in den Wagen ausgeräumt. Nach der Vorstellung wird das Zelt abgebaut, werden die Wagen davonrollen; die Tiere und das knappe Hauspersonal werden die Winterstallungen beziehen. Morgen früh um neun Uhr muß der Platz leer und sauber geräumt sein – so will es die Präfektur.

Hinter der rotsamtenen Gardine des Aufsitzraumes steht im paillettenbesetzten schlangengrünen Trikot Yutta Mansfield und ›macht sich weich‹ für ihre Arbeit. Wieder und wieder biegt sie den Oberkörper rückwärts, bis sie von hinten her mit den Händen die Fesseln ihrer Füße umspannen kann. Dann wieder steht sie auf einem Bein, führt das andere rücklings in die Höhe, drückt es mit der Hand heran, biegt den Oberkörper zurück – und die Sohle des Fußes legt sich auf ihr Haar.

Als drinnen im Chapiteau der stürmische Schlußapplaus laut wird, pausiert sie und erwartet James. Zitternd in allen Gliedern, die leuchtenden Flanken schweißbedeckt, tänzelt der Hengst Florio durch die bunte, lachende Flut der Ballettmädels, die jetzt in die Manege branden. James Gordon hält neben Yutta und lächelt ihr zu, während Florio auf der Stelle tritt, wieder und wieder seinen Kopf hoch- und zurückwirft, daß der weiße Schaum von seinem Gebiß auf die Erde flockt.

»Morgen, Yutta!« sagt James Gordon. »Morgen fahren wir zwei nach London!«

Sie erwidert sein Lächeln – still und demütig. Ja, es ist alles in Ordnung. Sie hat sich von Arrigoni gelöst; die ›Olympia‹ hat ihr Vertrag für den Winter gegeben. Morgen fahren sie, und in London wird sie Frau Gordon heißen.

Sie lächelt und nickt.

»Wir fahren, James!«

Er lacht – und Florio tanzt mit ihm davon. Yutta sieht ihm nicht nach. Sie stellt die Beine fest und federnd auseinander, biegt den Oberkörper nach hinten, bis ihre Hände die Fußfesseln fassen. Nach dem Ballett arbeiten die Jongleure, und dann kommt ihre Nummer – der Kautschukakt auf dem Pferderücken; bis dahin muß ihr Körper bereit zur letzten Geschmeidigkeit sein.

James Gordon läßt Florio auf dem Zirkushof noch ein paar Serpentinen ziehen; dann sitzt er ab und führt den Hengst am Zügel in den Pferdestall. Sofort kommt Tommy, sein Pferdepfleger, der eine zerquetschte Nase hat und ein Glasauge – Spuren eines Hufschlages des Hengstes Florio, der in der Zirkuswelt berüchtigt ist als böser Verbrecher – den aber Tommy nach wie vor abgöttisch liebt. Tommy kommt ihm entgegengesprungen und greift eilfertig und mit glücklichem Gesicht nach dem leise aufprustenden Hengst.

»Tommy!« sagt James Gordon plötzlich im Überschwang seines

Glückes. »In London kriegst du noch einen zweiten Boss. Ich heirate in London, Tommy!«

»Das ist schon was Rechtes!« knurrt Tommy ganz uninteressiert und führt den Hengst seiner Box zu. Aber nach ein paar Schritten dreht er sich scharf herum und knurrt: »Sie hätten lieber die weiße Stute kaufen sollen, die Ihnen der Herr Direktor angeboten hat. Dann hätten wir jetzt vier Tiere, mit denen wir uns sehen lassen könnten. Ihren Herren Kollegen drüben stände das Salzwasser in den Augen, wenn wir damit angerückt kämen. Aber nein – kein Geld, sagt Mr. Gordon. Aber zum Heiraten ist Geld massenhaft da! Ein schöner Schulreiter sind Sie – das muß ich schon sagen!« Und damit schlurft er davon, überzeugt bis ins tiefste Herz, daß James Gordon ein leichtfertiger, windiger Geselle ist und herzlich wenig geeignet für seinen schönen Beruf und für das verantwortungsvolle Leben mit Pferden. Na ja, so geht es nun eben mal her in der Welt: der eine hat die Figur zum Reiter – und der andere das Herz.

James Gordon läßt sich selten eine Gefühlsregung anmerken, jetzt aber lacht er laut auf, daß der Hengst Florio nervös aufzuckt und auf allen vieren einen jähen Seitensprung macht – daß Robin Hood, der rotbraune Wallach, und Bianca, die Isabelle, ihre schönen Köpfe aus den Boxen heben und dem Herrn zuwenden.

Immer noch lachend verläßt Gordon das Zelt. Er tritt in das Dunkel des Zirkushofes; jetzt braucht er nur noch seinen Frack in den Koffer zu packen, seinen Straßenanzug anzuziehen, und dann ist die Vorstellung zu Ende. Dann fährt er mit Yutta im Auto zum Hotel, in dem er für die Nacht zwei Zimmer gemietet hat – zwei nebeneinander liegende Zimmer mit einer Verbindungstür.

Da springt ihm im dunkelsten Winkel jählings ein Mann an den Hals – ein Mann, der mit beiden Händen nach seiner Gurgel greift und mit geiferndem Mund nach seinem Gesicht schnappt, wie ein tollwütiger Köter.

»Narr!« sagt James Gordon ruhig. Er nimmt den Mann von seiner Brust, packt seine Hände und zieht ihn aus dem Dunkel heraus in den verschwommenen Lichtkegel, den eine flackernde Bogenlampe wirft.

»Enrico!« ruft er dann verwundert. »Ja – aber, was ist denn mit dir los? Du hast dich wohl geirrt, Kleiner? Was willst du denn von mir?«

»Umbringen will ich dich!« faucht Signor Arrigoni und bemüht sich vergeblich, seine Hände aus dem scheinbar so lässigen und doch so harten Griff des Schulreiters zu befreien.

»Mich umbringen?« James Gordon ist ehrlich verblüfft. »Du bist wohl ganz und gar verrückt geworden?« Er läßt den Italiener los, greift in die Tasche, holt sein Etui vor und läßt es aufspringen. »Bitte, Enrico, steck dir eine Zigarette an, und dann sag mir mal in Ruhe und manierlich, was du auf dem Herzen hast!«

Aber zur Antwort schlägt der Toskaner auf das Etui, daß es klirrend zur Erde fällt. In den grauen Augen Gordons springt jäh ein Funke auf, und eine gewaltige Ohrfeige wirft den schmächtigen Kunstreiter dem Etui nach.

Als er sich wieder aufgerappelt hat, steht James Gordon breitbeinig da; zwischen seinen Lippen wippt die brennende Zigarette.

»Was willst du von mir, was?«

Reichlich ernüchtert, aber immer noch wütend genug, murrt Arrigoni:

»Heimzahlen will ich's dir, daß du mir so niederträchtig das Mädchen ausgespannt hast. Ist das Freundschaft, was – Kameradschaft, Kollegialität? Jahrelang habe ich mit dir zusammengearbeitet, und nun, weil du dich in sie vergafft hast, muß sie Knall und Fall kündigen – läßt die Kontrakte auffliegen und mich an der Straßenecke stehen. Diese Kanaille –«

»Halt's Maul!« sagt James Gordon scharf. »Diese Kanaille ist in drei Tagen Frau Gordon, verstanden? Und du hast keinen Grund, dich aufzuregen. Yutta hat die vertragliche Kündigungsfrist eingehalten; von den Winterkontrakten ist nur ein einziger gelöst worden – und der in aller Güte und Freundschaft – mit dem Radscha; du weißt das genausogut wie ich. Bis jetzt hast du keinen Schaden gehabt. Wenn du überhaupt welchen hast, ist das nur deine Schuld. Yutta hat sich sogar um eine Partnerin für dich bemüht, was sie ganz gewiß nicht nötig hatte. Was willst du also eigentlich von ihr?«

»Sie soll weiter mit mir reiten!« erwidert Enrico starrsinnig.

»Das geht doch nicht, du Roß! Sie fährt mit mir!«

»Ja, sie fährt mit dir!« sagt der Italiener erbittert. »Sie wird Frau Gordon, sie reitet in der Olympia – und ich steh hier und kann mir in der Nase bohren!«

Der Engländer wendet sich verächtlich ab. Halb über die Schulter – wegwerfend und angeekelt – sagt er:

»Wenn du weiter nichts gelernt hast, bitte! Warum machst du Hanswurst dich auch von einem Girl abhängig und wartest ab, bis sie dir davonläuft?« Er läßt den Mann stehen und geht zu seinem Wagen.

Er hat den Italiener und die wilde Szene seines Überfalles schon fast vergessen, als er nach der Vorstellung Yutta in das Auto hilft, das sie in das Hotel bringen soll. Aber plötzlich – Yutta sitzt schon in ihrer Ecke, und Gordon sieht nur noch einmal nach den aufgeschnallten Koffern – plötzlich ist Enrico Arrigoni wieder da, und ein Schwall wüster Beschimpfungen prasselt auf die beiden ein.

Yutta sieht ihn ärgerlich und ablehnend an. Was will er von ihr? Sie hat sich an ihren Vertrag gehalten. Welcher Vertrag gilt ewig? Er ist ein kleiner Reiter gewesen; durch sie und ihre Arbeit ist er aufgestiegen. Wenn er sich nicht dort oben halten kann, dann ist das nicht ihre Schuld. Sie kann doch nicht ihr Leben lang mit ihm zusammenbleiben – nur damit es ihm immer gutgeht! Was will er also?

Aber wenn einem Mann aus Toskana die Hitze in den Kopf gestiegen ist, dann ist mit ihm nicht zu reden. Enrico Arrigoni geht nicht fort; er redet und schreit und schimpft und flucht. Der Chauffeuer grinst nur mit stummem Gesicht. Yutta sieht ihn wortlos an. Gordon scheint ihn weder zu sehen noch zu hören.

Gerade diese Gleichgültigkeit aber treibt den Rasenden zum Äußersten. Mit einem gellenden, hysterischen Schrei springt er gegen den Schulreiter an, der eben zu Yutta einsteigen will und schon dem Chauffeur zuwinkt.

Gordon wirft sich gedankenschnell herum.

»Geh zum Teufel!« sagt er leise und böse – und dann schlägt er zu mit geballter Faust.

Das letzte, was Yutta Mansfield von dem Mann sieht, mit dem sie drei Jahre hindurch täglich zusammengearbeitet hat, ist ein bleiches, zerstörtes Gesicht. Die Braue des linken Auges ist aufgeschlagen und Blut rieselt herab; zu einem stummen, verzweifelten Aufschrei runden sich die verquollenen Lippen. Dann summt der schnelle Wagen mit ihnen durch die Nacht von Paris.

James Gordon führt sie in ihr Zimmer, wünscht ihr merkwürdig kurz und flüchtig ›Gute Nacht!‹ und läßt sie allein.

Sie sieht sich um in dem hellen, freundlichen Raum und entdeckt das Badezimmer; sie läßt Wasser einlaufen und öffnet ihr Handköfferchen, entnimmt ihm die Toilettendinge und die Nachtwäsche. Dann liegt sie lange still in dem Wasser, das weich und warm ihren Körper umschmeichelt.

Morgen fährt sie nach England; übermorgen wird sie den berühmtesten Zirkus der Welt sehen – seine großen Tiergruppen, den indischen Tigerdompteur, die Löwenherde des Amerikaners. Sie wird den Zoo besuchen, von dem James ihr so viel vorgeschwärmt hat – und die große Tierhandlung, die ihr die Panther liefern wird; manchmal sollen sie dort einen Tierbestand von mehreren tausend Exemplaren haben. Und sie wird in der Olympia nur abends arbeiten; sie wird Zeit haben, die anderen Zirkusse zu besuchen, die zur Christmas in London spielen. Sie wird viel sehen, viel lernen können. Das ist ihr so wichtig; sie hat doch auch für diese vergangene Saison nach Frankreich abgeschlossen, obwohl sie wieder beim Maharadscha hätte arbeiten können – allein deshalb, weil sie die französischen Menagerie-Zirkusse kennenlernen wollte. Und jetzt freut sie sich auf England, auf die angelsächsischen Dompteure und Direktoren.

Vielleicht wird sie übers Jahr dann in London Debüt halten: Miss Yutta mit ihren Panthern! Übers Jahr – aber in England hat es jede Tiernummer sehr schwer, sich durchzusetzen. Die vielen Tierschutz-Vereine dort wittern hinter jeder Geste eine Quälerei, hinter jedem scharfen Ruf eine Vergewaltigung des armen Tieres. Immer braucht es lange und gründliche Arbeit, diese ewig mißtrauisch Schnüffelnden zu überzeugen. Hat man aber als Dompteuse in England gesiegt, ist man dort groß herausgestellt worden – dann öffnet sich leicht und freudig die ganze weite Welt, dann warten alle Zirkusse und Spezialitäten-Bühnen der fünf Kontinente.

Als Yutta schließlich in ihr Zimmer zurückkehrt – im Nachtanzug – da sitzt James Gordon in dem Sessel am Fenster. Er trägt einen Schlafrock mit breiten römischen Streifen über bunten, seidenen Pyjamas; sein Gesicht ist härter und straffer denn je.

Einen Augenblick bäumt sie sich auf. Was will er? Was will er schon jetzt? Sie hat ihn nicht gerufen – er soll sie in Ruhe lassen! Noch ist es nicht so weit! Gleich darauf aber senkt sie müde und gleichgültig den Kopf. Warum soll sie eine Szene machen? Sie tut ja doch, was er will. Ob heute oder morgen – es ist gleich. Vielleicht ist es besser – vielleicht gibt er ihr dann mehr Ruhe und Zeit für sich selbst und für ihre Tiere. Von Gussy hat sie gar nicht so recht Abschied nehmen können, weil er so drängte.

Aber sie geht nicht auf ihn zu. Sie setzt sich in den anderen Sessel.

»Du, James?« fragt sie. »Hast du mir noch etwas zu sagen?«

Er steht schnell und federnd auf und ist mit ein paar Schritten bei ihr. Er faßt ihr Handgelenk, zieht sie zu sich heran, und sagt in ihr Gesicht, aus dem langsam das Blut weicht:

»Morgen fahren wir nach London, Yutta. Und in London heiraten wir. Du weißt, es ist alles vorbereitet; sie warten schon auf uns.

Nun gehörst du mir – nun gehörst du für immer mir. Für immer, Yutta – von heute an!«

Sie ist müde, ihr Kopf ist schwer; es ist ihr alles gleich. Sein Gesicht ist nahe vor ihren Augen – ein schmales, hartliniges Männergesicht – blonde Haare, graue Augen. Wer doch hatte fast genau dasselbe Gesicht wie James Gordon – nur jünger noch? Augen wie er – aber gutmütiger und von tieferem Blau?

Yutta Mansfield denkt dumpf ›Wer hatte ein gleiches Gesicht – wer nur?‹

Dann schließt sie die Augen – und in der Sekunde, da James Gordons Lippen ihren Mund siegeln, sieht die das andere Gesicht – sieht sie die blauen Augen.

Sie erstarrt. Was ihr geschieht – wie James Gordon, der ihre Willenlosigkeit für Hingabe hält, die Stunde nutzt – sie beachtet es nicht, es berührt sie nicht, es ist ihr gleichgültig. Es ist ihr, wie wenn das alles einer Fremden geschieht – oder es ist wie eine unangenehme Operation, von der sie nichts spürt, weil der Arzt ihr Gehirn betäubt hat.

Unter James Gordons Küssen öffnet sich jählings das eng verschlossene Mädchenherz, durch das die dunkle Glocke fernen Tigerraunzens läutet; eine heiße und wilde Sehnsucht springt heraus wie von zerknirschender Kette – springt in die Ferne, über Kontinente und Ozeane.

Robby – Robby Neuhaus! Ich habe dich vergessen – ich habe dich verlassen – ich habe dich verraten. Robby, der Radscha sagt, die Liebe sei eine Wunderblume, die man niemals findet. Robby, ich habe die Blume gefunden – als ich sie zertrat. Ich liebe dich. Ich liebe nur dich. Ich liebe keinen anderen Menschen in der weiten Welt als dich!

Einen Herzschlag lang öffnet sie die Augen. Sehr nahe ist ihr James Gordons Gesicht – und in ihm ist der Triumph des Mannes. Ihre Lider fallen wie ein Vorhang, aber ihre Augäpfel rollen wie bei einer Somnambulen nach hinten, und ihr Geist entspringt.

Sie sieht ein helles, klares, kantiges Hanseatengesicht – treuherzige blaue Augen. Sie sieht Robby Neuhaus, verschwommen und vage; ein weißer, dichter Schleier verdeckt ihn fast. Nun aber springt er hervor – was hat er nur? Wird er verfolgt, bedrohen ihn Feinde – sind die wilden Tiere des Dschungels auf seiner Spur?

Robby Neuhaus läuft wie getrieben durch eine fremde schwüle Nacht. Das Mondhorn am Himmel, fremd inmitten fremder Sterne – so viel Lärm ringsum – Affen und Bären und Hunde und Wölfe.

Robbys blasses Gesicht treibt durch die Nacht, treibt vorbei an einer langen Reihe von Tigerkäfigen – wie an den Bildern einer Galerie vorbei an einer endlos langen Reihe von Tigerköpfen, die weiße Dolchzähne zeigen und das brennende Rot ihrer Rachen in das Mondlicht blecken.

Palmenschatten, strenge, welke Blumendüfte – warum weint Robby Neuhaus – warum tobt er – warum läuft er so irr und einsam durch die Nacht?

Aber er ist nicht einsam. Ein zweites Gesicht begegnet ihm, treibt auf ihn zu – schön und fremd, heiß und ungut – schwarze Mandelaugen und purpurne Lippen. Yutta Mansfield will schreien: Geh weg, Robby, geh fort von der Fremden – sie ist schlecht, sie ist böse, sie hat die Hände einer Mörderin – Robby, geh weg, komm zu mir!

Da findet sie sich zurück, da entgleitet ihr das Bild. Plötzlich und unumstößlich weiß sie, daß alles zu spät ist – daß Robby ihr auf ewig entrückt ist. Sie hat sich einem stärkeren Willen ergeben, weil Robby nicht bei ihr war – weil sie noch nicht von ihrer Liebe wußte. Aus ihren eng geschlossenen Augen quellen silbern die Tränen der Scham, der Hoffnungslosigkeit und der großen Trauer.

James Gordon, dessen Küsse wie eine Sturmflut über ihr Gesicht springen, trinkt diese Tränen und schmeckt ihren bitter salzigen Geschmack – aber er ahnt nichts von ihrem Ursprung; er küßt und lacht.

Tränen – wer wird die Tränen eines Mädchens tragisch nehmen, das so willig den Mund seinen Küssen entgegenhält?

*

Im Samt des nächtlichen Himmels dunkelt die Unendlichkeit, aber die leuchtenden Sterne hängen tief und flackern bedrohlich. Der kaum spürbare Atem der Tropennacht ist schwer von den tausend Düften und wilden Gerüchen des nahen Dschungels; wie auf weichen Fledermausflügeln flattern in seiner schwülen Feuchtigkeit die Ahnungen giftiger Träume.

Robby richtet sich auf, starrt mit großen Augen in die halbe Dunkelheit, in der die weißen Tücher gespenstisch stehen, und lauscht angespannt. Unter dem Moskitoschleier summt es, surrt es, hell und blutdürstig: da ist also wieder mal so ein Tier hereingekommen in sein Bett. Robby lauscht erbittert diesem hellen, dünnen Summen, das er wütend haßt – wie alle Menschen, die den Tropen ihren Zins zahlen müssen.

Er sitzt und lauscht. Das durstige, helle Surren hat aufgehört. Jetzt gleich wird das Raubtier auf ihn losgehen und ihn anzapfen. Weht es nicht über seine Wange wie ein Hauch? Robby Neuhaus haut sich mit aller Kraft eine wuchtige Ohrfeige. Sein Kopf dröhnt, seine Backe brennt – aber Robby grinst breit und zufrieden; er hat die blutdürstige Bestie zur Strecke gebracht!

Vergnügt greift er nach dem Rauchzeug, das er an der Wand angebracht hat, um abends in Ruhe, ungestört und ungestochen, die schönste Zigarette des ganzen Tages rauchen zu können. Er öffnet im Dunkeln die Blechdose, schlägt Feuer, raucht dann in starken Zügen und bläst lustig den Dampf durch das dünne Schleiernetz.

Aber so schnell und grundlos, wie seine Fröhlichkeit aufgestiegen ist, verfliegt sie auch wieder. Ach, er hat verdammt keinen Grund zur Lustigkeit. Noch sind es drei Monate bis zum Termin der Heimreise; noch einmal muß er das Weihnachtsfest in den Tropen verleben – und das ist das Scheußlichste, was Robby sich nur denken kann, Weihnachten in Fieberschwüle, unter Palmen und Teakeichen – Weihnachten mit Moskitos und Termiten! Erst nach Weihnachten, nach dem Neujahrstag geht es heim. So lange muß er noch bleiben. In einigen Tagen wird man den größten Teil der Tiere des Sammellagers verladen, aber dann kommen neue Transporte, aus dem Terrai und aus den Zentralprovinzen. Und wenn auch die verschifft sind, kommt eine Schiffssendung von Sumatra und noch einmal neue Zufuhr aus den Dschungeln von Nepal; mit diesen Tieren dann wird er nach England fahren.

Robby Neuhaus erwartet diese Heimkehr mit sehnsüchtiger Spannung. Er freut sich heiß und hungrig auf den Tag, an dem er den Dschungel, das Herz der Wildnis, dem er einstmals entgegengefiebert hat, wieder verlassen darf.

Es ist nicht etwa so, daß die Wirklichkeit den Traum seiner Sehnsucht zerstört hätte – o nein. Dieses Erleben der jungen, wilden, ungebrochenen Erde war schöner, als jeder Traum es geträumt – aber es hat ihn tiefer beeinflußt, tiefer gewandelt, als er es sich in der Heimat jemals hätte erdenken können. Heute sehnt er sich aus Indien wieder heraus, weil er es nicht länger mehr ertragen kann, in Dschungel und Wald hausen zu müssen – ein ewiger Räuber, der die Kreatur hetzt und jagt und fängt, um sie schließlich auf ewig ihrem von Gott bestimmten Lebensraum zu entführen.

So einfach schien alles – und so schwer und dunkel ist alles heute. Drei Jahre Indien, drei Jahre Leben im wilden Dschungel und im wilden Wald haben Robbys Weltbild geändert. Gewiß – er hat von den wilden Tieren in der Freiheit lernen wollen, aber nun hat er mehr von ihnen gelernt, als ihm gutgetan hat.

Nun hat er gelernt, daß der Dschungel ein Gebilde aus Gottes Hand ist, daß im wilden Wald allein noch sich der Schöpfer offenbart. Nun hat er gelernt, daß die Städte nichts als ein Traum der Menschenwelt sind, die sich den natürlichen Gesetzen entrang – ein künstliches Paradies, eine unerbittliche Katakombe, aus deren Tiefen heraus man den großen Gott weder erkennen noch anklagen kann.

Königlich frei, stark und schön gehen die wilden, räuberischen Tiere durch den weiten Wald, durch den endlosen Dschungel, hörig allein den Gezeiten ihres Blutes, den wechselnden Ringen des Jahres und den zwar strengen und grausam harten, aber auch schlichten und klaren Gesetzen des Dschungels.

Aber der weiße Mann kommt, bricht in diesen Frieden ein und entführt die Könige ihrem Land; er verschleppt sie in die Menagerien wie in Zuchthäuser, in die Zirkusse wie auf Galeeren. Er stiehlt sie, er raubt sie, er entführt sie ihrer Heimat, um sie zu schänden, um sie – Könige in ihren Kerkern – auszustellen für Geld.

Der weiße Mann ist der große Feind des freien Tieres. Der weiße Mann wird nicht eher Frieden geben, als bis er die letzte Freiheit von dieser Erde getilgt, bis es an Tieren nur noch treue Hunde gibt, die ihm die prügelnde Hand lecken.

Vielleicht würde er weniger kraß und anklägerisch denken, wenn er einen Menschen hätte, mit dem er sich aussprechen könnte. Sein Chef, Cherry Baker, ist ein feiner Kerl und ein untadeliger Tierfreund; er ist ehrlich in die Tiger und Leoparden vernarrt. Dennoch hat er den sicheren Stolz des Selbstgerechten; er findet es ganz selbstverständlich, daß er die Tiere fängt und nach London bringt, und seine Tierliebe ist vom üblichen menschlichen Egoismus getrieben: er schätzt am meisten die Tiere, die sich ihm am schnellsten anschließen, sich am ergebensten seinem Willen beugen. Für Cherry Baker ist alles klar und einfach und unkompliziert, wo Robby Neuhaus mit dem Kopf gegen die steinerne Mauer der sich türmenden Probleme rennt.

Sind wir berechtigt, uns einfach dieser Tiere zu bemächtigen, sie nach Europa zu bringen, sie gefangenzuhalten, sie dort auszustellen? Wer berechtigt uns? Wozu stellen wir die Tiere in Käfigen aus? Sollten wir nicht Achtung haben vor den letzten Stücken der wilden Welt, die dahinschmilzt wie Schnee im April? Wären große

Natur-Reservationen nicht weit besser als Zirkus und Zoos – für die Tiere besser und auch für die Menschen?

Und Robby schätzt die Tiere am wenigsten, die sich am leichtesten unter die Hand des Menschen ducken; er liebt die ewig Ungebrochenen, die Trotzigen, die Rebellen – die Bestien, die selbst auf ewig Feindschaft setzen zwischen sich und den Menschen – die lieber sterben, als daß sie ihre Natur verraten.

Tausend Fragen quälen Robby Neuhaus – Fragen, auf die er nie eine Antwort findet. Nur das eine weiß er gewiß und unumstößlich: Wenn er auch hier in Indien ein Räuber gewesen ist, der den Tieren unnachsichtlich nachgestellt und viele ihrer Freiheit beraubt hat – ist er erst wieder in weißen Mannes Land, wird er die Partei der Gefangenen ergreifen; dann wird er das tun und sagen, was die Tiere ihn gelehrt, wozu die Tiere ihn beauftragt haben!

Er drückt den Zigarettenrest in der Aschenschale aus. Wenn er wieder in Europa ist – wenn er wieder bei Yutta ist! Yutta Mansfield wird ihn verstehen; sie wird ihn nicht so verständnislos und so eisig anblicken, wenn er vom Recht der Tiere und vom Unrecht der Menschen spricht, wie Cherry Baker ihn ansieht. Yutta wird ihn verstehen, Yutta wird an seiner Seite sein! Yutta, ferne kleine Yutta: ein nackter Knabe, bronzebraun und schön, springt durch das silberne Mondlicht.

Warum stürzt wie eine donnernde Brandungswelle plötzliche Erregung über ihn – warum springt in seinem Innern jäher Aufruhr hoch? Ist es die Nacht der Tropen, ein Rückfall des schweren Malaria-Fiebers? Sind es die Stimmen der gefangenen Tiere da draußen, die scharfen Schreie der Leoparden, das klagende Heulen der Wälderwölfe, die dunkle Glocke des Tigerraunzens, die dumpf röhrende Anklage der Büffel im Pferch? Sind es die alten Gedanken, die ihn quälen?

Nein, das ist es nicht – das alles ist es nicht. Jemand ruft von weither – ruft über Länder und Ozeane: Yutta ruft!

Wie ein Schauer überkommt es ihn, mit beiden Händen hält er sich am Bett fest; namenlose Erregung durchflutet ihn: Yutta ruft!

Ach, das ist doch alles hysterischer Unsinn! Er ist von den Tropen geschwächt, von Hitze und Fieber ausgelaugt; er ist am Ende mit seinen Körperkräften durch die Strapazen der letzten Jahre. Er hat sich zuviel den Tieren gewidmet, hat ihre Raserei und ihre Verzweiflung miterlebt und miterlitten. Frisch gefangene Tiere sind eben doch anstrengender und aufregender als die den Käfig lange gewohnten. Seine Gesundheit hat gelitten; es wird hohe Zeit für ihn, daß er endlich aus den Tropen heraus und nach Europa, daß er heimkommt.

Heimkommt? Ja, wo ist denn sein Heim in dieser Welt? Bei Yutta ist es – bei Yutta, die ihn ruft durch die Nacht. Nackter Knabe, bronzebraun und schön. Er braucht nur die Augen zu schließen, dann sieht er sie wie einst in jener fernen Nacht, als er von ihr Abschied nahm.

Er hält sich am Bett und schließt krampfhaft fest die Augen. Kommt es nun, jenes Bild, das er sich tausendmal nächtens hat erstehen lassen – das dunkle Chapiteau, das Mondhorn über den weichen Hügeln des Frankenlandes, die kompakte Mauer des Raubtierstalles – das unvergeßliche Bild jener Sekunde, da er Yuttas Bademantel hielt und sie hinaussprang durch das silberne Licht?

Er kneift die Augen zu, daß sie flimmern – aber das Bild kommt nicht. Rote, blaue, violette Kreise – grüne Sonnen, die sich drehen – schwefelgelbe Blitze, die hindurchzucken. Aber dann – nicht vor den Augen, sondern irgendwo in seinem Gehirn, fern und fremd – entsteht ein Bild, das er nie gesehen hat von Yutta Mansfield. Groß und überdeutlich schwebt ihr Gesicht vor ihm im Dunkel. Es ist reifer und schöner geworden seit der Zeit, da er sie verließ. Die bunte Seide eines Nachtanzuges legt sich um ihre Schultern; die schönen, großen Augen, die er so geliebt hat, sind fest geschlossen. Hell und groß drängen sich Tränen zwischen den Lidern hervor; sie fallen über das untere Lid und rollen schwer die blassen Wangen hinab, vorüber am schmerzlich verzogenen Mund.

Yutta – warum weint sie? Sie ist so fern – und sie ist doch so nah.

Wer aber neigt sich jetzt über den wehen Mund und siegelt ihn mit seinen Lippen? Ein Mann – bin ich das? denkt Robby Neuhaus verwirrt. Sehe ich in die Zukunft? So könnte ich in zwanzig Jahren aussehen. Aber dann müßte ja auch Yutta älter sein! Nein, ich bin es nicht!

Und dann durchflammt es ihn wie Feuerbrand: Yutta hat ihn gerufen – Yutta gehört einem anderen, einem fremden Mann! Sie gehört nicht mehr ihm, sie hat ihn verlassen; er ist allein, er hat keine Heimat mehr. Yutta ist dahin für ihn auf immer. Wie ein Tiger aus der Falle, deren Verschluß versagt, setzt Robby im wilden Sprung aus dem Bett und durch den Moskitoschleier.

Schwer atmend steht er mitten in dem fast leeren Raum. Vor der Tür, vor den Fenstern hängen weiß und unbeweglich wie Leichentücher die Mückennetze. Yutta! Er steht da und keucht. Einmal denkt er: es ist das Fieber, es ist nur das Fieber. Gleich darauf aber wischt das Wissen alles Denken beiseite: Yutta gehört einem fremden Manne!

Starr und versteinert steht er da – durch lange Minuten, inmitten des Zimmers. Dann legt er wie entrückt den Pyjama ab, zieht den Leinenanzug über, der frisch gewaschen und geplättet über der Stuhllehne hängt, zieht die Schuhe an, steckt die Zigaretten ein. Er muß hinaus ins Freie; wenn er noch fünf Minuten länger in diesem Zimmer bleibt, dann wird er verrückt!

Laut schlägt die Tür hinter ihm zu, und der leichte Bungalow schwankt, als er nun mit schweren Schritten über die Veranda geht und die Treppe hinabsteigt.

Lange steht er dann im Dunkeln. Er sieht auf die Stadt aus Tierkäfigen und lauscht auf die Melodie der Nacht: Tiger husten und raunzen traurig. Affen kreischen, Leoparden klagen, Hunde heulen, und die grauen Wölfe weinen dunkel.

Die Käfige stehen eng nebeneinander. Es gibt viele Zellen in diesem Quartier – viele Häuser, viele Straßen. Drei Expeditionen haben diese Kisten und Käfige in den Wäldern gefüllt und in das Sammellager gebracht. Es ist eine ganze, große Stadt – und alle ihre Bewohner sind Gefangene.

Er läuft – aber er gewinnt nicht die Weite. Er gerät auf die Landstraße – und fast im gleichen Augenblick blitzen zwei Scheinwerfer auf; sie halten ihn fest, kommen näher – knirschend hält das Auto dicht vor ihm.

Dann klappt ein Schlag, und eine sanfte Mädchenstimme sagt: »Oh, Robby!«

Und dann kommt Robby Neuhaus aus der Hölle seiner Verdammnis auf diese Erde, auf diese Landstraße zurück und macht eine verlegene Verbeugung vor May Ridgeway, der Tochter des Nachbarn und guten Bekannten.

Der Pflanzer Ridgeway ist eine ebenso ehrliche wie versoffene Haut, und zwischen ihm und den weißen Männern des Tiersammellagers herrscht dicke Freundschaft. An fünf Abenden in der Woche sitzt man bei ihm auf der Veranda und trinkt Whisky und bunte Schnäpse. Das ist man dem guten Nachbarn einfach schuldig – denn mit wem sollte er sonst wohl trinken? Der nächste Klub ist in der Stadt, und die ist immerhin zwanzig Kilometer entfernt. Aber das ist nicht der einzige Grund, der Mister Ridgeway vom Besuch seines Klubs abhält.

Die Wahrheit ist, daß man den Pflanzer dort nicht allzugern sieht. Er ist mit einer Inderin verheiratet gewesen, und das verzeihen ihm die stolzen Herren aus der Stadt nicht. Sie behandeln ihn mit ausgesucht eisiger Höflichkeit, sie kennen seine Kinder nicht, wenn sie ihnen irgendwo begegnen, und hinter seinem Rücken zucken sie die Achseln.

Die Hindufrau – sie muß schön gewesen sein wie eine Prinzessin aus Tausendundeine Nacht – ist viele Jahre schon tot. Aber die Kinder leben. Der Sohn ist ein geschmeidiger, dunkelhaariger junger Gentleman mit dem rasenden Ehrgeiz des gesellschaftlich Unterdrückten, den er vergebens unter britischen Gleichmut zu verbergen trachtet. May, die Tochter, ist schon zwanzigjährig, aber immer noch kindhaft schmal und süß wie ein ganz junger Backfisch; und sie hat jenen zarten Zauber, den verführerisch bestrikkenden, leise fremdartigen Reiz, der den meisten Eurasierinnen eigen ist.

Robby Neuhaus hat sie ganz gern. Er unterhält sich gern mit ihr; sie ist gescheit, sie weiß auch vom Wald und weiß auch von den Tieren. Natürlich hat es seinem Selbstgefühl geschmeichelt, daß das schöne Mädchen, das ihn in der ersten Zeit fast immer übersehen hat; sich mehr und mehr für ihn interessierte.

Aber Robby merkt nicht, daß May ehrgeiziger, stolzer, begehrlicher und noch gedrückter durch ihr Mischlingstum ist als selbst ihr Bruder. Sie hat die brennende Sehnsucht aller Eurasierinnen: für ganz ›weiß‹ zu gelten – ganz ›weiß‹ zu werden. Sie will heiraten, aber sie will einen weißen Mann heiraten. Und es ist ihr klar, daß in ganz Indien kein weißer Mann die Tochter vom alten Ridgeway heiraten wird.

Robby Neuhaus aber ist ein Deutscher, und die Deutschen sollen nicht so eisern ablehnend gegen Eurasier sein. Er ist gewiß nicht das Ideal, das sie sich erträumt hat, aber sie käme heraus aus Indien. Sie ist klug genug, zu wissen, daß sie beim Zirkus außerhalb der üblichen sozialen Struktur steht, daß aber gerade dieses Außenseitertum ihr ungezählte Möglichkeiten eröffnet, die ihr innerhalb der Schranken europäischer Kasten und Standesauffassungen ewig verschlossen blieben. Seit Wochen ist sie entschlossen, sich diesen jungen Deutschen zu sichern. Er soll sie heiraten, sie will es. Aber dieser junge Mensch ist wie ein Holzklotz; er ahnt nicht, daß sie um seine Liebe wirbt.

Steif steht er vor ihr und sieht sie aus großen, merkwürdig starren Augen an. Was hat er nur – ist er wieder mal fieberkrank? Was tut er überhaupt zu dieser Stunde auf der Landstraße?

»Was ist los mit Ihnen, Robby?« sagt sie. »Sie stehen da wie Ihr eigener Totengräber. Haben Sie eine Zigarette?«

Robby holt die Schachtel aus seiner Tasche, bietet ihr an und gibt ihr Feuer; dann raucht er selbst mit gierigen Zügen.

»Ich habe wieder mal nicht schlafen können«, erwidert er schließlich. »Seit Wochen schon kann ich nicht mehr recht schlafen, May. Und da bin ich eben aufgestanden und laufe hier ein bißchen herum.«

Sie wirft mit leichter, schneller Geste das Cape ab, das ihr lose über den Schultern hängt. Matt und weiß schimmern im Licht der Sterne ihre nackten Schultern und Arme auf, die das tief ausgeschnittene Abendkleid freigibt. Sie trägt eine ganz enge Robe aus silberner Seide, die sehr viel von ihrem Oberkörper unbedeckt läßt und ohne Achselbänder ihre schmale Figur umschmiegt.

Robby Neuhaus sieht tiefsinnig auf den weiten Ausschnitt.

Komisch! denkt er. Wie bleibt eigentlich so ein Kleid nur sitzen? Wie stellt sie es nur an, daß sie es nicht verliert? Und dann bekommt er jählings einen roten Kopf und sieht weg – gegen die Sterne und gegen den Mond.

May Ridgeway lacht ihr leises, dunkel gurrendes Taubenlachen und bläst ihm zärtlich den Rauch ihrer Zigarette ins Gesicht:

»Woran haben Sie eben gedacht, Robby?«

»An etwas Unaussprechliches!« sagt er und grinst sie an. Gott, was ist das für ein Püppchen! Klein und schmal wie ein Kind – man hat immer Angst, daß sie umfällt, wenn man mal allzu laut spricht. Wenn sie nicht diese großen, schwarzen Feuerräder von Augen hätte, wenn der verwegene Ausschnitt ihres Kleides nicht wäre – sie sähe wie ein Kind aus – ein süßes, kleines Schulmädchen.

Nichts für mich! denkt Robby Neuhaus. Zu zierlich, zu zart. Wenn ich die mal anfasse, bricht sie in der Mitte durch. Nichts für mich – wenn man sie mal umarmen und ihr einen richtigen Kuß aufdrücken wollte, dann müßte man erst mal um Entschuldigung bitten und versichern, daß man ihr auch ganz bestimmt nicht weh tun würde. Nichts für mich!

Dann wundert er sich über sich selbst, daß er May Ridgeway, die er immer nur als netten, lustigen Kameraden behandelt hat, auf einmal mit solchen Augen ansieht. Was ist nur los mit ihm in dieser verfluchten Nacht? Macht es die silberne Tanzrobe? Hat ihn der Traum von Yutta verrückt gemacht?

»Sie haben an mich gedacht, Robby!« sagt May Ridgeway ruhig und sicher. »Habe ich recht, Robby?«

»Vielleicht?« sagt er und sieht mit verlegenem Lächeln in den Sternenhimmel.

»Oder, Robby, haben Sie nach der Heimat gedacht – haben Sie eine Freundin, eine Liebste, eine Braut zu Hause?«

Er stottert eilig:

»Aber nein, wie kommen Sie nur auf solche Gedanken, May! Ich habe keine Braut, ich habe keinen Menschen.« Und dabei schreit sein Herz: Yutta, warum geschah es – warum hast du mich verlassen, Yutta? Jetzt bin ich allein und ganz einsam in der weiten Welt!

In den großen, schwarzen Augen der Eurasierin glitzert es heiß und flüchtig auf. Er hat keine heimliche Liebste, er hat keinen Menschen, er ist ganz allein! Und doch ist er durch irgend etwas aufgestört; er ist so merkwürdig in dieser Nacht. Sie weiß nicht, was er hat, aber sie weiß: wenn es ihr heute nicht gelingt, gelingt es ihr nie!

Sie lehnt wieder am Schlag ihres Wagens. Weich und träumerisch sagt sie:

»Bitte, Robby, geben Sie mir noch eine Zigarette!« Als er ihr das Etui reicht und dann das Feuerzeug aufschnappen läßt, lehnt sie sich gegen ihn. Der Duft ihres Haares steigt in seine Nase, sehr verwirrt blickt er auf die schöne, geschmückte Weiblichkeit herab, die sich gegen ihn drängt.

Ach, warum ist er so steif? Warum legt er nicht seinen Arm um diese zierliche Schönheit, warum küßt er nicht diesen sanft und zärtlich geschwungenen Mund, warum legt er seinen schweren, müden Kopf nicht auf diese vollkommenen Schultern, die im Mondlicht wie altes Elfenbein schimmern – warum? Weil er ein Narr ist. Irgendwo in der weiten Nacht liegt Yutta Mansfield im Arm eines fremden Mannes; irgendwo lacht und liebt und küßt sie.

Die schmale Hand bleibt auf seinem Ärmel liegen. May Ridgeway sieht zu ihm auf, schmiegt sich noch ein wenig dichter gegen ihn, und um ihren schönen Mund schwebt Evas verführerisches Lächeln in der Sternennacht.

»Robby!« sagt sie weich und leise.

Er sieht auf sie herab. Sie duftet, sie ist schön wie ein Märchenkind – und sie liebt ihn – ja, sie liebt ihn – plötzlich weiß er es genau. Warum steht er da wie ein Stock? Er ist allein und verlassen; Yutta ist bei einem anderen Mann.

Nahe seinem Ohr gurrt das dunkle Taubenlachen.

»Robby, Sie sind der unmöglichste Mensch, den ich jemals kennengelernt habe!« Dann aber wirft sie ganz plötzlich ihre Zigarette fort und stampft wild mit dem dünnen Silberschuh auf; sie sagt heftig:

»Robby, was haben Sie eigentlich gegen mich? Warum mögen Sie mich nicht?«

»Wie können Sie nur so etwas sagen, May? Sie wissen sehr genau, daß wir uns immer gut vertragen haben. Ich habe Sie wirklich gern, kleine May!«

»Ach – gern!« sagt sie wegwerfend und zornig. Sie wendet sich jäh ab, dreht ihm den Rücken zu und geht an ihren Wagen heran.

Er sieht auf die schöne und elegante Gestalt. Sie ist herrlich gewachsen, sie ist schön wie ein Wunder. Und jetzt weiß er, um was es für May geht.

Aber das ist doch unmöglich, das geht einfach nicht. Er stammt vom Altonaer Fischmarkt, sein Vater ist Packmeister bei der Eisenbahn gewesen. Und wenn er das alles auch schon längst vergessen, wenn er seine Jugend längst hinter sich hat – dann ist er immer noch nicht mehr als ein Zirkuszigeuner, für den ein acht Meter langer Wohnwagen den höchsten Komfort auf Erden bedeutet.

May Ridgeway aber, das weiß er genau, denn sie hat es ihm erzählt, bekommt von ihrem dicken Papa glatt zehntausend Pfund ausgezahlt, wenn sie mal heiratet. Nichts für mich! denkt Robby Neuhaus. Ja, wenn ich schon ein großer Dompteur wäre, dann könnte es hingehen. Aber so muß ich doch erst mal selber Geld verdienen.

May kommt zurück. Aus ihrem Gesicht ist die Erregung verebbt; freundlich und beherrscht lächelt sie Robby an. Dann beginnt sie eine kühle, schnelle Unterhaltung, und Robby merkt nicht, daß sie ihre Worte setzt wie ein Schachspieler seine Figuren.

»Nun reisen Sie ja bald wieder heim, Robby!«

»Ja, May, nun ist es bald soweit.«

»Und ich bleibe allein zurück. Werden Sie mitunter mal an mich zurückdenken, Robby?«

»Aber ganz gewiß, May, oft sogar. Ich werde Sie bestimmt nicht vergessen!«

»Oh, das sagt man so leichthin. Wenn Sie erst wieder in Europa sind – beim Zirkus – und die hübschen Mädchen gehen ein und aus.«

»Ich habe mich nie sonderlich für hübsche Mädchen interessiert, May. Und ich werde auch jetzt keine Zeit dafür übrig haben. Ich habe meine Arbeit, und ich habe meine Sorgen.«

»Sorgen haben Sie, Robby? Sie haben doch Ihre Tiger, und Sie haben Geld auf der Bank.«

»Ja, das ist aber trotzdem alles nicht so einfach!« sagt Robby eifrig. Warum hat er nicht gleich dieses Thema angeschlagen. Wenn man von Geld und grauen Geldnöten spricht, verfliegen die verrückten Stimmungen einer solchen Nacht am schnellsten und gründlichsten. »Die Tiger müssen doch zu fressen haben, May, nicht wahr? Und ich muß Zeit haben, mit ihnen zu arbeiten. Es wird einem schon nicht allzu leicht gemacht auf dieser Welt, das können Sie mir glauben, May!«

»Sie brauchen gewiß keine Sorgen zu haben, Robby – ein Mann wie Sie! Sie brauchen doch nur zu winken, dann haben Sie Ihre zehntausend Pfund zur Verfügung.«

»Zehntausend Pfund, May? Wie sollte ich an zehntausend Pfund kommen? Später vielleicht einmal – ja, dann ist es unter Umständen sogar leicht – aber heute bestimmt nicht. Geld hängt verdammt hoch, May, und wer kein Geld hat, der muß am höchsten danach springen.«

»Sie könnten es mit Leichtigkeit. Sie brauchten doch nur zu heiraten!«

»Heiraten? Wen sollte ich wohl heiraten?«

»Mich zum Beispiel, Robby Neuhaus!«

Da steht May vor ihm in der Sternennacht. Langsam kommt sie auf ihn zu. Leise raschelt das silberne Kleid – der Mond glänzt in ihrem schwarzen Haar, ihre großen, dunklen Augen blicken zärtlich und hingegeben in sein Gesicht – der rote Mund ist wie ein sehnsüchtiger Wunsch und wie eine weiche, zarte Frage. Sie ist schön wie ein Märchentraum, sie liebt ihn und er ist verlassen und heimatlos.

Yutta hat ihn verlassen!

Ganz nahe ist sie bei ihm, leise knirscht die Seide ihres Kleides, als sie sich nun an ihn lehnt.

»Robby, ach, Robby, hast du mich denn nicht ein bißchen lieb? Bin ich dir nicht schön genug, bin ich dir zu dumm?«

Nahe bei seinem Mund verstummen ihre Lippen; ihre zärtlich geschwungenen Linien wölben sich verlangend.

Robby Neuhaus strafft sich. Von fernher kam durch die Sternennacht ein dunkler Pfeil – kam über Länder und Meere und traf ihn mitten ins Herz: Yutta hat ihn verlassen, Yutta hat ihn verraten. Und was Yutta kann, das kann auch er.

May hängt in seinem Arm, und sein Mund liegt heiß auf ihren Lippen.

Er hebt sie auf, und er trägt das silberne Mädchen von der staubigen Straße hinüber zum Rain, auf dem tausend Gräser üppig wuchern. Ihr Taubenlachen gurrt an seinem Hals:

»Und du liebst mich ja doch, Robby Neuhaus! Du liebst mich, du heiratest mich?«

Er stellt sie sacht auf die Erde.

»Ich liebe dich!« sagt er. »Ich heirate dich. Wir fahren morgen in die Stadt und zum Konsul!« Und dann küßt er sie, als hinge sein Seelenheil davon ab.

Was Yutta kann, das kann auch er!

Nicht ein zweites Mal wird ihm die Gnade der Schau; er sieht nicht das andere Bild der Geliebten seines Herzens:

Fern in Paris sitzt Yutta in ihrem einsamen Zimmer, das noch voll ist von dem strengen Virginia-Geruch der Zigaretten James Gordons. Er sieht sie nicht, wie sie mit großen, verstörten, trocken brennenden Augen den Text eines Kabeltelegramms entwirft, das ihn morgen erreichen wird:

fahre heute london stop vertrag olympia stop heirate drüben schulreiter gordon stop lieber Robby nicht gratulieren

yutta

*

Cherry Baker hat die Beine auf den Tisch gelegt und läßt den Stuhl auf den Hinterbeinen balancieren. Im Schoß liegt ihm ein Haufen Briefe und Zeitungen; man hat ihm eben noch die letzte Post hereingeworfen.

Er sieht kurz auf, als Robby hereintritt.

»Setz dich!« sagt er. »Hör mal zu!« Und schon scheint er wieder ganz im Studium eines langen Briefes versunken zu sein. Dann aber sieht er Robby vorwurfsvoll an und sagt mit anklägerischem Pathos: »Robby, du hast mich betrogen. Du hast mein Vertrauen schwer mißbraucht. Robby, ich muß dir eine strenge Rüge erteilen!«

Robby steckt sich eine Zigarette an und sagt unhöflich:

»Was ist denn mit dir los, Mann? Bist du schon wieder betrunken?«

»Von Trinken ist gar keine Rede!« sagt der alte Tierfänger würdevoll. »Du hast mich betrogen, Robb! Das Nashorn hat Würmer!«

Robby sperrt erschrocken den Mund auf. Das hat ihm gerade noch gefehlt, daß ihm jetzt zum Schluß der Expedition der Chef verrückt wird! Das Nashorn hat Würmer – komplett blödsinnig! Perfekter Tropenkoller!

»Das Nashorn hat Würmer, Robby!« wiederholt Cherry Baker mit erhobener Stimme.

»Na ja, warum nicht – warum soll das Nashorn keine Würmer haben?« erwidert Robby ergeben und besänftigend. Man soll den Tropenkoller-Befallenen immer gut zureden.

»Du bist ein pflichtvergessener Patron!« sagt der Alte. »Ein Nashorn darf keine Würmer haben; Würmer im Nashorndarm vermindern den Handelswert in betrüblicher Weise. Ich habe hier ein langes Schreiben von unserer hohen Direktion, die sich bitter darüber beklagt, daß wir ihr ein Nashorn geliefert haben, das Würmer hat!«

Nun erst versteht Robby, aber nun wird er wütend.

»Die sollten mit ihrer verdammten Meckerei aufhören; die sind wohl ganz und gar verrückt! Und überhaupt: warum machst du mir denn das Theater vor? Du bist der Boss!«

»Gewiß – ich bin der Boss und du bist mein Gehilfe. Aber gerade darum ist es doch ganz klar, daß du die Schuld hast, wenn man mir Vorwürfe macht, daß unsere Nashörner Würmer haben! Und außerdem hast du dich immer damit gebrüstet, daß der Fang dieses Nashorns ganz und gar dein Verdienst gewesen sei. Entsinnst du dich noch, mein Lieber, oder hast du das schon ganz vergessen?«

»Ich entsinne mich noch sehr genau. Wie sollte ich wohl das Biest vergessen haben, dieses – dieses Rhinozeros? Am linken großen Zeh ist mir der Nagel immer noch nicht nachgewachsen, den es mir abgetrampelt hat. Mein Gott, was hat uns diese Bestie zu schaffen gemacht! Bei allen anderen Tieren kann man mit Schlauheit durchkommen, aber daß uns das Nashorn nicht alle zerquetscht und totgetrampelt hat, das ist ein mächtiges Glück gewesen, Cherry!«

»Ganz gewiß!« sagt der kleine, dürre Mann mit dem haarlosen, kugelglatten Kopf. »Ganz gewiß. Aber es hat Würmer!«

»Ach, geh zum Teufel!« knurrt Robby.

Aber Cherry Baker schaut wieder ernst in seinen Brief und fährt salbungsvoll fort:

»Das ist noch nicht das einzige. Wir haben uns sehr viel zuschulden kommen lassen, Robby; wir sind als blutige Stümper erkannt und entlarvt. Hier gibt mir die Direktion das schwarz auf weiß. Wir haben einen Tiger geliefert, dem rechts vorn eine Kralle fehlt!«

»Wer weiß, in welcher Rauferei er die verloren hat, der Strolch!«

»Schweig! Wir haben einen Geparden als angeblich handzahm geliefert. Er war nicht zahm, Robby; er hat den wissenschaftlichen Leiter unseres weltberühmten Unternehmens angefallen, hat ihn gebissen und ihm die Hosen zerledert!«

»Dann hat der Kerl entweder die Kisten verwechselt, oder aber er kann nicht mit Tieren umgehen!«

»Robby, du sollst deine lümmelhaften Bemerkungen unterlassen. Beuge dich gefälligst vor dem höheren Wissen und der tieferen Einsicht des Alters, ja? Und rede anständig von unserem Welthaus, bitte! Hier steht übrigens, daß sie jetzt insgesamt zwei Dutzend junge Tiger haben – zwischen zwei und fünf Monaten alt – und daß sie dir in der Auswahl mit einigen Vorbehalten freie Hand lassen. Das ist vornehm, Robby, das ist entgegenkommend – und das alles, obwohl das Nashorn Würmer hat!«

Aber jetzt ruft Robby empört:

»Was reden denn die Leute da in London eigentlich für Unsinn zusammen? Läßt du dir das denn gefallen, Cherry?«

Der hagere, kleine Mann, dem niemand seine Zähigkeit und seine eiserne Kraft ansieht, legt grinsend den Brief zur Seite, faltet die Hände über dem Bauch und sagt:

»Wenn du erst einmal so alt bist wie ich, Robby, dann regt dich so ein Brief nicht mehr auf. So was schreibt der Alte immer, ehe ich zurückkomme, damit ich nicht zu stolz werde – und weil er es nun mal nicht lassen kann, ein bißchen an meinen Prozenten herumzuknapsen. Auf so einen Brief antwortet man nicht; den bringt man am ersten Abend unter vier Augen in Ordnung: bei der zweiten Flasche Whisky. Du mußt noch viel lernen, mein Sohn!«

Robby geht nicht darauf ein. Er sagt eifrig:

»Cherry, die Orangs, die wir aus Sumatra übernommen haben, gefallen mir gar nicht. Sie sind mächtig gedrückt, meine ich!«

»Darum brauchst du dir auch keine Gedanken zu machen. Die fängt der smarte Holländer mit vergifteten Bananen. Die kommen erst hinter Ceylon wieder richtig zu sich.«

»Das ist doch eine Schweinerei!« murrt Robby.

Der Alte sieht ihn freundlich an:

»Auf diesem Schiff gibts noch mehr, die mir nicht gefallen. Du zum Beispiel, mein stolzer Dschungelhahn. Wo hast du denn deine Frau – wann kommt die gnädige Frau an Bord?«

»Wohl kaum vor dem Dunkelwerden!« erwidert Robby. »Sie will mit ihrem Vater und ihrem Bruder noch allerlei einkaufen.« Dabei sieht er angelegentlich auf die glühende Spitze seiner Zigarette.

Cherry Baker schüttelt langsam und nachdrücklich den blanken Schädel.

»Mein lieber Robby, von allen gottverlassenen Idioten, die ich mit mir herumgeschleppt habe in diesen zwanzig Jahren zwischen Bangkok und Kaschmir, zwischen Bangalore und Bhutan – von allen diesen Idioten bist du der verrückteste. Robby, ich habe schon die blödsinnigsten Dinge mit den Menschen erlebt, aber so verrückt wie du, sich in Indien zu verheiraten – so verrückt ist noch keiner gewesen!«

Robby steht auf und sagt mit brummigem Gesicht:

»Halt den Mund, Cherry! Fang nicht wieder davon an. Du solltest lieber mal nachsehen, ob nicht für mich auch Post in deinem Stapel da ist!«

»Das habe ich längst, Robby! Es ist nichts dabei«, erwidert der Alte teilnehmend.

»Dann werde ich mich jetzt noch für ein, zwei Stunden hinlegen!« sagt Robby und verbirgt seine Enttäuschung. »Aber du könntest mir eine Zeitung überlassen!«

»Gern! Da hast du die ›Times‹. Und hier ist die ›Saturday Evening Post‹; da steht eine Geschichte aus dem Leben eines Großtierfängers drin – die mußt du lesen, Robby. Und da ist noch das Programm der ›Olympia‹, das wird dich interessieren. Mir hat es der Alte geschickt wegen der Elefantenmiss; sie arbeitet mit Tieren, die ich wild gefangen habe.«

»Danke!« sagt Robby. Er klemmt sich das schmale Bündel unter den Arm und geht wortlos aus der Tür und über den Gang in seine Kabine.

Robby setzt sich auf das Bett. Wieder keine Post – keine Post von Yutta Mansfield seit dem Kabel an jenem Tag, an dem er das Aufgebot bestellte.

Er sieht mit leeren Augen vor sich hin. Seit zwanzig Monaten ist er nun verheiratet mit May Ridgeway. Er hat sie gern – er hat sie mehr als gern; es ist eine große Leidenschaft zwischen ihnen. Sein nordisch schweres Blut hat sich gefährlich entzündet an ihrem grazilen, exotischen Reiz. Sie ist gut zu ihm und in allen Dingen vernünftig; es hat bisher nicht die kleinste Reiberei zwischen ihnen gegeben. Sie ist ihm eine gute Frau, gewiß – aber eine Yutta Mansfield ist sie ihm nicht.

Er nimmt die Zeitungen und legt sie langsam zur Seite. Auf seinen Knien liegt nun allein das üppig ausgestattete Programmheft. Robby blättert schnell darin: Bilder – ein paar Seiten Text – da sind die spanischen Clowns – und da, ganzseitig, im scharfen, glänzenden Druck, da ist das Bild von Yutta Mansfield!

Ein Bild, das er nie gesehen hat. Yutta trägt ein blankes, schimmerndes Trikot, das von glänzenden Pailletten bedeckt ist und einer Schlangenhaut ähnelt. Sie lehnt am Hals eines schönen Schekken; Robby sieht nur ihr Gesicht. Es ist nicht das Gesicht, das seine Erinnerung kennt; es ist das Gesicht, das er im Traum gesehen hat: schön, reif, wissend, mit dem wehen Zug um den Mund. Und die nun offenen Augen – nach Jahren sieht er zum erstenmal wieder in sie hinein – Yuttas Augen sind schöner noch als einst, aber sie sind auch traurig, wie sie es niemals waren. Yutta, liebe, ferne, arme Yutta!

Robby blättert verstört in dem schönen Heft – und dann findet er auch das Bild des Mannes, der ihm Yutta genommen hat. James Gordon steht im eleganten Frack da und sieht den Beschauer aus kühlen, selbstsicheren Augen an. Ja, das ist ein Mann, vor dem man Achtung und Respekt hat, wenn man ihm begegnet – einer, der aussieht, wie man selbst einmal aussehen möchte. Robby kann Yutta nicht schelten – er kann keinen Haß aufbringen gegen den großen Schulreiter.

Dann schlägt er wieder Yuttas Bild auf – das Bild mit den sehnsüchtigen, traurigen Augen. Er stützt das Kinn mit beiden Fäusten und sitzt eine Stunde lang da wie ein Steinbock. Liebe Yutta – ferne Yutta – arme Yutta. Sie ist nicht glücklich. Warum lacht sie nicht, wie sie früher lachen konnte! Sie ist nicht glücklich!

Und dann sieht er über das Heft hinweg in den Käfig, wo auf dem Heu drei graue, schwarzgefleckte Pelzbündel ruhig schlafen, ›Chérie, Kaschy, Nanusch – ihr kommt zu Yutta als ein Gruß von mir! Ihr sollt sie mahnen, daß sie immer weiß: ein Herz schlägt mit ihrem Herzen immer den gleichen Takt!‹

*

Wolkenlos blau spannt sich der hohe Frühlingshimmel über der englischen Küste, und die Irische See, die hinter dem nahen, steinigen, kurzen Strand beginnt, breitet sich unter der Mittagssonne wie ein gleißendes Brautbett aus zärtlich grüner Seide.

Immer wieder läßt Yutta Mansfield, die auf der Veranda ihres Wohnwagens sitzt, die Hände in den Schoß sinken; sie sieht über die weite See und atmet mit beweglichen Nüstern den salzigen Ruch. Wie herrlich ist die Welt – wie schön könnte das Leben sein. –

Und immer wieder beugt sie dann schnell und aufgestört den Kopf über ihre Arbeit; ihre Finger hantieren rasch und gewandt mit den Kartoffeln und dem Schälmesser. Wie schön könnte alles sein.

Nun heißt sie schon seit zwanzig Monaten Mrs. Gordon, und seit dieser Zeit ist sie unfrei und in ihren Bewegungen gehemmt wie nie zuvor; nichts glückt ihr mehr. Wenn sie allein geblieben, wenn es nach ihren Plänen gegangen wäre, dann hätte sie im vergangenen Winter ihre Panthernummer herausgebracht – dann würde sie in diesem Sommer als Dompteuse reisen. Aber wieder ist sie nur als Reiterin verpflichtet – mit ihrem Kautschukakt auf dem Pferderükken. James Gordon hat diesen Vertrag hinter ihrem Rücken abgeschlossen, denn sie selbst hat in diesem Sommer ihre Panther einarbeiten wollen.

Ihr Blick hebt sich und liegt sehnsüchtig auf der grauen Plane des nahen Raubtierstalles. Sie hat ihre Panther. Sieben Stück hat sie gekauft, und drei bekam sie vor einem Jahr durch die Tierhandlung zugestellt – Chérie, Kashy, Nanusch – das Geschenk Robbys. Es hat mit dem Kauf nicht alles so geklappt, wie sie es sich ausgedacht hatte; erst im vorigen Sommer waren die sechs jungen Leoparden zusammen und dazu der kleine schwarze Panther Noar. Aber die Tiere waren blutjung, zur Arbeit noch viel zu klein. So hat sie auch im vorigen Sommer als Reiterin gearbeitet – im selben Zirkus, in dem sie heute zusammen mit ihrem Mann wieder engagiert ist.

Ihre glatte Stirn kraust sich. James – sie hat sich die Ehe ganz anders vorgestellt. James ist klug, hat viele gute Verbindungen, er weiß in allen Dingen der Zirkusarbeit Bescheid wie kaum ein Zweiter; Yutta hat geglaubt, sie würde eine gute Hilfe an ihm haben. Aber nun kümmert er sich wenig um sie – so gut wie gar nicht. Tommy, sein Pferdepfleger, dient ihr eifriger als sein Herr.

Sie wirft unmutig eine geschälte Kartoffel so heftig in den Topf, daß das Wasser hoch aufspritzt. James – nein, er fördert sie in keiner Weise; er gerade ist es, der sie in allen ihren Bewegungen hemmt. Wenn sie auf ihn gehört hätte, ginge sie schon längst nicht mehr ihrem Ziel nach – sie hätte alle ihre Träume eingesargt und würde sich mit ihrer Reiterarbeit begnügen, die einen sehr guten Ruf bekommen hat und gute Gagen bringt.

Sie seufzt schmerzlich. Sie ist allein; kein Mensch hilft ihr. Alle

Menschen machen es ihr nur schwer. Zwei Monate ist der Zirkus bereits auf der Reise, und diese beiden Monate hindurch hat es zwischen ihr und dem Raubtierstallmeister ewig Reibereien, Krach und bösen Zank gegeben. Sie ist von ihm abhängig, auf sein Entgegenkommen angewiesen; er aber hat sich immer geweigert, ihr den Probierkäfig aufzubauen. Er hat das immer nur erst dann tun lassen, wenn sie sich bei der Direktion beschwert hatte – und wer mag das wohl alle Tage tun? Ach, vielleicht hat James auch hinter dieser Böswilligkeit gestanden! Aber vielleicht wird ja nun alles besser. Der Stallmeister ist entlassen worden; der Direktor hat ihn dabei erwischt, wie er durch das Gitter hindurch einen Löwen mit der Eisenstange prügelte. Ein neuer Dompteur soll in diesen Tagen eintreffen und auch den Stallmeisterposten übernehmen. Und dem Neuen wird sie um den Bart gehen wie noch keinem Mann; sie muß den Probierkäfig alle Tage für ein paar Stunden haben!

Sie blickt auf. Über den Zirkushof kommt langsam ein schwerer Traktor gekrochen und hat einen großen Wohnwagen im Schlepptau. Er kommt heran und rangiert dann den Wagen zwischen Gordons Wohnwagen und dem Stall ein. Yutta springt eilig und begeistert die kurze Verandatreppe hinab. Das ist ein Prachtstück von Wagen – funkelnagelneu! So ein Märchenschloß hat sie noch nie gesehen, solange sie auch schon beim Zirkus ist.

Plötzlich fühlt sie, daß sie nicht allein ist, daß dicht neben ihr jemand steht und atmet und sie ansieht. Sie wendet den Blick: da steht ein wunderhübsches Mädchen neben ihr – eine kleine Märchenprinzessin – in leuchtendweißen Batist gekleidet wie ein Backfisch aus Mayfair. Aber es ist kein Kind mehr, die großen, schwarzen Augen blicken wissend und klug. Tief hängt der Knoten des schwarzen Haares in den schmalen Nacken; die weißen Hände, an denen am schwarzen Samtband ein breiter Florentiner aus weißem Panamastroh hängt, tragen kostbare Ringe.

Die schöne Fremde sieht Yutta belustigt an; dann lacht sie und zeigt ihr einen Schlüssel.

»Nun soll ich den Wagen auspacken und in Ordnung bringen, hat mein Mann gesagt. Was der sich so denkt – ich habe keine Ahnung!«

Yutta blickt ungläubig auf den gestärkten Batist, der wie eine zarte Wolke die schmale Figur umschmeichelt. Sie soll zum Zirkus gehören – die soll die Frau eines Dompteurs und Stallmeisters sein?

Dann streckt Yutta der Fremden die Hand entgegen und sagt: »Ich heiße Yutta Mansfield. Mein Mann ist James Gordon, der

Schulreiter. Gewiß seid ihr die neuen Stallmeister, die wir erwarten, nicht wahr?«

Das weiße Mädchen nimmt die Hand, und lacht belustigt.

»Oh, was mich betrifft – ich bin bestimmt kein Stallmeister. Mein Mann – ja, ich glaube, er sagte einmal, daß er in diesem Engagement mehr Verpflichtungen hätte, als nur seine Tiger vorzuführen. Ich bin May Neuhaus!«

»Aber das ist ja eine große Freude für mich – eine wunderbare Überraschung! Robby Neuhaus kommt. Wir müssen gute Freunde werden, May!«

Die schwarzen Augen glitzern plötzlich wachsam und mißtrauisch.

»Sie kennen Robby?«

»Aber gewiß!« sagt Yutta. »Wir waren fünf Jahre lang zusammen; er war Raubtierpfleger, und ich war den ganzen Tag bei ihm – im Stall und bei den wilden Tieren. Gott, wir waren so jung, May! Er war daheim fortgelaufen und war knapp sechzehn; ich war kaum elf Jahre alt. Er schwärmte von Tigern und ich von Leoparden – wie so Kinder sind, Sic wissen es, May. Aber dann schaffte er es doch schneller und einfacher als ich und fuhr nach Indien. Aber vergessen hat er mich dort nicht. Ich bin ihm so dankbar, und ich freue mich sehr, ihm heute danken zu können. Aus Indien hat er mir drei Leoparden geschickt – meine drei besten Tiere, meine Lieblinge.«

»Drei Leoparden hat er Ihnen geschenkt?« fragt May gedehnt.

Yutta sieht sie überrascht an.

»Ja, drei Leoparden. Wußten Sie das nicht – hat er Ihnen nie davon erzählt?«

»Niemals! Kein Wort!« sagt das weiße schöne Mädchen mit häßlich bösem Mund.

Kein Wort mehr ist nötig – Yutta weiß alles. Ach, Robby, also auch du! Robby, wie dumm sind wir beide gewesen, wie traurig sind wir heute daran! Aber jetzt kommen wir ja wieder zusammen, und wir wollen uns helfen, Robby – trotz allem wollen wir uns helfen. Was gehen uns die fremden Leute an, Robby – mein Mann, deine Frau? Wir zwei, wir werden zusammenhalten!

»Den Schlüssel hier hat er mir gegeben: ich möchte den Wagen in Ordnung bringen. Ich habe das Vehikel ein einziges Mal von innen gesehen, als Robby, nach dessen Angaben es gebaut ist, es abgenommen hat. Ich habe keine Ahnung, wie man Ordnung in so ein Ding hineinbringen soll!«

»Ich helfe Ihnen, May!« sagt Yutta rasch und winkt zwei Stallburschen, die gerade aus dem Zelt kommen.

Nach einer Stunde ungefähr sagt sie aufatmend zu dem weißen Mädchen, das inzwischen viele Zigaretten auf der Veranda geraucht hat:

»So, May, nun ist alles in bester Ordnung. Wenn Sie nun das Mittagessen kochen wollen –«

Aber die Prinzessin lacht mit schnippisch verzogenem Mund.

»Kochen? Ich koche doch nicht! Ich kann überhaupt nicht kochen!«

Yutta lehnt sich überwältigt gegen den schönen Küchenschrank.

»Sie können nicht kochen, May? Aber das geht doch gar nicht!«

Das seltsame weiße Mädchen lacht sorglos.

»Es wird schon gehen. Es wird gehen müssen. Und Robby hat gesagt, es wäre nicht nötig, daß ich koche – wir könnten ins Hotel gehen. Wenn ich Kaffee und Tee und mal ein paar Eier machen könnte, wär's genug. Na, und das kann ich. Ich kann sogar mehr. Ich kann ›ham and eggs‹ machen und ein ungarisches Gulasch – Paprikagulasch!« Stolz und gelassen zündet sie sich eine frische Zigarette an.

Yutta lehnt immer noch wortlos und empört am Küchenschrank. Robby, was hast du dir denn da eingebrockt? Eine Frau, die nicht nur so aussieht wie eine Prinzessin, sondern auch so leben will – eine Frau, die nicht kochen kann – die bringst du zum Zirkus?

»Übrigens könnte er doch schon längst hier sein, meine ich. Ich habe wirklich schon lange Hunger; es wird Zeit für mich, daß ich zum Essen komme. Aber danach fragt Herr Robby natürlich nicht. Hauptsache ist für ihn, daß seine Bestien reichlich und gut den Tisch gedeckt bekommen!«

Yutta sagt mit gerunzelter Stirn:

»Aber vielleicht hat er noch auf dem Bahnhof zu tun, vielleicht ist etwas dazwischengekommen. Es geht beim Zirkus wirklich sehr selten einmal genau nach dem Programm – hinter den Kulissen, meine ich, May!«

»Aber wieso – auf dem Bahnhof?« fragt May erstaunt. »Er ist doch längst hier. Ich habe ihn doch kommen sehen mit den beiden Wagen am Traktor. Er ist im Stall – mindestens schon eine gute Stunde!«

Wie schnell und hart ein Menschenherz schlagen kann – unvermittelt und jäh – nur weil ein paar dumme, gleichgültige Worte gesprochen worden sind. Robby ist im Zirkus – Robby Neuhaus ist hier!

Yutta sagt hastig:

»Wissen Sie was, May? Eßt bei mir, ihr beiden. Mein Mann hat mir Bescheid sagen lassen, daß er heute in der Stadt ißt; er hat irgendwelche Agenten dort getroffen. Sonst hätte ich Ihnen kaum behilflich sein können, May. Mit Robby müssen Sie heute Geduld haben. Sie können sich denken, daß alles nicht ganz so einfach ist, was er jetzt dort im Stall alles erledigen und übernehmen und sich ansehen muß. Kommen Sie, May; wir gehen hinüber zu meinem Wagen. Ich schäle schnell noch ein paar Kartoffeln mehr, sonst habe ich alles reichlich. Wenn das Essen fertig ist, rufen wir Ihren Mann einfach herüber. So kommen Sie am besten und schnellsten zu Ihrer Mahlzeit.«

May sieht mit überraschtem Lächeln auf.

»Sie sind so freundlich, Mrs. – ach nein, ich darf Yutta sagen, ja? Sie sind so lieb, ich weiß wirklich nicht –«

Yutta fällt ihr rasch ins Wort:

»Oh, das bin ich bei euch nur aus Egoismus – aus purem Egoismus und gemeiner Berechnung, verstehen Sie? Sie verstehen es nicht? Passen Sie auf: Ihr Mann wird Stallmeister, nicht wahr, und ich habe meine Leoparden. Er kann mir in so vielen Dingen behilflich sein; mit seinem Vorgänger habe ich immer Zank und Streit gehabt – es war schrecklich, May. Aber wenn ich mich nun von Anfang an bei dem gestrengen Herrn Robby Neuhaus so beliebt mache, dann kann er später gar nicht anders – dann muß er mir doch auch wieder gefällig sein, nicht wahr? Sie werden mir doch diese schöne Gelegenheit nicht verderben wollen, May?«

Das weiße Mädchen lacht nun auch; sie steht auf, leise umknistert von dem gestärkten Batist.

»Nein, Yutta, das könnte ich natürlich nicht verantworten. Also gehen wir!«

Yutta stellt den Hocker in die Küche zurück, schließt ab und gibt May den Schlüssel. Dann springt sie voraus, rückt der jungen Frau einen Korbsessel auf die Veranda hinaus und macht sich schnell über ihre Arbeit. Robby ist da – und bald wird er in ihrem Wagen sitzen! Ihre Hände fliegen.

Dann ist sie fertig und deckt den Tisch. Eben will sie May sagen, daß sie nun ihren Mann holen möchte – da beugt sich die junge Frau aus der Veranda heraus, und Yutta hört sie rufen:

»Robby, bitte, ich sitze hier! Wir warten schon ewig auf dich, wo steckst du nur so lange? Denk mal, wir sind hier zum Essen eingeladen!«

Und ehe sich Yutta noch besinnen kann, knackt die Treppe unter einem harten, schnellen Schritt; mit zwei langen Schritten ist Robby über die Veranda, mit einem dritten Schritt hat er die Küche durchquert – dann steht er beim Tisch und vor ihr.

Das ist Robby! Er ist breiter geworden und auch vielleicht noch eine Kleinigkeit größer; ein Mann ist er nun. Waren seine Augen schon immer so blau und so tief, der Mund so gutmütig und ehrlich? Sein blondes Haar steht seltsam hell über dem tiefgebräunten Gesicht; immer noch ist es ein bißchen wirr und fügt sich nicht restlos dem Kamm, aber die Wangen sind schmal und straff geworden und das Kinn kantig und schwer. Gut gekleidet ist er, der graue Anzug steht ihm gut; er trägt ein seidenes Hemd, eine schön gemusterte Schleife. Robby Neuhaus, der Stallbursche, ist ein Herr geworden – Tigerdompteur, Meister im Raubtierstall. Ach, sie liebt ihn wie einst und immer, liebt ihn stärker und tiefer noch. Robby, was man für immer verloren hat, um dessen Wert weiß man zutiefst. Wie wild und hart ein Menschenherz klopfen kann! Wie hart, wie schmerzhaft hart ist sein Kinn – Robby, glücklich bist du nicht. –

Das ist Yutta, denkt Robby. Meine Yutta – endlich bin ich wieder bei ihr. Sie ist so, wie ich sie in einem fernen Traum gesehen habe, der kein Traum war, sondern ganz etwas anderes. Wie ist sie schön – wie ist sie traurig! Yutta, kleine Yutta, nun bin ich wieder bei dir – und wehe dem, der dir was Böses antun will. Ach, ich wußte, daß ich dir begegnen würde; im Stall sah ich deine Leoparden – sah Chérie, Kashy und Nanusch. Yutta, nun sind wir beieinander, nun wollen wir unsere Träume verwirklichen. Ich bin Mister Hull und du bist die Pantherbraut. Wie rot und voll ihre Lippen geworden sind – wie weiß und feucht ihre Zähne glänzen – wie tief und weich und zärtlich ist das Dunkel ihrer Augen.

Hinter ihm lacht seine schöne, junge Frau.

»Das ist wohl eine Überraschung für dich, Robby, mein Bär? Und sie hat mir schon alles erzählt – von den Panthern, weißt du, und noch viel mehr. Aber ich bin großzügig und gar nicht eifersüchtig; wir bekommen nämlich ein erstklassiges, hochfeines Mittagessen, Eisbär. Eine Kraftbrühe mit Einlage, Nierenbraten mit grünem Salat und Kartoffeln; du kannst ein Beefsteak haben, Bär, wenn du nicht satt wirst. Und dann gibt es Pudding mit Orangensaft, und den esse ich ganz allein – zur Strafe, Eisbär, weil du mir deine Jugendliebe unterschlagen hast!«

Yutta lächelt leise und gerührt. Bär! Eisbär! nennt ihn das weiße Fräulein aus Mayfair. Ach, vielleicht liebt sie ihn doch und versteht sich besser mit ihm, als Yutta gefürchtet hat.

Robby faßt sich. Ach, wie man doch heucheln lernt mit den Jahren! Als er noch jung war – niemand hätte ihn davon abgebracht, Yutta bei einem solchen Wiedersehen einfach in die Arme zu reißen und sie zu küssen – diese schönen, klugen, dunklen Augen, diese roten, lockenden Lippen zu küssen. Es ist Yutta, seine Yutta! Die Frau eines fremden Mannes?

Aber Robby ist ein Mann geworden, und ein Mann ist man immer dann geworden, wenn man gelernt hat, zu verzichten. Hinter ihm steht May Ridgeway, seine Frau. Zehntausend Pfund hat sie mit in die Ehe gebracht; zweitausend davon hat er schon ausgegeben in den letzten beiden Jahren – für seine Tigernummer natürlich. Man muß brav sein; der Traum von dem bronzebraunen Knaben, der durch das silberne Mondlicht springt, ist ausgeträumt.

Aber dann begrüßt er Yutta doch nicht in den Formen von Sitte und Herkommen. Er legt den Kopf zur Seite, und von seinen gespitzten Lippen tönt schmelzend und süß und werbend der Sehnsuchtsgesang des Nachtigallenmännchens an die Nacht und an die ferne Geliebte. Dann streckt er Yutta beide Hände entgegen und lacht; wie tief und dröhnend und überzeugend laut kann man lachen, wenn man eigentlich heulen möchte.

»Ja, Yutta, da bin ich mal wieder im Land. Willst du noch mehr Tiere hören?«

Und Yutta nimmt seine Hände und lacht auch; ach, Yutta, du hast das Sichverstellen genauso gelernt, wie ich es habe lernen müssen! Sie sagt:

»Wenn du gegessen hast, Robby, kannst du einen ganzen zoologischen Garten nachmachen. Aber erst einmal mußt du essen; du fällst doch sicher bald um vor Hunger. Aber vor allem, Robby: vielen, vielen Dank für die drei Panther! Glaub mir: sie werden meine besten Tiere!«

Dann sitzt er schon auf dem Sofa. Er macht eine wegwerfende Handbewegung und sagt:

»Den Dank, meine Dame, begehre ich nicht. Ich war froh, als ich die Kater los wurde. Die Ferkel waren durchaus nicht stubenrein; meine Kabine hat gestunken wie das Nest eines Wiedehopfes!« Und nun erhebt er seine Stimme im lautesten und grellsten Elefantenschrei. »Einen Hunger hab ich!« sagt er darauf.

May stößt ihn in die Seite und raunt ärgerlich:

»Bitte, benimm dich nicht wie ein Rowdy, Robby!«

Da macht er seine höflichste Verbeugung und flüstert:

»Dürfte ich nunmehr um Ihre wundervolle Kraftbrühe höflichst gebeten haben, gnädige Frau!« Und Yutta lacht ihr süßes Lachen und füllt seinen Teller. Ach, wie leicht ist es, ein Herz mit seinen Schmerzen zu übertölpeln!

Dann kommt der Augenblick, da man mit dem Essen fertig ist. Man ist Yutta beim Aufwaschen und beim Abtrocknen behilflich, man dreht die Kaffeemühle, indes die gnädige Frau auf der Veranda sitzt und ihre Zigarette raucht. Und am Kaffeetisch dann redet man noch schneller als vorhin beim Essen.

Was gibt es auch alles zu erzählen! Man muß doch Yutta den Dschungel beschreiben. Was weiß sie von den Tigerwechseln in Dschungel und Wald, vor der unglaublichen, tollkühnen Frechheit der Leoparden, die man in Indien mehr fürchtet als jeden Tiger? Was weiß Yutta von den Stachelschweinen, den Geiern, den roten Hunden – was weiß sie von den Regenzeiten, von Wirbelstürmen und Erdbeben? Und von den Elefanten kann man stundenlang erzählen – auch von den Orangs, die man aus Sumatra übernommen und nach London gebracht hat – von Manitou, der nach einem halben Jahr in London still und klaglos gestorben ist. Und schließlich hat man zwölf Tiger mitgebracht; da ist Pascha, der Stolz, Bhutan, der Verbrecher, Nizam und Cutch, die Strolche; da ist Bess, die Schmeichelkatze, Sweetie, die immer so traurig, aber auch so liebevoll ist, Gaya, das freche Luder, und Dely, die alle Anlagen zu einer Massenmörderin hat.

Und nun ist Yutta warm und aufgeschlossen; hin und her geht die Wechselrede. Sie spricht von ihren Panthern, und er berichtet von wilden Husarenstücken der Leoparden in Dschungel und Wald, am Rande der Dörfer und Städte. Ach, endlich hat man mal wieder einen Menschen, mit dem man über alles sprechen kann, was einem das Herz bewegt. Daneben sitzt May und langweilt sich. Was tut das? Robby Neuhaus ist mit Yutta Mansfield zusammen, was zählt da May Ridgeway?

May sitzt still in ihrem Korbsessel und raucht nervös eine Zigarette nach der anderen. Das also ist das Zirkusleben, denkt sie verärgert und gelangweilt; man hockt beieinander und redet endlos und mit unbegreiflicher Begeisterung über die Tiere, die ihr im Grunde gleichgültig sind, die ihr aber ihre junge Ehe verdorben haben, weil Robby nur für sie Interesse zeigt. Sie hat geglaubt, er allein sei von dieser dummen Manie besessen, aber diese Yutta scheint genauso verrückt zu sein wie Robby. Nichts ist wichtig in dieser Welt als einzig und allein das Wohlbefinden, das Innenleben dieser wilden Bestien und der Fortgang der Dressurarbeit – oh, sie kennt diese Melodie; Robby hat sie ihr vorgesungen bis zum Rasendwerden. Heute hat sie keine Kraft mehr zu Wut und Zorn; sie ist ganz erfüllt von dem lähmenden Gefühl einer tödlichen, uferlosen Langeweile. Oh, warum nur hat sie diesen ›Tiermenschen‹ geheiratet – warum ist sie mit ihm nach Europa gekommen? Nichts von ihren Träumen hat sich erfüllt. Der Mann langweilt sie, die Ehe langweilt sie, und dieses von verbissener, rastloser Arbeit erfüllte Leben langweilt sie über alle Maßen.

Plötzlich aber weiten sich ihre Augen erstaunt und sehr interessiert. Sie beugt sich vor und sieht angespannt über diesen leeren Winkel des Zirkushofes zwischen Raubtierstall und Chapiteau. Aus dem großen Spielzelt sind ein paar Männer herausgetreten; sie stehen nun auf dem grünen Rasen unter der Sonne. Der eine Mann trägt eine Arbeitsbluse und hat erstaunlich gekrümmte Beine; natürlich interessiert May Ridgeway sich nicht für einen Stallknecht. Aber der andere Mann, ein Herr in Grau, steht da - graues Sportjackett, graues Seidenhemd, graue Flanellhose, graue Schuhe mit dicken Kreppsohlen. Leicht und lässig trägt er einen hellen Hut in der Hand. Blondes Haar, schon dünn, aber straff gescheitelt – ein kantiges Herrengesicht – ein kurz verschnittener Schnurrbart über dem roten Mund.

Kennt sie diesen Mann? Nein, natürlich kennt sie ihn nicht. Aber warum klopft dann das Herz plötzlich so rasch – warum singt das Blut heiß und dunkel in den Schläfen?

May Ridgeway weiß, warum. Tausend solche Männer hat sie gesehen in ihrer Jugend drüben in Indien – in den Klubgärten, auf den Bällen, bei den Empfängen in Simla; tausend solche Männer sind kühl und unbeteiligt an ihr vorübergegangen – an ihrer Jungend, ihrer Schönheit, ihrer Sehnsucht; sie haben gleichgültig die Schultern gehoben, sind weitergegangen und haben sie nicht ein zweites Mal angesehen. Sie hatte sich geschworen, daß einer sie heiraten sollte und müßte, und es ist ihr doch nicht gelungen. Sie hat sich Robby Neuhaus an den Hals werfen müssen, um aus Indien herauszukommen; die Front der tausend Gentlemen aber hat sie nicht erschüttern können. Heute aber ist sie in England, heute ist sie Mrs. Neuhaus; sie ist jung und schön – und solange eine Frau jung und schön ist, opfert sie ihre Träume nicht.

Sie wendet sich rasch um und sagt:

»Ach, bitte, Yutta, entschuldigen Sie, wenn ich störe. Sagen Sie mir doch: wer ist jener Herr dort?«

Yutta lehnt sich zurück und sieht an Mays Gesicht vorbei zum Capiteau hinüber.

»Der Herr?« sagt sie dann und lacht verlegen. »Den werden Sie gleich in Lebensgröße an unsererem Kaffeetisch haben, May. Das ist James Gordon, mein Mann!«

Der Name fällt wie ein Schleusentor in Robbys Redestrom und schneidet ihn hart ab. Yutta sieht ihn an mit großen, verschreckten Augen. Aber da läßt James Gordon schon seinen Tommy stehen und kommt heran. Leise knarrt die Treppe unter seinem Schritt; dann steht er vor ihnen und sieht überrascht auf den Besuch. Yutta stellt eifrig vor, und dann zeigt James Gordon sich von seiner charmanten Seite. Er schüttelt Robby die Hände.

»Wir müssen gute Kollegen und Kameraden sein, nicht wahr, Robby? Meine Frau hat mir schon viel von Ihnen erzählt. Ich habe die Pferde und Sie die Raubtiere; nun, es wird gehen mit uns, was? Aber einen Wagen haben Sie sich da mitgebracht, der ist aufreizend schön; man hat mir in der Stadt schon davon erzählt! Aber natürlich – wenn man eine solche Frau hat . . .«

Er wendet sich zu May, macht ihr Komplimente und beginnt einen kleinen, amüsanten Gentleman-Flirt, er lacht und ist sehr vergnügt. May plaudert, entzückt über den willigen Zuhörer, seinen Flirt geübt und verwegen aufnehmend. Yutta rettet sich in die kleinen Hausfrauenpflichten; Robby Neuhaus sitzt in seinem Sessel wie ein Block.

Das ist also Yuttas Mann. Natürlich hat sie sich nicht blamiert; mit dem Mann da kann sie sich sehen lassen. Das ist schon ein Mann, den man ohne weiteres achtet und respektiert – ein ganzer Kerl; man sieht es ihm mit einem Blick an, daß er was ist, daß er was kann. Irgend etwas an dem Engländer aber stört Robby Neuhaus, irgend etwas fehlt dem Mann da. ›Wir müssen gute Kollegen und Kameraden sein!‹ Ach, gerade das ist es, was James Gordon fehlt. Der ist vielleicht ein leidlich fairer Kollege, aber niemals ein guter Kamerad. Der geht seinen Weg, und was er haben will, nimmt er sich; was ihm im Weg steht, schiebt oder schlägt er zur Seite. Der ist gewohnt, seinen Willen durchzusetzen; aus Kameradschaft wird er nie einem anderen das kleinste Zugeständnis machen. Man wird keinen Streit mit ihm haben, weil man seine Feindschaft nicht will – aber Kamerad oder Freund wird man ihm nie sein können. James Gordon hat bestimmt in seinem ganzen Leben noch keinen Freund gehabt, denkt Robby; er läßt bestimmt keinen Menschen allzu dicht an sich heran. Und auch Yutta – arme, kleine Yutta!

Yutta sitzt wieder auf ihrem Stuhl und sieht die beiden Männer dicht beieinander sitzen. Wie sehr sie sich ähneln, man könnte sie für Brüder halten. Und doch – was für ein Unterschied ist zwischen ihnen! Robby ist immer noch ein großer Junge – etwas wild, etwas zu frech – und er wird das wohl auch immer bleiben. Immer wird man in seinen Augen lesen können, was er denkt und was er fühlt. Auf sein Wort kann man sich verlassen; er wird immer mehr erfüllen, als er versprochen hat. Und wenn er mal schwer gereizt ist, wird er wohl eine gigantische Grobheit entwickeln können – aber niemals wird er gemein handeln – auch nicht gegen seinen ärgsten Feind.

Wie anders ist James. Ein untadeliger, kühler, trotz aller Verbindlichkeit reservierter, selbstsicherer Gentleman plaudert da sehr angeregt mit dem Mayfair-Girl. Yutta kennt ihn gut: er ist nicht kühl; sie weiß nur allzu gut, wie brennend seine Leidenschaft das dünne Eis seiner äußeren Kühle durchschlagen kann. Er ist selbstsicher, denn er kann sehr viel; es gibt keinen Schulreiter auf dem Kontinent, der ihm gefährlich werden könnte. Aber ist er wirklich untadelig? Sie möchte es gern noch glauben, aber sie weiß es besser. Er ist allzu rücksichtslos seinen Weg gegangen; mit oder ohne ihren Willen hat sie viel über ihn erfahren. Alles, was er tut, tut er allein und einzig für sich selbst. Auch sie hat er allein gelassen, auch sie ist sehr einsam an seiner Seite.

Mit schnellem Entschluß steht sie auf.

»So, Robby!« sagt sie und streicht mit beiden Händen an ihrem Kleid herab. »Nun hast du gegessen und Kaffee getrunken; nun möchten wir uns aber endlich auch mal deine Tiger ansehen!«

Er schnellt hoch.

»Aber gern, Yutta! Ich wollte überhaupt gar nicht so lange bleiben; ich müßte schon längst wieder im Stall sein. Ich weiß da noch nicht recht Bescheid. Du könntest mir doch sicherlich allerlei über die Tiere erzählen, was ich von den Stallburschen nicht zu hören bekomme. Und meine zwölf Bengalen – das ist schon eine Pracht, Yutta; die mußt du dir natürlich ansehen!«

»Ihr kommt doch mit?« fragt Yutta ihren Mann und May.

Aber das weiße Mädchen lehnt sich faul und verwöhnt im Sessel zurück.

»Ich denke nicht daran! Seit Jahr und Tag muß ich täglich und beinahe stündlich diese schrecklichen Tiere sehen und hören und riechen; ich bin heilfroh, wenn ich das alles einmal nicht mehr nötig habe. Ein Tigerstall kann mich gar nicht reizen; hier ist es tausendmal schöner. Geht ihr nur!« sagt sie mit einem raschen Seitenblick auf Gordon. »Ich bleibe gern allein!«

James Gordon greift mit belustigtem Lächeln nach der Kaffeekanne und schenkt May ein.

»Geh nur, Katzentante!« sagt er zu Yutta. »Ich werde dich in deinen Hausfrauenpflichten vertreten. Robby wird mir seine gestreiften Boys schon noch vorstellen; jetzt gibt es zwischen euch ja doch nur eine endlose Fachsimpelei, bei der ich armseliger, zweitklassiger Pferdemensch vollkommen überflüssig bin!«

Robby steht schon auf dem Rasen. Leichtfüßig – mit dem glücklichen Gesicht, das ein Kind hat, wenn die Schule überraschend schnell geschlossen wurde – springt Yutta die Treppe hinab; sie winkt noch einmal lachend zurück, greift dann Robby beim Ärmel und zieht ihn mit sich – dem Raubtierstall zu.

»Du!« sagt sie. »Aber eins mußt du mir gleich versprechen. Ich habe solchen Ärger gehabt mit deinem Vorgänger; du mußt es möglich machen, daß ich täglich den Probierkäfig für ein paar Stunden zur Verfügung habe!«

»Das will ich schon machen«, sagt Robby ruhig. »Ich habe schon davon gehört – und ich habe mir gedacht, ich lasse abends nach der Vorstellung den Rundkäfig gleich wieder auf dem Hof aufbauen. Dem Löwendompteur überlassen wir die Nachmittagsstunden; dann kannst du mit dem Morgengrauen anfangen, und hinterher komme ich. Und dann können wir uns immer einteilen. Wenn's mit dir tatsächlich einmal länger dauert – bei mir macht das nicht viel aus, wenn ich mal einen Tag nicht probiere; ich habe die Burschen gut im Zug. Nur zum Ausspielen müssen sie täglich eine Stunde haben. Und dann kann ich dir vielleicht auch manchmal ganz gut helfen. Ich bin ja schließlich auch kein Langschläfer, nicht wahr?«

Sie kneift vor Freude in seinen Arm.

»Fein wird das!« sagt sie strahlend. »Ach, Robby, du bist ein guter Junge!« Damit schlüpft sie unter die Zeltplane, die Robby vor ihr aufgeschoben hat, und er folgt ihr nach.

Der Raubtierstall liegt leer und verlassen da. Schwül und drükkend brütet die Hitze in ihm, erfüllt von den scharfen, wilden Gerüchen der Großkatzen. Ihr gegenüber stehen die beiden neuen, langen Käfigwagen; zwölf Tiere schlummern darin ausgestreckt mit weich gelösten Gliedern. Leise ruft sie:

»Oh, Robby, deine Kater! Das sind aber Prachtkerle!« Und sie läuft eilig darauf zu.

»Stör sie nicht«, sagt er. »Sie sind die Unruhe noch gar nicht gewohnt. Ich freue mich, daß sie jetzt schlafen; vielleicht kann ich doch schon heute mit ihnen arbeiten. Eigentlich brauchte ich's ja nicht; offiziell bin ich morgen erst da und trete mein Engament an. Das hier sind die Braven, Yutta – der Java und der Sahib, die Rani und die Ganga. Das da – der Lümmel mit dem dicken Kopf – das ist Bhutan. Einer von uns beiden wird den anderen mal auffressen – er mich oder ich ihn. Und das ist Dely. Ja, sie ist wunderschön. Sie und Bhutan, der Verbrecher, sind in der Manege die Besten und Schönsten, aber sie ist bestimmt noch dreimal schlimmer als der gestreifte Satan mit dem dicken Schädel. Und diese Schlanke hier – das ist Sweetie, mein Liebling. Sie ist süß und schmeichlerisch wie eine Hauskatze, aber immer so traurig; ich weiß nicht, was ihr fehlen mag – krank ist sie nicht. Ja, und das sind die beiden Lausbuben, Nizam und Cutch; nichts als Unsinn haben sie im Schädel. Und da ist Gaya, die steht ihnen in nichts nach. Und hier ist Pascha, der heißt nicht nur so, der ist auch ganz und gar so veranlagt, weißt du – aber Yutta, was ist denn nun mit dir los?«

Die beiden Wagen sind zu Ende. Zwischen der Seitenwand des letzten Tigerwagens und der des nächsten Käfigs ist ein enger Zwischenraum von knapp einem halben Meter. Robby fühlt sich plötzlich von Yutta gepackt und in diesen Gang hineingeschoben. Und als er sich wendet, steht Yutta dicht vor ihm. Sie faßt Robby an seinem Rock und richtet sich auf; rot blüht ihr Mund in dem plötzlich so blassen Gesicht. Yutta drängt sich gegen ihn und sagt:

»Robby – bitte, gib mir einen Kuß!«

»Was?« fragt er verblüfft.

»Weißt du nicht mehr, wie wir Abschied nahmen?« fragt Yutta. Wie schmerzhaft süß kann eine Frauenstimme singen in quellender Zärtlichkeit! »Weißt du nicht mehr, Robby? Damals batest du mich, und ich gab dir den Kuß. Heute bitte ich dich. Robby, ich habe mich so gesehnt nach dir – ich war so einsam in diesen langen Jahren!«

Er weiß es noch gut, er weiß noch alles. Dunkel und tief tönt es aus ihm:

»A-o-ong, A-o-u, A-o-ong!«

Und dann ergreifen seine Hände Yuttas Schultern, und seine Lippen legen sich fest und heischend auf ihren Mund. Er fühlt, wie ihre weiche Schlankheit sich gegen ihn drängt – er fühlt, wie ihr Mund aufblüht und sich zärtlich öffnet unter seinem Kuß – aber dann fühlt er sich jäh zurückgestoßen; Yutta springt aus dem engen Gang hinaus und um die Ecke. Als er ihr nachkommt, lehnt sie am Käfiggitter und krault ausgerechnet Bhutan, dem heuchlerischen Schurken, die Nase. Ihr eben noch so blasses Gesicht ist glühend rot; ihre Lippen zittern, und ihre Augen sind tief und dunkel wie Dschungelteiche. Als er neben sie tritt, sagt sie leise und flehend:

»Robby, du mußt mich nicht falsch verstehen. Du bist mein Freund, mein einziger Freund auf der Welt, Robby. Es sollte ein Freundschaftskuß sein!«

Und da weiß er: sie hat es gefühlt, wie er es fühlte; sie weiß alles. Er streicht mit wehmütigem Lächeln über das offene Haar ihres Nackenknotens und sagt:

»Klar, natürlich sind wir Freunde. Du wirst doch nicht meiner Unschuld Fallen stellen wollen? Nein, Yutta, ich versteh dich schon!«

Und dann muß er sie schnell zurückreißen, denn Bhutan, dieser alte Lustmörder, hat plötzlich die Pranken unter dem Gitter hervorgeschoben und schlägt mit herausgereckten Krallendolchen nach Yutta.

Aber Yutta ist nicht entsetzt und nicht empört; sie sagt ruhig:

»Du hast ihn erschreckt, Robby – oder er ist eifersüchtig, weil du mich gestreichelt hast. Tu ihm nichts; er kann doch dein bestes Tier werden!« und dann zieht sie ihn mit sich: »Nun mußt du meine Leoparden sehen. Da ist Noar, mein schwarzer Höllenhund. Drei Inder habe ich außer den dreien, die du mir geschenkt hast – und dann noch drei Afrikaner da: Kilima, Meru und Chuijh. Da sind sie, Robby. Sie sind wach – und sie kennen meinen Schritt und meine Stimme. Sind sie nicht schön, sind sie nicht wunderbar?« Und sie lockt: »Chèrie, Kashy, Nanusch – Robby ist hier, Robby bleibt bei uns! Noar, willst du nicht vorkommen? Indra, Bagh, Terrai – das ist Robby, unser Robby!«

Eine Stunde später denkt sie noch gar nicht daran, den Stall zu verlassen; Robby muß doch alles wissen, was sie von den einzelnen Tieren weiß. Aber nun sind die Stallburschen da; sie haben die Zeltplane hochbinden müssen, damit die Hitze abstreichen kann. Robby hat ihr gerade Ferdinand vorgestellt, seinen Tierpfleger, der nun auch Yuttas Panther mit übernehmen soll. Robby spricht noch ein paar Worte mit dem netten, gefälligen Burschen; für eine Minute steht Yutta allein und sieht hinaus über den sonnenglosenden Zirkusplatz.

May und James sitzen noch auf der Veranda, aber sie haben die Stühle gewechselt. James sitzt dicht bei ihr; seine Hand liegt neben ihrem Arm auf dem Rand des Korbsessels. James Gordons Blick liegt hart und herrisch auf ihrem Gesicht, auf ihrem üppig lachenden Mund.

Yutta kennt diesen Blick; sie weiß, was es bedeutet, wenn James Gordon eine Frau so ansieht. Und Yutta erkennt aus Mays Gesten und Blicken, daß sie Lust an diesem neuen Spiel hat.

Weich und gurrend tönt das Taubenlachen herüber. Yuttas Augen werden einen Herzschlag lang schmal und böse, und ihre Lippen pressen sich zusammen.

Aber dann wendet sie sich jäh ab und spricht Robby an – vehement und plötzlich – und doch nicht schnell genug, um den raschen, heißen, bitteren Ruf ihres Herzens zu überhören: ›Oh, wäre es doch – – Oh, würde es doch – –‹

*

Zwei Monate später hängt wieder die Mittagssonne schwer und glosend über dem Zirkushof, aber heute steht der Zirkus inmitten einer großen Industriestadt – auf einem gepflasterten Platz, von hohen Mietskasernen eng umschlossen. Robby kommt unlustig und verärgert im Straßenanzug aus dem Chapiteau und schlendert seinem Wagen zu.

Vor dem Wohnwagen von James Gordon bleibt er stehen. Yutta sitzt auf der Veranda und strickt flink und hingegeben einen braun-roten Pullover für den nahen Herbst. Sie blickt flüchtig auf.

»Nanu, Robby, du hast dich ja so fein gemacht! Wo willst du denn hin, wo kommst du her?«

»Ich komme vom Mittagessen!« brummt er und lehnt sich gegen die Veranda. »Hast du meine Frau nicht gesehen?« fragt er dann unvermittelt und zornig.

Sie läßt ihre Arbeit in den Schoß sinken.

»Nein, Robby!« sagt sie ruhig und großäugig. »Ich habe sie den ganzen Tag noch nicht zu Gesicht bekommen. Ist etwas Ernstliches geschehen?«

»Nein, geschehen ist natürlich nichts!« sagt er mißmutig. »Sie ist verschwunden, als ich heute morgen probiert habe. Als sie bis Mittag nicht zurück war, bin ich allein essen gegangen. Sie kennt das Restaurant, aber gesehen habe ich sie dort auch nicht. Wer weiß, wo sie wieder herumstolziert. Ich ärgere mich nur. Ich wollte jetzt nämlich mit ihr ausgehen – in den Zoo, weißt du. Ich sehe mir ja jeden Zoo an, aber der hier ist besonders interessant. Er ist berühmt wegen seiner Kreuzungen: Löwen mit Tigern, Eisbären mit Braunbären, Füchse mit Hündinnen; so was muß man sich doch ansehen, nicht wahr? Aber nun stehe ich da wie bestellt und nicht abgeholt. Dabei ist heute Abbau; wer weiß, wann ich mal wieder in diese Stadt komme!«

»Geh doch allein, Robby!« sagt sie energisch. »Geh allein und geh gleich. Du hast doch ohnehin nur ein paar knappe Stunden Freizeit heute, und wie ich May kenne, wird ihr nicht gerade das Herz brechen, wenn sie den Zoo nicht zu sehen bekommt.«

»Die freut sich, wenn sie sich darum drücken kann!« erwidert er trocken. »Aber ich habe verdammt wenig Lust, immer allein wie ein Waisenknabe durch die Gegend zu stolpern. Ist dein James denn auch nicht da?« fragt er dann mit einem raschen Blick in das Wageninnere.

Sie schüttelt den Kopf; eine schnelle Röte weht über ihr schönes, ruhiges Gesicht.

»Nein, er ist schon sehr früh fort heute. Er hat irgendwelche Geschäfte – ich weiß nicht welche.«

»Weißt du was, Yutta?« sagt Robby plötzlich sehr angeregt und lebhaft. Er stellt einen Fuß auf die Treppe, beugt sich vor und stützt sich mit den Ellbogen auf das Knie. »Weißt du was? Zieh dich an und komm mit! Du hockst doch auch nur immer im Zirkus herum; dein Mann kümmert sich ebensowenig um dich, wie May um mich. Und der Zoo interessiert dich doch, was? Ist das nicht eine Idee? Zieh dich an, und wir gehen los!«

Ihre großen Augen sehen ihn freudig an.

»Ganz gewiß wäre das eine Idee, Robby! Aber es geht doch nicht – wir können das nicht tun!«

»Wieso? Warum nicht?« brummt er. »Stehst du unter Kuratel?«

»Ach wo!« Sie lächelt wegwerfend. »James wird das ganz gleichgültig sein; er interessiert sich kaum dafür, wie ich meine freie Zeit verbringe. Aber wenn man uns jetzt zusammen weggehen sieht, dann nehmen uns die Weiber zwischen die Zähne und rühren uns eine Klatschgeschichte zusammen, an der wir Jahre zu löffeln haben werden!«

»Laß sie doch klatschen!« sagt Robby böse. »Die klatschen immer. Die klatschen das Blaue vom Himmel herunter. Darum muß man sich nicht kümmern!«

»Doch!« sagt Yutta. »Man muß sich darum kümmern. Klatsch ist das Gräßlichste in der Welt; man ist ihm vollkommen wehrlos ausgeliefert. Wie du dich auch benimmst – ist der Klatsch erst im Gang, dann findet er durch dein Benehmen immer neue Nahrung. Und je unschuldiger und anständiger man ist, desto hilfloser ist man. Ich bin nicht bange, Robby, aber Weiberklatsch – das ist ein Grauen für mich!«

»Dann gehe ich eben voraus, und wir treffen uns irgendwo draußen!« schlägt er vor.

»Und wenn wir dann gesehen werden, wäre es um so schlimmer, nicht wahr? Nein, Robby, dann gehe ich lieber gleich mit dir!« Entschlossen steht sie auf. »Setz dich hin, Robby; ich bin in zehn Minuten angezogen!«

Er strahlt. »Na, siehst du – Zureden hilft immer. Nun geht's plötzlich.«

Sie steht in der Tür und lächelt wehmütig.

Eine Viertelstunde später gehen sie nebeneinander durch die Straßen dem zoologischen Garten zu. Stolz geht Robby neben ihr her und blickt sie von Zeit zu Zeit begeistert von der Seite her an. Ach, Yutta ist doch der feinste Kerl auf der Welt. Wenn er mal mit May über die Straßen geht, dann bleiben die Leute stehen oder gaffen ihnen so unverschämt nach, daß man sie ohrfeigen möchte. May ist zu schön, zu elegant. Und nach zehn Minuten trippelt sie und stöhnt: ›Ach, Robby, bitte, laß uns doch einen Wagen nehmen!‹ Ja, es ist schon ein Kreuz mit May – aber es ist eine Wonne, mit Yutta zu gehen. Sie hat den Chic, den alle Zirkusfrauen haben, der sie von der bürgerlichen Eleganz ebenso abhebt und scheidet wie von dem Kriegsschmuck der Halbweltdamen. Trotzdem ist sie wohltuend einfach angezogen. Der schwere, glatt anliegende Homespun-Rock, die Polobluse, die braune Wildlederkappe und die braunen Stulpenhandschuhe, die Schuhe mit den niedrigen Absätzen, in denen ihr Schritt lang und elastisch schwingt – diese diskret sportliche Kleidung gibt ihr einen aparten Reiz. Und wie gut sie mit ihm Schritt hält.

Die Hitze des Tages ist zur drückenden Schwüle geworden. Am Himmel, der sich schon den ganzen Tag über in einem hellen, fast weißlichen Blau gewölbt hat, steht schwer und düster geballt eine verderbenschwangere Wolke auf. Ein Gewitter naht.

Noch aber rührt sich kein Wind. Lastend und unheimlich lagert die Schwüle über dem Park. Die Rosen duften stark und verzehrend. Das Gras liegt stumpf und wie geduckt.

Die Robben jaulen kläglich und schießen in ihrem Bassin hin und her. Die braunen Bären, auf deren Nasen hell der Schweiß perlt, drücken sich gegen die Gitter ihres Zwingers und saugen laut schmatzend an ihren Pfoten. Still wie Statuen hocken die großen, fremden Raubvögel in der riesigen Volière. Die Pinguine stehen steif am Teichrand, stoßen ab und zu mit zurückgelegtem Kopf den Schnabel in die Luft und trompeten ängstlich. Die Elefanten stehen mit hängendem Rüssel und blinzelnden Augen da, unbeweglich wie grauer Stein. Das gewaltige Flußpferd wirft sich in das aufbrausende Wasser – aber das ist in dem kleinen Bassin warm und abgestanden geworden im Laufe des Tages; ärgerlich schnauft der bläulich-rosafarbene Koloß. Die Eisbären liegen in ihrem Käfig auf dem Rücken und strecken wie Tote alle viere von sich. Das Rotwild hetzt schreckend in langen Sprüngen über die weite Wiese – nebenan im Gatter steht wie aus Erz gegossen – gewaltiges Monument einer hingemetzelten Rasse – ein Indianer-Büffel und neigt den schweren Schädel, von zottiger Wolle dunkel umflockt.

Im Raubtierhaus ist Fütterung. Einige hundert Menschen drängen sich in dem Gang zwischen den beiden Käfigreihen. Die Damen pressen Taschentücher vor Nase und Mund, die Männer rauchen mit heroischer Miene Shagpfeifen oder Zigaretten, um den scharfen Dunst der großen Raubkatzen zu dämpfen. Wie Fremdlinge stehen Yutta und Robby inmitten des Gewühls.

Helle Aufregung herrscht hinter den Gittern, die Tiere wissen gut, daß ihre Zeit gekommen ist. Nervös rennen sie in ihren Käfigen hin und her und prallen mit den starken Schädeln gegen die Gitter, daß Besucher hinter der Barriere entsetzt zurückfahren. Ein großer Käfig beherbergt ein halbes Dutzend noch nicht ausgewachsener Löwen. Die raufen sich, wie sie sich seit Stunden gerauft haben, aber ihr lustiges Spiel ist nun erregt und gereizt; dicke, wollige Flocken stieben jetzt auf unter den schmeichlerischen Prankenhieben. Ein Tiger schlägt die mörderischen Dolche seiner Krallen in die Bodenbretter des Käfigs und faucht wütend. Still ausgestreckt liegt neben ihm sein Weib. Die Tigerin sieht in die Menschenmenge hinein, sieht darüber hinweg; wie Trauer und gebrochener Stolz glimmt es in den wunderschönen, goldenen und achatenen Augen. Hyänen winseln und heulen – die kreanischen Panther toben wie Irre und springen wie Gummibälle von Wand zu Wand. Die Geparden tummeln sich in närrischen Sprüngen, ein Ozelot sucht seinen Kopf durch das Gitter zu zwängen, und eine Goldkatze mauzt wie ein verärgerter Stubenkater.

Nur eine Leopardin – im letzten Käfig, ganz abseits – kümmert sich um nichts. Sie ist erst einige Tage hier; sie hat sich noch nicht akklimatisiert, wie der Mensch es nennt, wenn ein Tier seine Heimat nicht vergessen kann – den Boden, auf dem es erwuchs und auf dem zu leben seine Bestimmung war. Sie wälzt sich auf den Brettern, springt gegen die Wände und gegen das Gitter; sie prallt zurück, faucht – und wälzt sich in ohnmächtiger Wut von neuem auf den Brettern. Sie winselt und heult laut hinaus die Sehnsucht und den Schmerz des gefangenen Tieres. Und jetzt sieht Robby, daß das Weib des Königstigers nicht auf die Menschen blickt; zu der Leopardin schaut es hinüber – und Mitleid ist es, das ihm die schönen Augen so rührend machte.

Er nimmt Yutta beim Arm und zieht sie heran. Sie sieht die Leopardin, sie sieht die Tigerin, und sie versteht alles mit einem Blick. Traurig schaut sie in Robbys blasses Gesicht.

»Yutta!« sagt er eifrig flüsternd. »Yutta, kannst du verstehen, daß ich mir draußen in Indien oft wie ein übler Schurke vorgekommen bin? Kannst du verstehen, daß mir manchmal alles furchtbar schwergefallen ist – daß ich mich oft geschämt habe?«

Sie legt ihre Hand auf seinen Arm; er braucht kein Wort mehr zu sagen – diese paar Sätze genügen. Yutta hat alles verstanden, was Cherry Baker in endlosen Diskussionen nie auch nur annähernd begreifen konnte. Sie sagt – schnell und flüsternd wie er:

»Ja, Robby, ich verstehe das. Ich habe oft genug selbst über das alles nachgedacht. Aber wir können nichts ändern, Robby. Europa wird nie auf diese Gärten verzichten. Wir können nichts daran ändern; die Tiere sind hier und sind gefangen. Wir aber leben mit ihnen – und wir können ihnen mehr Gutes mit Taten erweisen als alle die klugen Schönredner mit ihren vielen, leeren Worten. Und wir müssen noch dankbar sein – denn Robby, was wären wir wohl ohne die Tiere, wir zwei?«

Hinter ihnen beginnt der Lärm der Fütterung, und die Zuschauer rufen aufgeregt. Yutta faßt Robbys Arm fester.

»Laß uns hinausgehen, Robby, bis die Fütterung vorbei ist, die Leute sind zu idiotisch – ich kann das nicht anhören!« Und dann bummeln sie durch die blühende Rhododendron-Allee – Schulter an Schulter, schweigend und still.

Immer noch lastet die Schwüle, aber sie ist weniger drückend geworden. Das Gewitter kommt nicht zum Ausbruch, es verzieht sich wieder – doch die elektrisch-nervöse Spannung bleibt in der Sphäre und irritiert Tiere und Menschen.

Dann finden sie die Schlucht, in der die Bastarde hausen – die

Kreuzungen zwischen Fuchs und Hund. Sie sehen aus wie kleine, leichtgebaute Schäferhunde, aber ihr Fell hat in der Sonne einen rötlichen Schimmer, und die starke Rute tragen sie scharf eingeklemmt. Robby hängt über der Brüstung und versucht, die überaus scheuen Tiere anzulocken. Yutta umrundet langsam das steinerne Geviert. Hier ist der Tierpark zu Ende. Jenseits des Weges, hinter der Hecke, erhebt sich ein Eisengitter; ein Gartenlokal mit Lauben und Busch-Nischen breitet sich dahinter. Leise ertönt das Summen von vielen Menschen, das Klappern der Gläser – und ferne Musik.

Yutta will gerade zu Robby zurückkehren; da hört sie plötzlich jenseits des Gitters ihren Namen. Sie hört eine bekannte Stimme, hört ein paar Worte, die sie nur halb versteht. Mit wenigen Schritten geht sie über den Rasen und bleibt zwischen den Rhododendren am Gitter stehen. Drüben wuchert üppiges Geißblatt – sie kann nichts sehen. Aber genau und deutlich hört sie nun James Gordons Stimme:

»Sie ist nicht die Frau für mich. Und der Neuhaus ist kein Mann für dich. Machen wir doch endlich Schluß, May. Ich verstehe nicht, warum du dich so zierst!«

Weich ertönt das gurrende Taubenlachen May Ridgeways.

»Glaubst du denn, James, daß ich aus meiner Ehe davonlaufe, nur um deine Geliebte zu werden?«

»Wer spricht denn davon? Ich will dich nicht zur Geliebten, ich will dich zur Frau. Ich gönne dich keinem anderen Mann – am allerwenigsten diesem Tölpel. Du gehörst zu mir. Meinetwegen soll er sich die Yutta nehmen – ich gebe sie gern ab!«

Wieder erklingt das Taubenlachen – lustig und amüsiert.

»Ich verstehe nicht, warum du deine Frau nicht liebst. Sie ist doch hübsch und so klug; sie kann so viel. Sie spricht sechs Sprachen, sie kann reiten und akrobatische Arbeit, und sie kann mit den wilden Tieren umgehen. Sie kann sogar kochen und waschen und stricken und häkeln . . .«

James Gordon unterbricht sie hart:

»Glaubst du, ich habe Lust, mit einer Frau zusammenzuleben, die meine Liebe über sich ergehen läßt wie ein College-Girl die Algebra-Stunden? Komm, May – küß mich! Keine Frau in der Welt kann küssen wie du!«

»Du scheinst ja das Küssen schon bei ziemlich viel Frauen probiert zu haben!«

»Ja, kleine May!« sagt James Gordon. »Aber ich habe keine in der weiten Welt so gern geküßt wie dich. Und jetzt will ich nur noch dich küssen!«

Wieder gurrt das Lachen auf, aber es erlischt schnell unter dem Kuß des Mannes.

Yutta dreht sich rasch herum. Robby! denkt sie entsetzt. Er darf das nicht hören! Aber als sie sich wendet, sieht sie in sein blasses Gesicht – in seine ausdruckslosen, nichts begreifenden Augen. Zu spät – er hat alles gehört.

Sie faßt seine Hand und zieht ihn mit sich.

»Komm, Robby! Komm weg von hier! Mach keinen Lärm, es hat keinen Sinn!«

Er folgt ihr ohne die kleinste Geste der Gegenwehr – vorbei an dem Bastardzwinger und am Affenfelsen – aber am Flamingoteich wirft er sich auf eine leere Bank.

Und dann sitzt er da mit gekrümmtem Rücken, die Hände im Schoß. Er stiert auf den gelben Kies des Weges, und seine Lippen bewegen sich lautlos. Leicht gleitet Yutta an seine Seite und legt zärtlich ihre Hand auf seine Schulter. Da sieht er sie an – immer noch mit dem leeren Blick eines jählings tödlich Verwundeten, der nicht begreifen kann, was mit ihm geschehen ist.

Endlich spricht er:

»Also das – wird hier gespielt! Das spielen sie mit mir! Also das!« Und er wiederholt diese Worte immer wieder.

Bis Yutta ihn endlich unterbricht. Sie geht vor wie ein Chirurg, der ein Glied amputiert, um das Leben des Patienten zu retten.

»Natürlich – das wird gespielt. Es wird schon lange genug gespielt; du hättest es längst merken können!«

»Ich – merken?« Langsam kehrt der Ausdruck eines denkenden Gehirns in seine Augen zurück. »Ich habe ja keine Ahnung gehabt davon. Hast du denn was geahnt, Yutta?«

»Geahnt? Ich hab's gewußt. Vom ersten Tage an hab ich's gewußt!«

»Und du hast geschwiegen? Du hast mir nichts gesagt? Und wußtest alles?«

»Ich wußte alles, ja. Aber wenn eine Frau etwas weiß, dann schreit ein Mann erst mal nach Beweisen. Was hätte es genutzt, wenn ich dir davon erzählt hätte? Du würdest mir kein Wort geglaubt haben!«

»Vielleicht!« gibt er ehrlich zu. »Aber daß du hast schweigen können. Und du hättest weiter geschwiegen.«

»Ich hätte nicht weiter geschwiegen!« sagt sie kühl. »Ich habe auf diese Stunde gewartet, Robby, gewartet und gehofft; ich habe an diese Stunde geglaubt!«

»Und nun?« sagt er kläglich.

Sie sieht ihn verächtlich von der Seite an.

»Nun mache ich Schluß. Ich habe damals, als ich merkte, was sich anspann, mein Nachtlager auf dem Sofa aufgeschlagen, und James hat mich nicht daran hindern können. Ich besorge mir heute noch ein Wohnabteil, und zu Weihnachten bin ich geschieden und frei!«

»Ja – du!« sagt er – immer noch so kläglich. Warum benimmt er sich wie ein kleines Kind, warum tobt er nicht? »Ja – du! Aber was mache ich?«

Erregt ruft sie:

»Schluß machst du – wie ich Schluß mache! Im hohen Bogen schmeißt du dein Püppchen aus deinem Wagen raus – möglichst heute noch!«

»Aber das kann ich doch nicht!« sagt er und starrt trübe vor sich hin. »Der Wagen gehört doch ihr!«

»Was sagst du?« fragt sie entsetzt. »Der Wagen gehört deiner Frau?«

Er nickt.

»Der Wagen und auch die Tiger!«

»Du bist verrückt!« sagt sie entsetzt. »Du bist vollständig wahnsinnig. Das ist doch unmöglich!«

»Doch, Yutta, es ist schon so!« erwidert er demütig. »Sie hat doch so viel Geld mit in die Ehe gebracht, und ich hab eine Menge davon verbraucht – für meine Arbeit, für die Ausstattung, für den Wagen und auch für den Lebensunterhalt in den zwei Jahren. Und sie sollte doch nicht denken, Yutta, daß ich sie ausplündern wollte – oder etwa, daß ich sie nur wegen ihres Geldes geheiratet hätte. Und darum habe ich selbst darauf bestanden, daß alles ihr überschrieben wurde.«

Sie sieht ihn mit zorniger Verachtung an.

»Das heißt also, daß deine Frau dich ganz und gar in der Hand hat!« sagt sie böse. »Daß sie dir alles wegnehmen kann, wenn du dich ihr nicht fügst. Daß du von vorn anfangen kannst, wenn du dich ihr gegenüber ins Unrecht setzt. Und das wirst du gewiß tun – die ist doch zehnmal schlauer als du! Du mußt dich mit ihr verständigen; mach alles in Güte ab. Laß mich möglichst dabeisein, damit du keine neuen Dummheiten machst. Es ist der einzige Weg, der dir übrigbleibt. Aber nützen wird es dir nichts, das sage ich dir heute schon; deine Tiger wirst du los. Aber nun komm, wir wollen im Restaurant was Vernünftiges trinken. Du siehst aus wie eine Leiche!«

Er steht gehorsam auf. Aber dann sagt er:

»Nein, Yutta, bitte, nicht im Restaurant. Und keinen Alkohol. Wenn ich jetzt Alkohol trinke, sehe ich rot und laufe Amok. Gehen wir zum Zirkus zurück. Koch mir einen starken Kaffee; das ist jetzt für mich das beste. Willst du, Yutta?«

»Gern!« sagt sie und nimmt seinen Arm. »Komm!«

Sie sitzen dann fast eine Stunde lang nebeneinander in den Korbsesseln an dem kleinen, runden Tisch. Robby spricht nichts; ist ganz apathisch. Er raucht eine Zigarette nach der anderen, trinkt Kaffee und stiert vor sich hin.

Yutta atmet frei, und ihre Augen sind blank. Sie fühlt keinen Schmerz; sie fühlt nur Freude und Glück. Es ist vorbei; diese Ehe, in der sie still, aber unerbittlich geknechtet worden ist – die wie eine schwere Sträflingskugel jede ihrer Bewegungen hemmte – diese Ehe ist zerbrochen. Sie ist frei, sie gehört wieder sich selbst und ihren Zielen.

Sie hat alles kommen sehen vom ersten Augenblick an. Sie hat dazu geschwiegen, sie hat sich verstellt; sie hat still und geduldig auf diese Stunde gewartet. Nun ist alles so gekommen, wie sie es sich gewünscht hat. Sie soll sich grämen, weil sie hören mußte, wie James sie beschimpfte – diesem dummen, kleinen Mädchen gegenüber? Es berührt sie nicht; sie hat nie eine rechte Gemeinschaft mit ihm gehabt. Nun wird auch das äußere Band zerschnitten; er mag tun, was er will – es ist ihr gleich.

Besorgt blickt sie auf Robby. Hat es ihn wirklich so schwer getroffen? Er müßte doch wissen, daß an May nicht viel war – daß sie kokett ist und gewissenlos. Oder ist er nicht der Mann, für den sie ihn gehalten hat?

Sie prallt erschrocken zurück. Robby – mit der Kaffeetasse in der Hand – sieht kurz auf – und dann schleudert er die halbvolle Tasse über die Treppe von der Veranda hinaus. Mit einem wilden Satz springt er vom Stuhl und hinaus.

Da schreit es draußen schon auf; eine Frau kreischt, und ein Mann flucht. James und May – Robby hat sie kommen sehen, und Robby hat sie begrüßt. Braun tropft der Kaffee von Mays hellem Kleid, und James wischt heftig mit dem Taschentuch über das Gesicht.

Robby steht vor ihnen. Einen Augenblick scheint es, als wenn er einfach wild und blind drauflos schlagen möchte – aber dann steckt er die Hände tief in die Hosentaschen, grinst höhnisch und sagt kein Wort.

James schimpft böse:

»Was ist denn los hier? War das Zufall?«

»Nein!« sagt Robby. »Das war kein Zufall, James. Ich habe nur nicht richtig getroffen in der Eile. Du solltest die Tasse aufs Maul kriegen!«

»Bist du verrückt?« fragt James verständnislos. »Oder was ist mit dir? Malaria-Rückfall, Tropenkoller – was? – Von einem anderen ließe ich mir einen solchen Unfug nicht gefallen!«

Robby steht breitbeinig da und beugt sich leicht in den Hüften vor.

»Hör mal zu, James!« sagt er leise und schnell. »Ich will dir sagen, was los ist. May, meine Frau, kann besser küssen als jede andere Frau in der Welt. Du hast es gesagt, und ich hab's gehört. Vielleicht kannst du besser Weiber küssen als ich; dafür ist May kompetent – mich interessiert es nicht. Aber wissen will ich jetzt, ob du besser boxen kannst als ich!« Und damit zieht er die Hände aus den Taschen und schlägt mit beiden Fäusten zu.

James Gordon ist kein Feigling, und boxen kann er auch. Robbys Schläge treffen ihn nicht; den einen pariert er, dem anderen weicht er aus. Aber dann schlägt auch er zu und nimmt den Kampf auf, ingrimmig und voll verbissener Wut.

May preßt beide Hände gegen die Schläfen und schreit spitz und grell. Dann sieht sie Yutta, die am Verandageländer lehnt und den beiden Männern zusieht mit glitzernden Augen. May läuft auf sie zu.

»Yutta, ist Robby denn wahnsinnig geworden? Kannst du die beiden nicht auseinanderbringen?«

Yutta sieht von oben her mit einem tödlich kalten Blick auf sie herab.

»Hast du Angst, daß er deinen Liebsten zusammenschlägt? Robby ist nicht verrückt; er verprügelt nur den Kerl, der sich mit seiner Frau rumtreibt!« Und dann faucht sie – so verächtlich und angewidert, daß May entsetzt zurückprallt: »Scher dich weg hier, du Nichts! Sprich mich nicht noch einmal an!«

Verstört taumelt May zurück; sie sieht mit ängstlich geweiteten Augen den Kämpfenden zu. Wie Robby tobt – wie wütend er gegen James angeht! Aber mit James wird er doch nicht fertig.

Es ist ein rasender, mit wilder Erbitterung geführter Kampf, der sich da vor den Augen der beiden Frauen abspielt.

Robby hat eine gute Schule hinter sich; drei Jahre hat er in Cherry Bakers Lehre gestanden. Aber James Gordon ist schon auf dem College der beste Boxer gewesen. Er ist immer im Training geblieben – und er bleibt auch in dieser Stunde der entfesselten Leidenschaft eiskalt und berechnend.

Nur wenige, ungefährliche Schläge Robbys treffen ihn. Gordon kommt viel öfter durch und landet schwere Treffer, die einen anderen Mann auf die Knie gezwungen hätten, die aber dieser bullenhaft anstürmende Hamburger gar nicht zu spüren scheint.

Robby blutet aus Mund und Nase, aber der süße Geschmack seines Blutes auf der Zunge macht ihn toll und stachelt seine Wut noch mehr an. Und dann – endlich – kommt er doch mit einem linken Geraden durch, der James Gordon voll ins Gesicht trifft und ihn gegen die Wagenwand wirft, an der er stöhnend lehnen bleibt.

Aber gerade in dieser Sekunde, da Robby auf den Schulreiter losstürzen will, um ihm den Rest zu geben, springt ihn jählings von der Seite jemand an, reißt ihn zu Boden und klammert sich mit beiden Händen an seinem Hals. Verdammt, das ist Tommy, der krummbeinige Pferdepfleger Gordons! Robby setzt sich wütend zur Wehr – aber schon ist ein anderer Mann da – breitschultrig und blond. Ferdinand ist das – Robbys Tigerwärter. Robby hat ihn von der Straße aufgelesen, und er geht für seinen jungen Boss durchs Feuer. Er schlägt dem krummen Tommy einen schweren Hieb gegen das Ohr, daß er zur Seite fliegt, und dann sind die beiden Tierwärter in eine wilde Rauferei verstrickt. Robby rafft sich auf.

Aber ehe er noch hochkommt, trifft ihn ein schwerer Schwinger gegen die Schläfe. Gordon ist wach und auf der Hut. Robby sinkt auf ein Knie zurück und kann sich nicht erheben. Und Gordon holt aus, um Schluß zu machen. Er pfeift auf alle Kampfregeln; wenn er diesen Stier jetzt nicht umlegt, schafft er es nie. Aber noch einmal duckt Robby ab; aus der Hocke schlägt er zu und trifft Gordon hart über dem Gürtel, daß der Engländer aufstöhnend gegen den rettenden Wagen taumelt. Robby kommt hoch, schwankend und böse mitgenommen, stehen die beiden Männer wieder einander gegenüber, nackten Haß in den Augen. Jetzt wollen sie nicht mehr boxen – jetzt will einer dem anderen ans Leben.

Aber gerade jetzt, als Robby sich zu neuem Angriff strafft, kommen Menschen angestürzt – der Löwendompteur, der Exotenstallmeister, die beiden Trapezturner, der Sprechclown, ein paar Stallburschen, der Tentmeister. Sie werfen sich zwischen ihn und den Schulreiter. Keiner fragt, warum die beiden Männer sich prügeln. Was zwischen den beiden Ehepaaren los ist, weiß ja ohnehin jeder im Zirkus schon längst. Sie reden nur auf die Kampfhähne ein, doch Ruhe zu geben; sie müssen doch noch arbeiten heute, und dazu ist Abbautag. In zwei Stunden beginnt die Abendvorstellung – Kinder, gebt doch Ruhe, seid doch vernünftig! Ernüchtert wenden sich die Kämpfer den Rücken zu.

Robby geht zu seinem Wagen. Auf der Veranda steht May. Er packt sie wortlos beim Arm und wirbelt sie die Treppe hinunter. Dann schnauzt er sie an:

»Nach der Vorstellung gehört dieser Wagen dir, da kannst du darin machen, was dir gefällt. Heute abend – solange die Vorstellung läuft und ich mich umziehen muß – hast du nichts drin verloren!« Damit knallt er die Tür hinter sich zu.

Sie steht da und sieht ihn mit großen Augen an. Dann rötet sich ärgerlich ihr feines Gesicht. Er ist kein Gentleman, sie hat es immer gewußt. Und trotzig dreht sie sich ab. Bei der Frau des Löwendompteurs findet sie immer Zuflucht, und wenn sie der alles erzählt, was sich zugetragen hat, wird die Dicke begeistert sein von ihrem Besuch. Und wenn Robby in der Manege ist, wird sie sich ein anderes Kleid herausholen. Und für die Nacht muß eben James Rat schaffen; er hat sie schließlich in alle diese Verlegenheiten gebracht.

Langsam ersteigt Gordon die Wagentreppe. Yutta lehnt an der Küchentür; ihr Blick ist kalt und verächtlich. Er bleibt vor ihr stehen und sieht sie fragend an. Sie erwidert seinen Blick, bis er die Augen zur Seite lenkt. Dann fragt sie ruhig und geschäftsmäßig:

»Willst du den Wagen behalten, James? Dann suche ich mir ein Wohnabteil; im Garderobenwagen ist eins frei!«

»Was in aller Welt ist denn in euch gefahren?« fragt er. »Seid ihr alle miteinander verrückt geworden?«

»Es ist keiner verrückt geworden, James!« sagt sie mit überlegenem Hohn. »Robby hat eben an diesem Nachmittag mal was vorgehabt mit seiner Frau; darum ist es ihm aufgefallen, daß sie wieder mal nicht da war. Ich bin mit ihm in den Zoo gegangen.« Sie hebt die Hand, und eine flüchtige Welle der Entrüstung geht über ihr Gesicht. »Du brauchst nicht so zu lachen. Sei nicht schmutzig, James; es ist das erstemal, daß ich mit Robby allein gewesen bin – das weißt du genau. Wir haben euch gehört; ihr saßt im Gartenrestaurant, und Robby weiß nun alles. Und ich habe die Beweise, die ich haben wollte. Ich leite die Scheidung ein. Ich will jetzt nur wissen, wer für diese Saison über den Wagen verfügt.«

James Gordon wendet sich mit einem Ruck ab. Er spielt kein Theater; er sagt nur:

»Der Wagen gehört mir!« Dann geht er in das Innere und knallt die Tür hinter sich zu, wie es eben Robby drüben getan hat.

Yutta neigt für eine Sekunde den Kopf; dann geht sie schnell die kurze Treppe hinab und über den Platz zum Wagen des Zirkusdirektors, dessen Erlaubnis sie braucht, um das freigewordene Wohnabteil beziehen zu können.

Zwischen dem zweiten Kämpferpaar läuft der Streit nicht so glatt aus. Der krumme Tommy ist Ferdinand in den Raubtierstall gefolgt und sagt ihm dort mit erhobener Stimme viele Liebenswürdigkeiten. Ferdinand grinst nur vergnügt.

Aber dann sagt Tommy wutschnaubend:

»Es ist Krieg. Zwischen uns ist Krieg! Immer und auf ewig Krieg!«

»Mensch, so ein bißchen Rauferei kannst du doch nicht Krieg nennen!« erwidert Ferdinand, indem er noch einen Versuch zur Versöhnung macht.

»Es ist Krieg! Zwischen uns kann es nichts anderes mehr geben!« Tommy behauptet erbittert seinen Standpunkt; er hat eine mächtige Wut. Er hat die meisten Prügel bekommen – wen wurmte das nicht?

»Verdammter Dummkopf!« erwidert Ferdinand, der nun auch wütend wird. »Wenn du es nicht anders haben willst – also dann ist Krieg!«

Er holt aus, um diesem widerspenstigen Burschen eins über den Scheitel zu ziehen, als sein Arm plötzlich festgehalten wird. Neben ihm steht Yutta.

»Laß das man, Ferdinand!« sagt sie und lacht ihn vergnügt an. »Es ist gar kein Krieg. Komm, sei so gut und hilf mir mal beim Pakken; ich ziehe aus!«

Ferdinand winkt Tommy, der mit eulenhaft runden Augen zuhört, herablassend zu und folgt Yutta, die er oft mit ihren Panthern hat proben sehen und vor deren Unerschrockenheit er einen himmelhohen Respekt hat.

»Sie ziehen aus?« fragt er eifrig. »Weg von Ihrem Mann?«

Sie nickt wortlos.

Ferdinand sagt begeistert:

»Das ist fein. Das ist richtig. Das ist auch kein Mann für Sie. Halten Sie sich man an meinen Boss, Miss Yutta, mit dem passen Sie ganz anders zusammen!«

*

Die Vorstellung ist im Gang. Hinter dem Zelt wird schon der Zirkuszaun abgebrochen und verladen; die ersten Wagen rollen im Schlepptau der Traktoren zum Bahnhof. Yutta läßt aufhorchend die kleine Bürste sinken, mit der sie eben vor dem Schminkspiegel ihre Brauen und Lider getuscht hat. Aus dem Chapiteau ertönt schnelle, rhythmische Musik – ein Potpourri aus Militärmärschen. Jetzt wird drinnen der große Rundkäfig aufgebaut, und gleich geht Robby in die Mange.

Einen Moment lang würgt es in ihrer Kehle; sie fühlt wieder die dunkle Angst, die drückende Ahnung einer unheimlich drohenden Gefahr – eine Angst, die sie zum erstenmal überfiel, als sie vorhin mit Ferdinand ihre Sachen zusammenpackte und als sie für eine Sekunde James Gordons grauen Blick sah.

Aber ärgerlich schüttelt sie das Gefühl von sich ab und verzieht spöttisch den Mund. Was geht James Gordon sie an und seine Wut? Ihr kann er nichts anhaben. Sie sitzt jetzt sicher hier in ihrem kleinen Abteil; zu Weihnachten ist sie geschieden! Sie kann hier nicht stillsitzen und untätig sein, bis seine Arbeit vorüber ist. Robby ist aufgewühlt, verstört und nervös; sie muß sehen, daß alles gutgeht. Tiere sind immer renitent, wenn sie spüren, daß der Mensch, der Gehorsam von ihnen verlangt, sich selbst nicht in der Gewalt hat.

Sie wirft einen letzten Blick in den Spiegel. Sie trägt bereits das Pailetten-Trikot und ist fertig geschminkt. Hastig wirft sie sich den bunten Frottee-Mantel über, schlüpft mit den dünnen Lederschuhen in ein Paar Holzpantoffel und klappert darin dann eilig über den Platz. Robby muß arbeiten; ein gutes Wort zur rechten Zeit wird ihn aufrichten und stärken.

Aber als sie dann die Seitenplane hebt und den Aufsitzraum betritt, da preschen die Tiger bereits durch den Laufgang; ihnen folgt gebückt und eilig Robby. Schon ist er an ihr vorbei; sie kann ihm kein Zeichen mehr geben, und kein Wort mehr zurufen. Die Tür des Laufganges klappt hinter ihm zu; er steht allein mit den zwölf Königstigern im Rundkäfig.

Schnell tritt sie zur Seite; zwischen der Sitzeinrichtung und dem Portierenrand kann man am besten hindurchsehen und die ganze Manege überblicken. Hart und schwer klopft ihr Herz; sie weiß: irgend etwas hängt dunkel und drohend in der Luft. Wenn es mit Robby glatt geht, dann geschieht todsicher noch etwas anderes an diesem Abend. Daß sie auch zu spät kommen mußte . . .

Robby, von den spielenden Tigern umquirlt, verneigt sich flüchtig vor dem ihn begrüßenden Beifall. Er trägt einen lockeren weißen Seidenanzug und hält ein Stöckchen in der Hand die Reitgerte eines Kolonial-Offiziers. Er schlendert lässig und sorglos durch das Raubkatzenrudel und setzt sich in der Mitte der Manege auf ein Podest; dann klopft er mit der Gerte auf die Hand und sagt im gemütlichen Konversationston:

»An Platz!«

Die Tiger spritzen auseinander; plötzlich sitzen sie links und rechts auf ihren Böcken. Nur ihre Schweife schlagen; hier und da faucht ein rotbleckender Rachen. Robby erhebt sich; er legt die Gerte zur Seite und geht an die Tiger heran; er geht von einem zum anderen und begrüßt einen jeden.

Sweetie reibt schnurrend ihren Schädel an seinem Arm; ihre schönen Augen leuchten zärtlich. Bess leckt seine Hand, Nizam stößt seinen dicken Kopf gegen Robbys Brust und prustet übermütig und vergnügt; Pascha gibt mit der Miene eines Fürsten, der sich einem Bettler gegenüber unverantwortlich tief herabläßt, die Pfote. Dely faucht wild und scharf, und Robby markiert erschrockenes Zurückprallen, Nizam verläßt seinen Bock, nähert sich schnüffelnd von hinten; er bekommt eine rasche Ohrfeige und kehrt schimpfend auf seinen Platz zurück. Rani richtet sich auf, legt ihre Pranken auf Robbys Schultern und leckt schnell über sein Haar. Schon raunt es begeistert im Publikum.

Robby kehrt zurück und setzt sich wieder auf das Podest. Zärtlich sagt er:

»Sweetie – Sweetie, komm!« Weich gleitet die schmalhüftige, leuchtend schöne Tigerin in den gelben Sand. Zwei Meter vor dem Mann kauert sie nieder, ihr Kinn liegt auf der Erde, ihre Augen glühen, unruhig zuckt die Hinterhand, die alle Last des Körpers auf sich versammelt; hin und her schlägt der starke Schweif.

»Jetzt!« sagt Robby und beugt sich ein wenig vor.

Im gleichen Augenblick springt die große Katze. Einen Herzschlag lang wölbt sich ihr vollkommener goldener Leib in dem die dunklen Streifen luziferisch leuchten, über seinen Kopf, das seidige Weiß ihres Bauches weht über Robbys blonden Schopf. Lautlos landet sie hinter seinem Rücken im Sand und kehrt sofort zu ihrem Bock zurück.

Der Beifall lärmt. Yutta atmet hinter der rotsamtenen Portiere befreit auf. Es ist lächerlich, daß sie dumme Befürchtungen hegt; es ist alles in Ordnung, es geht alles gut. Robby ist ruhig und sicher wie immer.

Er verneigt sich kurz und setzt sich dann wieder – mit dem Rükken zum Publikum zugekehrt, das Gesicht seinen Tigern zugewandt. Jetzt hält er in jeder Hand einen Reifen von knapp einem halben Meter Durchmesser.

»Pascha!« ruft er. »Bess!«

Die Tiere gleiten von ihren Sitzen, bummeln ein paar Schritte heran und ducken sich dann zum Sprung. Robby breitet beide Arme nach der Seite aus, einen Reifen in jeder Hand. Eine kurze Zeit sitzt er still; die Musik schweigt.

»Jetzt!« sagt er dann scharf und schnell. Bess springt, sie setzt im schlanken Bogen durch den Ring, landet federnd im Sand, und kehrt zurück an ihren Platz. Pascha ist auf der Stelle liegengeblieben, sein Kinn berührt den Sand; seine Augen glühen und wild schlägt sein Schweif.

Robby läßt die Arme sinken und sieht den starken Tiger strafend an. Die Widerspenstigkeit ist nicht einstudiert; Pascha hat den Gehorsam verweigert.

»Bist du stolz geworden, Pascha?« fragt Robby vorwurfsvoll. »Hast du es nicht mehr nötig, mein Fürst?« Dann reckt er wieder den Arm mit dem Reifen zur Seite und sagt peitschend scharf: »Spring – jetzt!«

Pascha springt nicht. Er liegt geduckt; sein Kinn berührt den Sand, seine Hinterhand zuckt; wild schlägt sein Schweif und seine Augen glitzern böse. Robby ist gedankenschnell aufgestanden; er bringt den Bock zwischen sich und den Tiger und greift nach seinem Stöckchen. Yutta atmet keuchend – sie hat es gewußt, sie hat alles gewußt. Da springt Pascha – aber nicht durch den Reifen. Er springt gegen Robbys Brust.

Er trifft ihn nicht. Robby ist zur Seite gewichen, aber eine Tatze schlägt ihm doch über die Schulter und den Arm hinab. Grelle Schreie zucken durch das Publikum, Pascha wirft sich herum, als er kaum den Sand berührt hat, und greift an mit Tatzen und Zähnen. Robby schlägt ihm die Gerte über die Nase – umsonst: Paschas Dolchzähne vergraben sich tief und knirschend in Robbys Hüfte.

Und da fliegt im Bogen eines hohen, weiten Sprunges ein zweiter Tiger heran. Robby erkennt ihn im Sprung: es ist Bhutan, der ›Verbrecher‹. Jetzt ist alles aus, denkt Robby – jetzt machen sie Kleinholz aus mir.

Aber was ist das – was geschieht? Bhutan greift nicht ihn an! Bhutan fällt wild über Pascha her – haut ihm krachend die Pranke über die Augen – schlägt seine Zähne in das starke, leuchtende Genick und beißt zu. Pascha gibt Robby sofort frei. Guter Bhutan – Prachtkerl von Bhutan – wie habe ich mich in dir getäuscht, denkt Robby.

Alle Tiger haben ihre Sitze verlassen, den süßen Blutnebel witternd.

»Sweetie, geh zur Seite! Sahib, an Platz!«

Aber da ist Dely, die Mörderin; Dely fällt ihn sofort grausam und gnadenlos an und nagelt ihn gegen das Gitter; ihre Krallen zerfetzen seine Schultern – den linken Arm kann er ohnehin nicht mehr rühren – und ihr gleißendes Gebiß trachtet nach seiner Kehle. Er packt in ihre Gurgel und drückt ihren Kopf zurück. Ihre Krallen arbeiten an seinen Schultern; an seinen Beinen spürt er die Tiger. Sie drängen sich gierig heran; sie wittern das herabrinnende Blut. Gleich werden sie alle über ihn herfallen – es hat keinen Sinn, daß er sich wehrt. Wenn bloß das doofe Publikum nicht so schreien würde!

Yutta wirft den Bademantel von sich, schlüpft im Nu aus den Pantoffeln und reißt einem Manegendiener, der neben ihr steht, die Harke aus den Händen. Eine Chambrière – eine lange Pferde-Dressur-Peitsche – lehnt im Aufsitzraum; sie nimmt sie an sich im Vorbeilaufen.

Dann ist sie durch die Tür im Laufgang.

»Käfig auf!« schreit sie Ferdinand an, der an einem Pfosten lehnt und sich erbricht in Schreck und Grauen. »Ich treibe die Tiger raus!«

Sie läuft durch den Gang, stößt die Tür zurück und springt in die Manege.

Der Tumult im Publikum verstummt mit einem Schlag. Was geschieht nun? Eine blendend schöne Frau steht da im gleißenden, giftgrünen Trikot; ihr Gesicht ist verzerrt, ihre Augen glühen. Sie stößt in das Tigerrudel wie der Habicht in einen Hühnerhof.

Die Chambrière klatscht. Sahib, Nizam, Cutch, Java, Rani, Gaya und Ganga stieben auseinander und preschen wild durch den Sand.

»Hinaus!« ertönt Yuttas Schrei.

Sie sehen die offene Tür des Laufganges und werfen sich hinein; eben rasseln im Stall die Käfigtüren hoch. Ferdinand kann sich kaum auf den Beinen halten, aber Tommy hilft ihm, der gute, krumme Tommy. Die Tiger setzen hinein.

Yutta achtet nicht auf Bhutan und Pascha, die ineinander verbissen über den Sand rollen. Sie läßt die Chambrière fallen, packt Dely im Genick und reißt sie wild hintenüber. Kaum ist die Tigerin auf den Füßen, schlägt Yutta ihr schwer mit dem Rechen über die Nase und schiebt sich zwischen die Mörderin und ihr Opfer.

Robby hängt an den Gitterstäben; dann sinkt er langsam zur Seite und in den Sand; er hält sich mit einem Arm.

»Dely, da hast du's. Fang du mit Yutta an!« murmelt er. Er sieht den wutberstenden Kopf der Tigerin; rot bleckt ihr Rachen – scharf steht ihr Atem über dem Sand – weiß leuchten die mörderischen Zähne – aber zwischen Dely und ihm tänzeln zwei schlanke, leuchtedgrüne Beine. Robby starrt. Schöne Beine hat sie! denkt er.

Sie schafft es. Nur mit dem Rechen zwingt sie die Tigerin zum Rückzug, die rasend tobt, weil ihr die Beute entrissen wird, deren Blut sie schon an ihren Lefzen kostete. Tommy wirft die Laufgangtür hinter ihr zu und hält sie geschlossen, bis Dely sicher im Käfig ist.

Die Chambrière zischt über Bhutan und Pascha hinweg, die Harke schlägt zwischen sie; sie stieben auseinander, und sie sind im Laufgang, ehe sie recht wissen, was geschehen ist.

Yutta – das ist ein Kerl! denkt Robby. Und auf einmal schießt der Schmerz seiner Wunden mit tausend Feuerbränden durch seinen Leib. Solange er sich in den Klauen der Tiger befand, hat er nichts gespürt, nicht den leisesten Schmerz – nur eine dumme Hilflosigkeit, eine ungeahnte Schwäche. Jetzt aber überwältigt ihn der Schmerz in Schultern und in der Hüfte, im linken Arm, im rechten Bein; stöhnend sinkt er ganz in sich zusammen, fällt mit dem Gesicht in den gelben Sand und bleibt regungslos liegen.

Sweetie drängt schmeichelnd mit sanften Augen gegen Yutta an und reibt ihren Kopf an dem glatten Trikot. Bess sitzt auf der Hinterhand und sieht mit klugen Katzenaugen in ihr Gesicht.

Yutta läßt stöhnend die Harke fallen, streichelt mit rascher Hand Sweeties schönen Kopf und purrt Bess den Raunzlaut der Tiger zu.

»Nun geht hinaus, ihr beiden!« sagt sie, und die Tigerinnen trollen sich. Hinter ihnen klappt die Laufgangtür.

Die Manege ist frei. Yutta hat Robby herausgehauen.

Warum tobt dieses blöde Publikum wie eine Horde Tollhäusler?

Was ist mit Robby?

*

Sie achtet nicht auf den Beifall, auf die begeisterten Zurufe; sie läuft hinüber zu dem Mann, der da blutend im Sand liegt, und kniet neben ihn nieder. Sie rührt ihn an, sie dreht ihn herum; er sieht fürchterlich aus. Die Schultern sind zerfetzt, der linke Arm baumelt, das rechte Bein hängt verdreht am Leib – aber sein Herz klopft, sein Atem geht – wenn auch schwer und stockend.

Durch den Laufgang kommen Tommy und Ferdinand mit einer Bahre; sie setzen sie ab und heben Robby auf.

»Vorsichtig, vorsichtig!« sagt Tommy zu dem ungestümen Ferdinand. »Wenn du nicht weißt, was kaputt ist und packst grob zu, dann kannst du das größte Malheur anrichten!« Und dann bettet er den Mann, dem er vor ein paar Stunden an den Hals gesprungen ist, behutsam auf den grauen Drell der Tragbahre. Er nimmt das Kopfende, und im Gleichschritt mit Ferdinand geht er hinaus.

Yutta beruhigt das Publikum:

»Ladies and Gentlemen! Sie brauchen sich keine Sorge zu machen. Robby – Mister Hull – lebt; die Verletzungen sind nicht ernstlicher Natur!« Sie verbeugt sich kurz vor dem Beifall, der allein ihr gilt – ihrer kühnen, rettenden Tat und eilt hinaus.

Das Zwischenzelt des Reiterganges, der Chapiteau und Stallzelt verbindet, ist bereits abgebrochen. Man hat Robby in den Raubtierstall getragen; vor den Tigerkäfigen steht seine Bahre, von Menschen umringt.

Bess und Sweetie liegen mit ruhiger Trauer am Gitter, Pascha, den man mit einer Zwischenwand von den anderen getrennt hat, haut seine Pranken gegen die Bretter, daß das Holz in Spänen fliegt. Auch Dely ist abgesondert; sie wälzt sich auf dem Rücken und schreit grell und hysterisch. Sie war der Beute so nahe – der ersten lebenden, blutwarmen Beute ihres Lebens. Sie hat das rote Blut gerochen und geschmeckt, und man hat ihr die Beute wieder entrissen. Gibt es nirgendwo mehr ein Leben nach den Gesetzen ihres Blutes und ihrer Bestimmung? Sie heult und sie wälzt sich verzweifelt – ein Tier, das nichts vom Tod weiß und lieber sterben möchte, als so weiterleben.

Schwer klatschen große, spärlich fallende Regentropfen auf das Planendach. Donner grollt dunkel; das Gewitter, das den Tag hindurch drohend und verwirrend über der Welt gehangen hat, steigt auf und kommt drängend zum Ausbruch. Aber niemand hört den Donner; der Raubtierstall rast im entfesselten Aufruhr. Blut liegt in der Luft – Menschenblut. Einer der gefangenen Brüder hat geschlagen – hat das größte und stärkste Wild der Welt gerissen. Die

Löwen brüllen mit donnernder Kehle, die Tiger raunzen erregt und begehrlich; Yuttas Panther toben in weiten, irren Sprüngen durch ihre Zellen und schreien hell und böse. Über allem tönt Delys jammernder, heulender Ruf – und von weither kommt die Antwort der Elefantenherde. Ein Bruder hat geschlagen – Menschenblut floß – Menschenblut raucht.

Ein Arzt aus dem Publikum – klein und dick, mit leuchtender Glatze – kommt kurzatmig angekeucht. Er schiebt die Umstehenden zur Seite, kniet nieder – und richtet sich gleich wieder auf.

»Der Mann muß sofort ins Krankenhaus! Es ist zwecklos, daß ich hier was mache. Ich habe meinen Wagen draußen – ich bringe ihn hin. Fassen Sie an, meine Herren – kommen Sie mit!«

Tommy und Ferdinand nehmen die Bahre auf und folgen dem Voranschreitenden; Yutta geht mit ihnen. Robby rührt sich nicht. Sein Gesicht ist das eines Toten. Breit und schwarz sind seine Augen umrandet; vom linken Mundwinkel läuft ein schmaler Blutstreifen über die Wange und hinter den zerfetzten Hemdkragen.

Sorgsam und umsichtig heben sie dann die Bahre in den Wagen.

»Ein Mann muß mitkommen!« befiehlt der Doktor.

»Ich!« sagt Ferdinand und will in den Wagen hinein. Aber Tommy hält ihn zurück.

»Du hast ja keine Zeit, du mußt deine Katzen an die Rampe bringen. Meine Pferde stehen schon im Waggon. Ich fahre!«

»Menschenskind«, sagt Ferdinand verdutzt, »ich denke, wir haben Krieg?«

»Klar haben wir Krieg! Aber jetzt sind wir beide Rotes Kreuz, verstehst du? Halt's Maul!«

Er schwingt sich in den Wagen und setzt sich neben den Verwundeten. Langsam und leise schließt Ferdinand hinter ihm den Schlag. Der krumme Tommy ist eigentlich gar nicht so uneben, denkt er.

Yutta bestürmt den Doktor, der ächzend sein Bäuchlein hinter das Lenkrad schiebt.

»Ist es sehr schlimm, Doktor? Ist es lebensgefährlich? Kommt er durch? Doktor, Sie müssen achtgeben: bei Verletzungen durch Raubtierkrallen kommt fast immer eine Blutvergiftung hinzu!«

»Ich kann jetzt noch gar nichts sagen, noch gar nichts versprechen!« sagt der Dicke. »Erst muß ich ihn mal auf meinem Tisch gehabt haben. Rufen Sie mal in zwei Stunden an!«

Er wirft hinter dicken Brillengläsern hervor noch einen letzten, schwermütigen Blick auf die schöne Gestalt im gleißenden Trikot; dann gibt er Gas, fährt weich an und schnell davon.

Yutta sieht dem Wagen nach, bis er in die Straße einbiegt; dann schaut sie verloren um sich.

Der Himmel zuckt flammend im Wetterleuchten; die niedrige Kuppel des Himmels ist vom Donner überdröhnt. Mehrere Gewitter scheinen sich gegenseitig zu jagen, aber keines kommt zur Entladung; auch der Regen hat wieder aufgehört.

Ein junger Mann, der den Trubel des Abbautages ausnutzt, um sich einmal gründlich und gratis im Zirkus umzuschauen, streicht dicht an ihr vorbei und sieht sie dreist und lüstern an. Sie schreckt auf – sie ist im Trikot; eilig kehrt sie in den Stall zurück. Kaum taucht sie dort auf, schreit der Regisseur sie wild an:

»Yutta, endlich, wo steckst du denn? Wo treibst du dich denn nur herum? Los, los – du mußt raus!«

Jetzt erst wacht sie vollends auf. Vorn im Zelt spielen sie schon ihre Musik. Der Direktor hat die Pause überschlagen, um das Publikum nicht in den Ställen zu haben; die Luftnummer hat schon gearbeitet, und im Aufsitzraum steht der schwere, zimtfarbene Wallach. Yutta muß in die Manege – Yutta muß arbeiten!

Sie läuft eilig auf das Pferd zu und schwingt sich auf seinen nackten Rücken. Es würgt ihr in der Kehle; sie möchte so gern für fünf Minuten den Kopf auf die Arme legen und weinen dürfen. Wie die Tiger brüllen – Pascha, der Verbrecher – Dely, die Mörderin. Wenn der brave Bhutan nicht gewesen wäre, wer weiß? Aber sie hat es Robby immer gesagt: Bhutan ist gut. Klirrend reißt die Portiere auseinander.

»Vorwärts!« sagt der Stallmeister und folgt mit der Chambrière.

Der schwere Wallach trabt in den gelben Kreis; Yutta steht auf seiner breiten Hinterhand – hoch auf den Zehenspitzen – und breitet die Arme nach beiden Seiten. Ihr Gesicht lächelt – freudig und leicht.

Durch das Publikum raunt es erregt. Das ist sie, die Frau im grünen Pailletten-Trikot, die vorhin den Dompteur gerettet hat! Jubelnder Beifall begleitet ihre erste Runde.

Sie dankt und beginnt ihre Arbeit. Der Stallmeister klatscht mit der Peitsche – der Wallach galoppiert. Yutta dreht Flic-Flac auf seinem Rücken – zwölfmal – zwanzigmal; beim fünfundzwanzigsten Mal verharrt sie im Handstand, läßt sich dann sinken, und steht auf den Unterarmen. Ihr Körper wölbt sich im straffen Bogen über ihren Kopf, bis die Spitzen ihrer Zehen die lohfarbene Pferdemähne berühren. Zurück – Pirouette – und sie steht auf der Hinterhand.

»Hoppla!« sagt sie und macht dem rauschenden Beifall ihr Kompliment.

Dann geht sie wieder in den Handstand und steht auf den Unterarmen. Ihr Leib zieht sich zusammen wie eine stählerne Feder, und die Spitzen ihrer Schuhe legen sich auf ihre Frisur.

Ich kann jetzt noch gar nichts sagen! Robby muß am Leben bleiben – er muß, er muß! Er atmete doch – sein Herz schlug; wenn nur keine Blutvergiftung hinzukommt. Blutvergiftung ist das Gefährlichste – sie kommt fast immer –

Ein mächtiger Donnerschlag läßt das Zelt erbeben; gleichzeitig prasselt wütender Regen gegen die Leinwandkuppel. Nun kommt das Gewitter doch noch zum Ausbruch. Yutta zwingt sich zur Ruhe; der Trick, den sie jetzt arbeitet, ist ihr gefährlichster. Sie nimmt ihre Fußfesseln in die Hände, stellt die Füße links und rechts von ihrem Kinn auf den Pferderücken – und dann richtet sie sich langsam – Zoll um Zoll – nach hinten auf, während ihre Beine unbeweglich stehen.

Ein zweiter Donnerschlag kracht – dröhnender noch als der erste; ein Windstoß reißt fast das Zelt zusammen. Der Wallach schreckt – stolpert – und Yuttas noch verkümmter Leib fliegt im kurzen Bogen herab.

Die Piste! denkt sie entsetzt; da kracht sie schon auf das hölzerne Rund, das die Manege umschließt. Sengend flammt der Schmerz durch sie hin. Ein Dunkel öffnet sich – eine unausdenkbar tiefe Schlucht; weich und willig fällt sie hinein. Dunkel! denkt sie. Das ist alles! Dann liegt sie still – denkt nichts mehr, fühlt nichts mehr, hört nicht das tobende Publikum. Sie spürt nicht, wie sie aufgehoben und hinausgetragen wird.

Als sie wieder aufwacht aus Dunkel und Bewußtlosigkeit, steht ihre Bahre im Stall; verstört drängen sich Menschen herum. Sie ist plötzlich wach und klar. Drinnen spielt die Musik, die Araber arbeiten, die Vorstellung geht weiter. Der Regen rauscht, der Donner brüllt, und Blitze lassen jählings das Stallzelt erglühen. Sie will hoch – von der Bahre herunter – aber der Schmerz hält sie eisern fest, daß sie schreit.

Ein Gesicht beugt sich über sie, und ein Mund spricht gute Worte – James Gordon. Sie sieht ihn haßerfüllt an; er hat Robby auf dem Gewissen!

»Weg!« sagt sie böse. »Geh weg!« Und dann schreit sie: »Der Direktor! Bitte, der Direktor!«

Der schwere, elegante Mann, von diesem zweiten Unglücksfall

in einer Vorstellung nun doch etwas aus seinem unerschütterlichen Phlegma aufgestört, tritt vor und sagt besänftigend:

»Ich bin ja hier, Yutta. Was ist denn?«

»Meine Panther!« schreit Yutta in heller Angst.

»Aber die sind doch in den besten Händen, Yutta!« sagt er beruhigend. »Da passen wir schon für auf, Ihr Mann und ich!«

»Nur Sie!« sagt sie wild. »Hören Sie – nur Sie, Herr Direktor! Er hat nichts damit zu tun. Er darf sich nicht damit zu schaffen machen!«

Über die Bahre hinweg treffen sich die Blicke der beiden Männer. James Gordon blickt kalt und höhnisch, der Direktor erstaunt und verstört. Dann neigt er sich wieder zu der Verunglückten herab.

»Schön, Yutta; also ich nehme Ihre Panther in meine Obhut und Pflege!«

»Sie dürfen das nicht nur so sagen, Herr Direktor!« ruft sie. Ich nehme Sie beim Wort! Sie haften mir für die Tiere! Die andern hier haben es gehört – sie sind Zeugen!«

Der Direktor seufzt schwer auf. Nerven hat diese Frau! Dreiviertel tot ist sie und macht ihm noch ein solches Theater. Dann sagt er, ruhig und fest:

»Vor allen Zeugen hier, Miss Yutta: ich hafte für Ihre Tiere!«

»Dann ist es gut!« stöhnt sie befreit. »Ich mache es später wieder gut, Herr Direktor. Aber geben Sie acht – passen Sie auf, daß nichts damit geschieht!«

Ferdinand drängt sich vor: »Da passe ich schon auf, Miss Yutta! Ich bin doch immer im Stall!«

Sie sieht den blonden Jungen glücklich an.

»Ja, du, Ferdinand! Es darf keiner heran, hörst du? Es darf sich keiner irgend etwas mit ihnen zu schaffen machen!«

»Kommt gar nicht in Frage! Wer sich an die Panther heranmacht, dem hau ich eins auf den Schädel!« sagt Ferdinand und schaut James Gordon einladend an.

Yutta hört ihn nicht mehr; sie hängt mit der einen Hand im Rock des Direktors – merkwürdig, daß sie den anderen Arm nicht bewegen kann. Sie flüstert – sie denkt, daß nur der Direktor sie verstehen kann, aber alle Umstehenden verstehen jedes Wort:

»Herr Direktor, der Schlüssel zu meinem Wohnabteil ist bei Mrs. Hurst, der Garderobiere. Im Wäscheschrank – im zweiten Fach zwischen den Pyjamas – liegt eine alte Handtasche. Ein Scheckbuch ist darin – und ein deutsches Sparkassenbuch. Nehmen Sie das an sich; bewahren Sie mir das auf, lieber Herr Direktor!«

Jetzt endlich versteht er sie. Ach ja, sie hat ja Krach gehabt mit Gordon; sie hat Angst um ihr Hab und Gut. Wütend sieht er den kühlen, eleganten Schulreiter an. Dann sagt er – und richtet es auch an James Gordons Adresse:

»Yutta, nun machen Sie sich mal keine dummen Gedanken mehr. Ich hafte für Ihr ganzes Eigentum. Wer davon etwas nimmt – und wenn es nur für einen Penny ist, den bringe ich ins Gefängnis, und vorher schlage ich ihn noch höchst eigenhändig zum Krüppel. Ist es so gut?«

»So ist es gut!« sagt sie erlöst und dankbar. »Ich muß mich auf Sie verlassen. Verzeihen Sie, Herr Direktor – ich habe sonst keinen Menschen. Ich mache alles wieder gut!«

»Vor allen Dingen machen Sie sich jetzt mal keine Sorgen mehr!« sagt er energisch und stopft die Decke an der Seite der Bahre fest. »Sie brauchen jetzt ihre Kraft. Sie werden es nicht allzu leicht haben in der nächsten Zeit!«

»Wo bringt ihr mich hin?« fragt sie – und der Schmerz zerreißt ihr Gesicht.

»Ins Krankenhaus, Yutta! Aber Sie werden wohl nicht lange dort bleiben. Ich denke, es sind nur einfache Brüche.«

»Zu Robby!« sagt sie und lächelt weh. Dann fällt ihr Kopf nach hinten, und sie sinkt in das tiefe Dunkel zurück, das sie für einige Minuten überlistet hat.

Sie merkt nichts mehr davon, wie man ihre Bahre nun aufhebt, und wie die Umstehenden zurückweichen; sie sieht nicht James Gordon allein und abseits wie einen Gezeichneten dastehen; sie fühlt nicht, wie sie davongetragen wird.

Noch unter dem Messer der Ärzte – eine Stunde später – liegt das wehe, glückliche Lächeln auf ihrem Gesicht; sie hat gesiegt trotz allem. Und es ist ja gar nicht so schlimm – es ist nur dunkel – tiefes und weiches Dunkel. Jenseits des Dunkels aber steht Robby; die eherne Glocke fernen Tigerraunzens läutet von seinen Lippen – und Bhutan ist gut – und Sweetie gurrt weich und schmeichlerisch.

*

Nahe am Güterbahnhof und der Laderampe liegt eine kleine Kutscherkneipe, die in dieser Nacht, in welcher der Zirkus seine Wagen auf die Loren der Sonderzüge verlädt, geöffnet ist. Draußen rauscht der Regen in Strömen; wenn die Traktoren vorüberfahren, zittern die Fensterscheiben, und die Gläser auf den Tischen tanzen. Bisweilen zieht – eine gigantische Silhouette – ein Elefant nahe am Fenster vorbei und hat einen Zirkuswagen im Schlepptau. Von den Geleisen ertönt Pfeifen und Lärm – das Rollen und Knattern rangierender Wagen, Tierschreie, Menschenrufe. Der Regen zischt in Silberschnüren; wer einen Augenblick verschnaufen kann, flüchtet in die Kneipe.

Das Buffet ist umlagert von Zeltarbeitern, Chauffeuren und Stallburschen; unablässig schiebt der Wirt die Gläser über das blanke Zinn. An den Tischen ringsum sitzen Artisten und warten darauf, daß ihre Wagen auf den Loren stehen – oder daß sie endlich Bescheid bekommen, wohin man die Personenwagen des Sonderzuges rangiert hat, die in dieser Regennacht bisher nirgendwo aufzufinden waren.

In einer Ecke – ganz für sich und deutlich abgesondert von allen anderen Zirkusleuten – sitzt May Ridgeway und dreht unlustig und angewidert das dickwandige Weinglas zwischen ihren schlanken, schmucküberladenen Fingern. Immer wenn die Tür sich öffnet, schaut sie auf, und jedesmal verstärkt sich die Verbissenheit in ihren Zügen. Wo er nur bleibt? Wie kann er es wagen, sie so lange warten zu lassen?

Als dann James Gordon endlich durch das Lokal kommt und sich an ihren Tisch setzt, ohne Mantel und Mütze abzulegen, trifft ihn nur ein unguter Blick zur Begrüßung. Er achtet kaum darauf; er legt einen Schlüssel auf den Tisch und schiebt ihn ihr zu.

»Da!« sagt er. »Dein Wagen steht auf der Lore. Du kannst dich ins Bett legen. Ich bringe dich hin; es sind nur ein paar Minuten – über zwei Gleise!« Ohne ihre Antwort abzuwarten, fährt er fort: »Ich habe mit dem Krankenhaus telephoniert. Dein Mann wird mindestens ein halbes Jahr festliegen – vorausgesetzt, daß es keine Komplikationen gibt. Meistens kommt ja noch Blutvergiftung hinzu; dann kann es schlimm werden. Aber selbst wenn er gut davonkommt: das rechte Bein wird steif bleiben, der linke Arm arbeitsunfähig. Mit Yutta weiß man noch nicht recht, was los ist. Das Schlüsselbein ist kaputt, Rippen sind eingedrückt, ein Arm gebrochen – aber die Ärzte meinen, daß sie bestimmt noch innere Verletzungen hat, die man erst später feststellen kann. Das ist alles!«

»Gräßlich!« sagt May. Sie blickt zum Fenster hinaus; drüben auf den Gleisen winkt jemand heftig mit einer Laterne von links nach rechts, immer von links nach rechts. Ihr Gesicht verzieht sich zu einer angeekelten Grimasse.

Gordon läßt sich einen scharfen Gin geben.

»Was heißt gräßlich!« sagt er überlegen. »Es geht nun mal nicht anderszu bei uns. Pech hat jeder mal. Aber ich denke doch, wir zwei, May, wir brauchten doch nicht allzu traurig darüber zu sein. Wir haben freie Hand dadurch. Uns bringt es Glück, meine ich!«

»Meinst du?« fragt sie mit hochgezogenen Brauen.

»Ich weiß es!« sagt er und lacht sie herrisch an. »In acht Tagen fahren wir, May – nach Amerika!«

Sie lehnt sich in ihren Stuhl zurück und sagt hochmütig:

»Davon weiß ich ja noch gar nichts!«

Er sieht ihr amüsiert zu. Sie spielt Theater mit ihm – Prinzessin und armer, fahrender Ritter! Es macht ihm Spaß, sie soll ihr Vergnügen haben; ihn kann keine Frau mit ihren Launen kränken.

»Wir fahren!« sagt er trocken. »Hör zu. Ich habe vorhin Krach mit dem Direktor gehabt. Er fing damit an, aber ich hab's dann auf die Spitze getrieben – bewußt, verstehst du. Ich will weg, aber ich will natürlich nicht die Konventionalstrafe zahlen. Er kam mir dumm – wegen Yutta, weißt du?« Jetzt verdunkelt der Unmut seine Stirn. »Ich habe mir das nicht bieten lassen – ein Wort gab das andere – nun, du weißt ja, wie das so geht. Ich arbeite nur noch in der nächsten Stadt, dann gehe ich. Drüben in den Staaten nimmt man mich jederzeit mit offenen Armen auf!«

»Und ich?« fragt sie. »Was wird aus mir?«

»Frau Gordon!« sagt er. »Wie wir es besprochen haben. Wir leiten in London die Scheidung ein, und wir lassen uns drüben trauen. In einem Vierteljahr sind wir verheiratet!«

»Aber ich kann doch nicht einfach hier alles im Stich lassen!« sagt sie zweifelnd. »Den Wagen – Robbys Tiere – –«

»Das lassen wir auch nicht im Stich; das machen wir zu Geld!« sagt er wild. »Den Wagen kauft dir der Regisseur gern ab; seine Frau macht ihm damit die Hölle heiß, seitdem sie ihn zum erstenmal gesehen hat. Robbys Sachen nimmst du heraus und schickst sie in das Krankenhaus; dann kann dir keiner was anhaben. Und die Tiger – erinnerst du dich noch an den amerikanischen Agenten, der uns in Manchester besuchte? Er war ganz wild auf die Gruppe und bot Robby einen fabelhaften Preis für die Tiger. Wenn du willst, kabele ich ihm morgen. Er nimmt die Tiere bestimmt, und wenn wir sie hinüberbringen, haben wir noch freie Überfahrt dabei!«

»Ich fahre aber Kajüte!« sagt sie trotzig.

»Ich auch!« antwortet er gelassen. »Das kommt dabei schon heraus. Willst du also?«

»Natürlich!« sagt sie gedehnt. »Natürlich will ich. Die Tiger gehören doch mir; Robby hat doch so viel Geld verbraucht. Glaubst du denn, daß mir die Ehe mit ihm so viel wert gewesen ist?«

Er grinst sie vergnügt an.

»Na also, dann sind wir uns ja schon einig. Überläßt du mir alles Geschäftliche?«

»Wenn du ehrlich dabei bist, James«, sagt sie zögernd. »Aber eine Provision zahle ich nicht. Die Provision bin ich.«

»Ja!« sagt er mit heißen Augen und lehnt sich befriedigt zurück.

Sie sieht ihn von unten her an.

»Verkaufst auch du alles, James?«

»Natürlich nur den Wagen«, erwidert er. »Die Pferde nehme ich doch mit!«

»Und die Leoparden?«

Er sieht sie an. Sie fragt nicht aus Interesse oder aus ehrlicher Teilnahme; sie fragt, weil sie boshaft ist. Natürlich hat auch sie davon gehört, was sich nach Yuttas Unfall im Stall abgespielt hat – wie alle Zirkusmenschen längst Bescheid wissen; er braucht sich doch nur einmal hier in der Kneipe umzusehen, dann weiß er, in welchem Ruf er seit jener Szene steht.

Aber James Gordon hat sich nie in seinem Leben einen Deut darum gekümmert, was andere Menschen von ihm halten und denken, und May gegenüber, die er besser kennt, als sie auch nur ahnt, hat er erst recht kein Schamgefühl.

Er lacht – hämisch und gereizt.

»Wenn ich könnte – gern würde ich ihr das letzte Hemd nehmen und verkaufen. Ich denke doch, ich hätte ein Schmerzensgeld für meine langweilige Ehe verdient. Aber die Yutta hat sich noch von keinem was nehmen lassen. Sie ist durchtrieben und gerissen; sie ist – nun, jedenfalls ist sie schlauer gewesen als ich. Es war schon eine Sache, die sie sich da geleistet hat; halbtot stellt sie sich unter den Schutz des Direktors. Der hat sich nachher nicht schlecht aufgeblasen; es war doch nur wegen Yuttas dummer Rederei, daß wir Krach bekommen haben miteinander. Nein – und wenn ich's noch so gern möchte – an ihre Sachen komme ich nicht heran. Schließlich aber ist das ja auch nicht so wichtig. Die Leoparden sind noch so gut wie roh; sie haben keinen großen Wert. Wir müßten sie einzeln an Zoos verkaufen; nach einem Dompteur könnten wir lange suchen. Na, und was würden wir dann schon dafür bekommen? Es lohnt nicht,

May. Aber die Tiger sind fertig, und ihre Dressur ist allerbeste Klasse. Zudem kenne ich sie so genau, daß ich jedem Dompteur die Nummer vom ersten bis zum letzten Handgriff klarmachen kann. Die Tiger – das wird ein Geschäft, May!«

»Hoffentlich! Aber für mich – nur für mich, James!« sagt sie kurz.

Er sieht sie unwillig an: etwas weniger frech könnte sie getrost sein.

»Wo steht mein Wagen?« fragt sie, ehe er antworten kann.

»Wir brauchen von der Rampe aus nur gerade über die Schienen zu gehen. Auf dem dritten Abstellgleis.«

Sie nimmt den Schlüssel und steht auf.

»Ich gehe allein, James. Es ist besser – wegen der Leute; die klatschen so schon reichlich genug über dich. Gute Nacht!« Sie ist zur Tür hinaus, ehe er aufstehen kann.

Verärgert leert er sein Glas. Schade – sie küßt so nett, und da hinten zwischen den Geleisen ist alles dunkel und still. Aber dann hebt er verächtlich die Schultern. Er hat Zeit; er drängt sich keiner Frau auf. Er wird sie schon zähmen.

Dann legt er die Mütze und den Mantel ab, richtet sich gemütlich in der Ecke ein – trinkt Whisky die Nacht hindurch, bis sich am frühen Morgen der Zirkussonderzug in Fahrt setzt.

*

Es ist Herbst geworden. Von der See her kommen die Winde – hart und kühl und oft voll Aufruhr; vom frühen Abend bis in den späten Morgen ziehen die Nebel.

Ein geschorener Grasplatz, vier gewaltige Kastanienbäume – das ist seit Wochen alles, was Robby Neuhaus von der Welt sieht. Die Winde wehen – und durch den Tag rauschen und rieseln die geflammten, gelben Blätter herab; sie schaukeln in der Luft wie todwunde Vögel, gleiten dann lautlos in das satte, dichte Grün des Rasens und betten sich still und ergeben zu Tod und Verwesung. Schwere Wolken ziehen; oft ist der ganze Himmel grau bedeckt. Selten nur scheint die Sonne ein paar Stunden lang.

Robby liegt allein auf der geschlossenen Veranda. In dem eingefallenen, farblosen Gesicht brennen groß und krank seine Augen; seine Finger zupfen an der Decke, die ihn bis zur Brust einhüllt. Lautlos bewegen sich seine Lippen:

»Das ist der Herbst, der bricht dir noch das Herz –«

Warum lebt er – warum lebt er noch? Es ist alles so sinnlos; sein Leben ist verpfuscht und ganz ohne Wert. Sie haben ihn wieder zusammengeflickt, und sie haben die nahe Blutvergiftung abgewehrt. Sie haben nicht eher Ruhe gegeben, als bis sie ihn endlich dem Sterben abgerungen und in das Leben zurückgezwungen hatten. Sie hätten sich weniger Mühe geben sollen.

Sein linker Arm wird schlapp bleiben; in den Gelenken ist er etwas bewegungsfähig, aber sonst ganz ohne Kraft. Mit eisernem Training erreicht er es vielleicht, daß er den Arm beim Essen gebrauchen kann – aber arbeiten wird er nicht mit ihm können. Und das rechte Bein hat auch sein Teil abbekommen. Vielleicht wird er später damit gehen können, ohne daß es allzusehr auffällt, aber richtig bewegen können wird er sich nicht mehr damit. Aus ist es mit Laufen und Springen, mit Wanderung und Pirsch; aus ist es mit aller Arbeit in der Manege. Wozu lebt er? Sie hätten sich weniger Mühe machen sollen mit ihm.

Es geht ihm nicht allzu schlecht. Die Ärzte sind gut zu ihm, und ein paar recht nette Mädels arbeiten als Schwestern. Die Zirkusdirektion läßt sich nicht lumpen; sie zahlt täglich für seine Behandlung etwas zu. Der große Krankensaal ist ihm somit erspart geblieben; er liegt hier in dem netten Pavillon und teilt das große, helle Zimmer nur mit einem einzigen Leidensgefährten.

Aber Kapitän Grashey mag auch nicht mehr. Er ist sechzig Jahre; in der Bondstreet hat ihn ein Auto gegen den Omnibus gequetscht. Nun soll Schluß sein, er mag nicht mehr.

Die Blätter fallen langsam, sich drehend im Wind. Der Wind weht hart und beugt die Bäume ohne Gnade. Graue Wolken kriechen am Himmel herauf; am Abend wird es regnen.

Sie hätten sich weniger Mühe machen sollen mit ihm. Mit ihm ist es aus; sein Leben hat keinen Sinn mehr. Er hat noch ein paar Tausend Mark; das deutsche Sparkassenbuch hat May nicht gefunden. Wenn er will, kann er sich einen Zigarrenladen dafür kaufen, oder eine kleine Grogstube in Altona – beim Fischmarkt. So haben manche Dompteure ihr Leben beschlossen, aber er – er ist gerade über die Mitte der Zwanzig; alles in ihm sträubt sich gegen eine solche Existenz, die für seine Jugend traurigsten Verzicht bedeutet.

Sie hätten sich weniger Mühe machen sollen mit ihm. Seine Tiger ist er los, geschieden ist er auch – natürlich als schuldiger Teil – wegen Vernachlässigung der Ehefrau und wegen dadurch eingetretener unüberwindlicher Abneigung – komische Sache, so ein Scheidungsurteil. Dabei kann er noch froh sein, daß May die Tiger verkauft hat; die Summe, die sie dafür bekommen, hat sie als einmalige Abfindung ihrer Ansprüche bezeichnet. Er ist sie los – die Tiger und die Frau – er ist aller Verpflichtungen enthoben.

Seine Tiger! Sie arbeiten jetzt in den Staaten; eine Dompteuse führt sie vor. Man macht große Reklame mit ihr; auch durch die englischen Blätter ist ihr Bild gelaufen: eine schöne weizenblonde Frau mit kalifornisch-braunem Teint – ein Tiger schmiegte den Kopf zärtlich an ihre Schulter. Ein Tiger – es war Bhutan! Merkwürdig, dieser Bhutan! Er hätte darauf geschworen, daß ein Verbrecher in ihm steckte – und dann hat dieser Bhutan gegen Pascha gekämpft und hat ihn gerettet!

Aber der Ferdinand ist doch nicht mit über das Wasser gegangen. Ferdinand hat May und Gordon sehr gründlich seine Meinung gesagt. Er ist im Zirkus geblieben und bei Yuttas Panthern. Wenn alle Menschen aus solchem Holz wären, es würde eine Lust sein, zu leben.

Aber nein – sie hätten sich weniger Mühe geben sollen mit ihm. Er mag nicht mehr. Zehn Jahre hat er gestrebt und geschuftet und sich alles versagt; er hat nur für sein Ziel gelebt und für die Tiere. Und dann hat er durch zwei kurze Monate seinen Traum verwirklicht gesehen; er hat als Dompteur gelebt und gearbeitet mit eigenen Tigern. Und mit einem Schlag war dann alles vorbei – vorbei für immer.

Wenn er noch leidlich gesund aus der Affäre herauskommen könnte – nein, dann würde er sich vor nichts fürchten; dann finge er eben mit unverzagtem Mut noch mal von vorn an – und wenn es als Stallbursche wäre. Cherry Baker würde ihn gewiß ein zweites Mal mit auf Großtierfang nehmen – ja, wenn er gesund und arbeitsfähig bliebe. Aber er wird keine harte, körperliche Arbeit mehr leisten können. Soll er als Schreiber in irgendeinem Zirkusbüro unterkriechen – hoffnungslos, aussichtslos – die Tiere um sich und die glücklichen Kameraden? Das geht über seine Kraft, das hält er nicht aus.

Wie die Blätter kreiseln; die graue Wolke wird dunkel und zottig. Eine einsame Krähe streicht über die Kastanien – rauh krächzt ihr herzlos harter Schrei.

Wenn man niedergeschlagen ist und krank, dann hat die Welt ein so ganz anderes Gesicht. Robby Neuhaus hat Sehnsucht nach Hamburg, nach Deutschland; Robby Neuhaus hat Heimweh, wie er immer Heimweh hat, wenn es ihm nicht gutgeht. Nun schlägt er sich schon sechs Jahre lang in der Welt herum – fern von Deutschland – und sechs Jahre lang redet er nun schon englisch; sechs Jahre lang reden ihn alle Menschen in dieser Sprache an. Seine Lippen haben sich daran gewöhnt und antworten mechanisch, aber englisch denken kann Robby heute noch nicht und wird es niemals können. Und das eigentlich sollte man doch; so steht es wenigstens in den Büchern. Aber in Büchern steht ja nie etwas Gescheites! Würde er sich sonst wohl wie ein Kind auf die tägliche Stunde mit Yutta freuen – dieser einzigen Stunde des Tages, in der er deutsch sprechen und auch deutsche Gedanken denken kann, ohne daß die fremde Sprache sie einengt?

Yutta – wo bleibt sie nur heute? Sie weiß, daß er erledigt ist, daß er gar keine Zukunft mehr hat. Es wäre ein Wunder, wenn Yutta ihn noch achtete. Es ist überhaupt ein Wunder, daß sie noch immer so treu zu ihm hält. Sie kommt natürlich wieder auf die Beine. Ja, Yutta – das ist ein Kerl, die erreicht ihr Ziel und hält dann durch.

Yutta zwingt keiner aus ihrer Bahn; sogar schuldlos geschieden ist sie.

Ach, Yutta – sprang einmal ein bronzebrauner Knabe nackt und schön durch das silberne Mondlicht? Vergiß es, Robby Neuhaus, vergiß es! Es ist schon halb vergessen; wenn er heute die Augen schließt und an Yutta denkt, dann sieht er immer Delys mörderisch-wütenden Kopf dicht über dem gelben Sand fauchen und röhren; dann tänzeln zwischen ihm und der Tigerin zwei schlanke, schöne Mädchenbeine im gleißenden, smaragdgrünen Trikot. Aber auch das mußt du vergessen, Robby Neuhaus. Yutta ist dir unerreichbar fern; sie wird noch eine große, weltberühmte Dompteuse werden, und du bist ein zukunftsloser Krüppel.

Aber da kommt sie, langsam gleitet ihr weißer Kittel hinter den Kastanien entlang. Yutta liegt drüben im Frauengebäude; sie hat es durchgesetzt, daß sie ihn täglich nachmittags besuchen darf. Schlüsselbein und Arm sind ihr glatt und gut geheilt, ebenso die Rippen, aber sie hat schlimme Sehnenzerrungen davongetragen. Sie fiel doch mitten aus ihrer Kautschukarbeit heraus; es ist ein Wunder, daß dabei das Rückgrat nicht gebrochen ist. Sie geht noch heute schwer am Stock.

Nun kommt sie an seiner Veranda vorbei und winkt; in der Hand hat sie einen Brief. Sie geht vorüber, und nun klappt die Tür. Der alte Kapitän liegt natürlich steif wie ein Stock und sieht starr gegen die Decke. Ihr Schritt schleift, und schwer stößt die dicke Gummizwinge des Stockes auf. Da ist Yutta!

Langsam setzt sie sich in den Liegestuhl, den die Schwester ihr wie jeden Nachmittag bereitgestellt hat, und legt den Stock neben sich; ihr Atem geht schnell wie nach einer großen Anstrengung. Dann erst wendet sie ihm ihr Gesicht zu, lächelt ihn an und sagt:

»Es geht mit jedem Tag besser, Robby. Zu Weihnachten kann ich bestimmt schon wieder Salto drehen! Und wie geht es dir?«

»Ach!« sagt er und sieht auf die fallenden Blätter. »So wie immer, Yutta!«

Sie runzelt die Stirn.

»Ich glaube, dir könnte es schon viel bessergehen. Der Doktor hat mir gesagt, es läge nur an dir; du wolltest nur nicht recht!«

»Ach, was versteht denn ein Doktor von einem Kranken. Natürlich bin ich lieber gesund als krank, das ist doch klar. Was hast du denn da für einen Brief?«

Sie hebt mit freudigem Gesicht den buntbedruckten Umschlag.

»Vom Radscha, Robby!« sagt sie glücklich. »Ich soll kommen; den ganzen Winter über soll ich bei ihm bleiben, und ich kann in Ruhe meine Panther fertigmachen bei ihm. Und dafür soll ich nur ein bißchen Stallmeister spielen in seinem festen Bau – und den Kostümfundus kontrollieren und auffrischen. Der dicke Niese ist nämlich mal wieder mit einem Mordskrach weggegangen, weil der Direktor ihn verdächtigt hat, er wäre tagelang nicht nüchtern gewesen. Du kennst doch den alten Niese; so eine Beleidigung läßt er sich nicht gefallen!«

»Dann bist du ja fein heraus«, sagt Robby anerkennend.

»Ich bin so glücklich!« ruft sie froh. »Ich habe doch vor diesem Winter solche Angst gehabt. Und nun brauche ich dem englischen Direktor hier nicht länger lästig zu fallen; er hat doch wirklich eine gute Stange Geld bei uns zugesetzt. Und so viel Ärger hat er durch mich gehabt! Ich will nachher gleich an Ferdinand schreiben; er muß herkommen. Dann kann ich alles mit ihm besprechen. Der Radscha zahlt die Überfahrt; meine Panther können in acht Tagen in Deutschland sein. Und vier Wochen später, Robby – vier Wochen später fahre ich hinterher!«

»Dann bist du wohl wirklich glücklich.«

»Und ob ich glücklich bin! Ein Krankenhaus ist furchtbar. Findest du das nicht auch, Robby? Die Leute haben alle so seltsam böse Augen – oder sie schauen so flehend, als wenn man ihnen helfen könnte und es nur aus purer Gemeinheit nicht wollte. Ein Krankenhaus ist schrecklich. Wenn man mich gesund darin einsperrte – ich würde krank werden. So freilich habe ich von der ersten Stunde an nur den einen Willen gehabt, so schnell wie möglich wieder gesund zu werden. Und jetzt werde ich es! Robby, in vier Wochen schwimme ich über den Kanal – in vier Wochen bin ich in Deutschland. In vier Wochen bin ich wieder beim Zirkus – bei meinen Tieren – und fange wieder an zu arbeiten! Robby, das Leben ist doch schön! Und den ganzen langen Winter habe ich Zeit für meine Dressur. Zum Frühjahr habe ich die Nummer fertig, aber herausbringen will ich sie dann erst nach den Sommermonaten, zum Herbst. Solange werde ich dann wohl noch in Deutschland reisen.«

»Kannst du mich denn nicht dazu gebrauchen?« fragt er plötzlich. »Vielleicht als Tierwärter, Yutta; du weißt doch, daß ich mit Tieren umgehen kann. Oder vielleicht kannst du beim Direktor ein gutes Wort für mich einlegen, daß er mir irgendeine leichte Stellung im Stall gibt. Wäre das nicht möglich, Yutta?«

Sie sieht ihn verdutzt an.

»Was redest du da? Du willst Tierwärter werden – du?«

»Ja!« sagt er still und traurig. »Ich kann doch nicht ohne Tiere leben!«

»Aber du bist wohl ganz dumm! Deswegen brauchst du doch nicht als Stallbursche –«

»Weißt du denn was Besseres für mich, was?« Er wirft sich herum, schaut sie funkelnd an, und sein Gesicht ist wie von Haß und Wut verzerrt. »Kannst du mir was anderes sagen, was ich anfangen soll? Hast du denn überhaupt schon einmal darüber nachgedacht, was mit mir los ist – was aus mir werden soll? Du und der Doktor, ihr redet immer große Töne, daß es bei mir nur am guten Willen zum Gesundwerden fehlt – und sonst ist alles da, nicht wahr? Nichts ist da! Ein Krüppel bin ich, wenn ich hier entlassen werde. Mit der linken Hand kann ich nichts anfassen, mit dem rechten Bein kann ich kaum auftreten – was soll ich da arbeiten? Wenn ich irgendeinen kleinen Stallposten bekäme – auf Knien dankbar müßte ich dafür sein! Und dann macht ihr mir Vorwürfe, daß ich mich nicht dazu dränge, in dieses wundervolle Leben hinauszukommen. Ich bin doch erledigt, Yutta, siehst du denn das nicht ein? Mit mir ist es aus – ganz aus ist es mit mir!«

Er lehnt sich erschöpft zurück und schaut auf die Kastanien hinaus – auf die rieselnden Blätter. Aber dann springt in Auflehnung und Trauer – grausam hart, unerbittlich scharf – der grelle Schrei des Käuzchens von seinen Lippen – des Totenvogels.

Yutta hat ihn während seiner wilden, anklägerischen Rede besorgt und traurig von der Seite angesehen. Ach, Robby, glaubst du denn, man macht sich wirklich keine Gedanken um dich? Tag und

Nacht denkt man daran und sucht nach Auswegen und nach Möglichkeiten für dich. Aber das wichtigste ist doch, daß du nun erst einmal gesund wirst; dann erst kann man doch sehen, was mit dir los ist. Vielleicht kannst du ja doch noch viel besser arbeiten, als du denkst!

Als er sich zurücklehnt, stehen ihre schönen Augen voll Tränen. Er hat recht, was soll sie darauf erwidern? Bei dem grellen, jähen Eulenschrei zuckt sie erschrocken zusammen – aber dann auf einmal schimmert es wie ein Leuchten über ihr Gesicht, das sich von innen heraus andächtig erhellt und verklärt: sie hat den erlösenden Gedanken gefunden!

Leise legt sich ihre Hand auf seinen Arm.

»Robby!« sagt sie, »ich habe bis heute nicht davon sprechen wollen, aber weil du nun selber davon anfängst – Gewiß, es sieht schlimm aus für dich, aber nur, wenn du auf deinem alten Standpunkt verharrst. Für die schwere Arbeit mit Tigern und Löwen bist du natürlich nicht mehr fähig. Und daß ich dich für meine Panther als Wärter nehme – Robby, das meinst du doch nicht im Ernst. Wenn du dich erst selber absinken läßt, bist du bald ganz versunken. Du kannst mehr!«

»Nichts kann ich!« sagt er trotzig. »Mit wilden Tieren kann ich umgehen; weiter will ich auch gar nichts können. Und wenn ich nicht mehr mit wilden Tieren umgehen kann, dann will ich sterben.«

Sie lacht leise und zärtlich.

»Du stirbst noch lange nicht, mein Robby. Du wirst jetzt erst einmal so schnell wie möglich gesund werden. Dann wirst du dir eine ganz neue, großartige Nummer einstudieren. Für den Zirkus ist sie freilich nichts, aber ich gehe ja auch zum Varieté, Robby. Du wirst dort mit der neuen Nummer gutes Geld verdienen, und weil du keine Unkosten und Auslagen für deine Tiger hast – vielleicht mehr als Dompteur.«

Er blickt schräg und böse zu ihr hinüber.

»Eine neue Nummer? Red doch nicht so einen Unsinn, Yutta. Für mich kommt doch keine neue Arbeit mehr in Frage. Vielleicht bist du so gut und sagst mir einmal, wie du dir das denkst!«

»Gern!« erwidert sie und setzt sich in ihrem Sessel zurecht. »Du kommst im Frack, Robby – im vornehmen, elegant geschneiderten Frack . . .«

»Ich im Frack – nie im Leben!« knurrt er.

»Halt den Mund!« sagt sie ruhig. »Du kommst also im Frack. Du heißt – sagen wir – Mister Ursinus . . .«

»Ach? Und was tut dieser Mister?«

»Er ist der größte Tierstimmen-Imitator des modernen Variétés!« sagt Yutta mit Nachdruck und sieht zu den Kastanien hinüber, von denen der Wind die Blätter fegt.

Robby Neuhaus sitzt starr in seinem Liegesessel. Schon hat sie Angst, daß er nicht aus seiner Apathie zu wecken ist – oder daß ihn ihr Vorschlag allzu abrupt überrumpelt hat – da will er plötzlich mit einem wilden Ruck aus dem Sessel aufspringen.

Aber der jähe Schmerz hält ihn stählern fest. Sie wendet sich ihm zu und sieht ihn forschend an. In seinen Augen glimmt ein fernes Licht. Sie atmet befreit auf: der Funke hat gezündet! Der kranke Mann da neben ihr bekommt schon wieder einige Ähnlichkeit mit dem alten, wilden, übermütigen Robby Neuhaus.

»Yutta!« sagt er. »Liebe Yutta, du bist die fabelhafteste Frau, die ich –«

»Bitte, keine Liebeserklärungen!« erwidert sie kühl abwehrend.

Er schlägt mit der Faust auf die Sessellehne, daß es kracht.

»Nein, wirklich, Yutta, du bist großartig! Das geht – das ist zu machen – das bringe ich fertig! Yutta, das schaffe ich!« Und jetzt leuchten seine Augen stark und kühn; helle Röte flammt über die eingesunkenen Wangen. »Daß ich nicht selbst darauf gekommen bin!«

Sie lächelt glücklich.

»Mit der Zeit wärst du das wohl auch noch, Robby. Aber es ist besser, man gibt euch Männern beizeiten den Schubs, den ihr braucht. Ist das nun eine Idee oder nicht?«

»A – o – ong!« singt er tief und dunkel; sein verklärtes Gesicht strahlt sie an. »Das ist nicht nur eine Idee – das ist die Idee! Yutta, damit kann ich ja schließlich schon zu Neujahr herauskommen!«

»Nein, das kannst du natürlich nicht!« sagt sie energisch. »Nun mach nicht wieder mal alles falsch! Sei froh, Robby, wenn sie dich hier zu Neujahr als leidlich geheilt entlassen. Du hast ein bißchen Geld. Fahr nach Deutschland; setz dich in Hamburg hin oder in Berlin – wo du einen großen Zoo in der Nähe hast, meine ich. Setz dich alle Tage hinein, laß dich den Sommer hindurch von der Sonne bescheinen; kurier dich in aller Gemütsruhe aus und stell dir dein Programm zusammen. Daß du nachher auf der Bühne herumbrüllst wie ein ganzes Raubtierhaus, hat gar keinen Zweck. Du mußt dir das alles einteilen und es wirkungsvoll aufbauen, verstehst du? Am besten fängst du mit den Haustieren an, dann nimmst du die europäischen Waldtiere – und zum Schluß erst kannst du die großen, exotischen wilden Tiere bringen!«

»Klar, das weiß ich alles; das brauchst du mir nicht zu erzählen!« sagt er mit überlegener Geste. »Ich werde euch schon ein Programm hinlegen, daß ihr kopfstehen sollt. Aber mein Geld verfressen – das mach ich nun schon lange nicht! Cherry Baker ist in London; ich werde ihm schreiben. Er wird bei seiner Firma ein gutes Wort für mich einlegen, dann kann ich gut durch den Sommer kommen. Für eine kleine Arbeit bekomme ich in der Tierhandlung immer noch Essen und Trinken und eine Schlafstelle. Und da bin ich dann gleich an der Quelle, Yutta. Da werde ich mir schon meine Nummer zurechtschneidern. Hauptsache ist jetzt, daß ich hier bald herauskomme. Bis Neujahr, meinst du? Das sind noch fast zehn Wochen! Nein, ich muß eher gesund werden!«

»Wenn du es willst, wirst du es auch werden!« sagte sie. »Und das mit der Tierhandlung ist eine feine Idee. Dann kannst du in London debutieren. Und den Frack kannst du dir dann auch in London arbeiten lassen. Ein echt englischer Frack wirkt immer sehr vornehm.«

Er schaut sie mißtrauisch an. Will sie ihn verulken, oder meint sie es ernst?

»Der Frack ist das einzige, was mich bei der ganzen Geschichte noch stört. Aber davon abhalten soll er mich gewiß nicht!«

»Ganz gewiß nicht!« sagt sie. »Nun paß auf, Robby. Ich lasse meine Panther nach Deutschland expedieren; meine Garderobe kommt hierher – und auch mein Bücherkoffer. Und den lasse ich dir hier. Du bleibst auf alle Fälle länger hier als ich, Robby; du darfst nichts überstürzen! Und unter den Büchern sind einige ganz gute Sachen – über das Gemütsleben der Tiere zum Beispiel. So dumm, wie sie immer von den Fachleuten hingestellt werden, sind die Bücherschreiber meistens nun doch nicht. Ich denke, du kannst allerlei Anregungen daraus ziehen. Klemm dich ordentlich dahinter, Robby, und dann halt dich ran, daß du bald gesund wirst. Und wenn wir es dann beide wieder geschafft haben – ach, Robby, wir werden gewiß öfters zusammentreffen, und darauf freue ich mich schon heute!«

»Ich auch!« sagt er nachdrücklich. »Yutta, wenn ich alles vergesse – wie du mich aus dem Käfig herausgeholt hast und alles andere – diese Stunde, die vergeß ich dir nicht, und wenn ich alt werde wie Methusalem! Und dir zuliebe will ich auch die Bücher wohl lesen.«

Sie steht auf – langsam und mühselig – und stützt sich schwer auf ihren Stock.

»Die Bücher sind ganz gut, Robby. In acht Tagen hast du sie. Wenn du sie liest, bist du mitten in unserem alten Leben und kannst gute Pläne machen für deine zukünftige Arbeit. Und das wird dir helfen, damit du recht bald gesund wirst. Das ist jetzt die Hauptsache. Und nun muß ich gehen. Auf Wiedersehen, Robby!«

Sie streicht ihm leicht über das blonde Haar; dann geht sie langsam hinaus. Als sie an der Veranda vorüberkommt, winkt er ihr lebhaft nach, und sie sieht, daß sein Gesicht immer noch von großer Freude verklärt ist – daß ein neuer Wille es zu formen beginnt.

Er sieht ihr nach, bis der weiße Kittel hinter den Kastanien verschwunden ist; dann lehnt er sich mit glücklichem Gesicht zurück.

*

Im Januar

Lieber Robby!

Über Deine Karte habe ich mich recht gefreut, aber ich möchte Dich doch bitten, mir einmal einen ausführlichen Brief zu schreiben. Deinen Zeilen entnehme ich, daß Du aus dem Krankenhaus entlassen bist, daß Du Dich körperlich wohl fühlst und daß Du Dich freust, eine leichte und gute Beschäftigung in der Tierhandlung gefunden zu haben. Welcher Art diese Beschäftigung ist, darüber schreibst Du leider kein Wort, und über Dein körperliches Befinden möchte ich auch gern mehr hören. Also bitte, Robby, raffe Dich mal zu einem richtigen Brief auf und gib mir über alles ausführlichen Bescheid.

Daß ich hier gut angekommen bin und daß mit meinen Tieren alles gut steht, habe ich Dir bereits geschrieben. Wenn mich früher das Pech verfolgt hat – solange ich verheiratet war, meine ich –, habe ich jetzt so viel Glück, daß mir fast angst wird. Der Radscha hat sich mal wieder mit aller Welt verzankt, und nach Weihnachten hat er einfach seinen Bau geschlossen. Nun habe ich das herrlichste Leben auf der Welt. Unsere großen Raubtiernummern reisen – arbeiten in Paris, in Wien und in Brüssel; ich bin hier der einzige Dompteur, und ich bin natürlich fast den ganzen Tag mit meinen Katzen im Probierkäfig. Wenn der Radscha wirklich erst Ende März mit der Zelt-Saison beginnt und bis dahin hier weiter geschlossen hält – Robby, dann habe ich meine Nummer so gut wie fertig und brauche den Tieren auf der Reise nur noch ein bißchen Schliff beizubringen. Dann will ich ein paar Monate in der Manege mit ihnen arbeiten, und zum Herbst besorge ich mir Varieté-Kontrakte. Fein, was?

Meine Tiere sind alle mächtig brav, und die Leute, die immer behaupten, daß Leoparden nie ganz zahm würden, wissen gar nichts. Noar, meinen schwarzen Panther, habe ich jetzt so weit, daß er sich von mir das Fleisch, das ich ihm bei der Fütterung gebe, wieder aus den Zähnen nehmen läßt. Und Kashy ist vergnügt wie ein Terrier; sie ist meine beste Springerin. Ich arbeite einen Trick mit ihr, daß sie am Gitter hochspringt, über meinen Kopf einen halben Salto dreht und so wieder auf den Boden kommt. Und dann soll sie sich gleich an mir aufrichten und mir über den Hals lecken. Das kann sie auch alles sehr schön, aber sie begreift nicht, daß sie dabei die Krallen einziehen muß. Obwohl ich immer eine Lederweste trage, sind meine Schultern jeden Abend verschrammt. Aber ich gewöhne es ihr doch noch ab!

Und Meru wird so dick, daß alle hier im Zirkus mich schon dauernd mit ihm ärgern; es ist wirklich eine Schande, Robby. Ich jage ihn ein paarmal täglich tüchtig im Käfig herum, aber übertreiben darf ich das auch nicht, sonst wird er böse – und es hilft doch nichts. Auch sein Schädel wird breit und klobig; wenn er nicht gefleckt wäre, könnte man ihn für einen Löwen halten. Aber ein lieber, guter Kerl ist er doch.

Terrai, Bagh und Kilima sind ziemliche Rüpel und treiben viel Unfug. Aber böse sind sie auch nicht; keiner von meinen Panthern ist auch nur ein bißchen falsch – und das ist schließlich die Hauptsache, nicht wahr? Auf die verschiedenen Temperamente und Charaktere muß man sich eben einzustellen wissen.

Hast Du im ›Billboard‹ gelesen, daß Miss Nora – die Dompteuse, die Deine Tiger vorführt – einen Unfall gehabt hat. Sweetie hat ihr die Kniescheibe zerbissen – Deine ruhige, süße, traurige Sweetie! Sei froh, daß Du nicht mehr mit den Tigern zu arbeiten brauchst. Sie hatten Blut geleckt – Dein Blut, Robby. Du hättest einen sehr schweren Stand gehabt mit ihnen.

Übrigens habe ich erfahren, daß May doch nicht Gordon geheiratet hat. Sie ist ihm in Los Angeles davongelaufen – mit irgendeinem verunglückten Balkan-Prinzen. Gordon soll mächtig getobt haben. Obendrein hat er drüben keinen Anschluß gefunden; er lungert ohne Engagement in New York herum. Das schadet ihm gar nichts.

Siehst Du, Robby, ich habe es immer gesagt: es gibt eine ausgleichende Gerechtigkeit in der Welt, und jeder wird dort gestraft, wo er gesündigt hat. Der May wird's auch nur so lange gutgehen, wie sie jung und hübsch ist; hinterher rutscht sie dann steil bergab.

Im Frühjahr kommen die Bumkes wieder zu uns, aber Macky ist schon lange tot. Auch der gute, alte Jonas ist gestorben.

Also nun laß bald mal ausführlich von Dir hören!

Viele Grüße und beste Wünsche

Deine Yutta.

*

London, im April

Liebe Yutta!

Ich bin Dir schon lange einen Brief schuldig; ich weiß, Du wartest darauf, aber eigentlich ist ja von mir wirklich nicht viel zu erzählen.

Gesundheitlich geht es viel besser, als ich zuerst gedacht und gefürchtet habe. Das Bein bleibt freilich etwas lahm, aber ich habe mich nun schon bald daran gewöhnt, und es fällt nur auf, wenn ich sehr schnell gehe. Auf der Bühne später wird nichts davon zu sehen sein. Schmerzen habe ich nicht mehr viel – auch im Arm nicht; nur wenn ein Wetterumschlag in der Luft hängt, dann sticht es darin wie von tausend Termiten.

Mit dem Arm läßt es sich auch sehr gut an; ich nehme ihn mir aber auch alle Tage früh und abends eine Stunde vor. Essen und Trinken und rauchen kann ich schon längst wieder mit der linken Hand, und gestern habe ich mit ihr einen halben Zentner bis in Kniehöhe gehoben. Aber so richtig wird es damit doch nicht wieder; der Arm bleibt mächtig schlapp im Schultergelenk. Wie Du jedoch siehst, geht sonst alles ganz gut, und Grund zum Klagen habe ich nicht.

Nun fragst Du, was ich hier für eine Tätigkeit ausübe. Ja, Yutta, eigentlich sind die Menschen hier nur mächig nett zu mir und schleppen mich so mit durch. Gewiß mache ich mich nützlich, wo ich nur kann; ich spiele so ein bißchen Kalfaktor, helfe dem Futtermeister, bin den ganzen Tag auf den Beinen und laufe von einem Depot in das andere – aber so richtige Arbeit, an der man seine Freude hat, ist es natürlich nicht.

Nun brauchst Du aber nicht zu denken, daß ich darunter leide,

Yutta. Im Gegenteil – als ich das Krankenhaus verließ und kam dann abends hier im Park an und sah und hörte die wilden Tiere – Yutta, das war, als ob ich wieder in das verlorene Paradies zurückgefunden hätte. Ich weiß: alles könnte ich missen, die großen Gagen, den Applaus, das gute Leben, das Reisen – wenn ich nur unter den Tieren sein kann. Ohne diese wilden Tiere aber – ohne Elefanten, Löwen, Tiger, Leoparden, Bären, Affen, Büffel, Flußpferde und Nashörner und Zebras und Gnus und Antilopen – ohne sie könnte ich nicht mehr leben.

Ich bin ja so glücklich, daß ich hier sein darf, und wenn ich den Park mal verlasse, dann fahre ich nur nach London hinein und besuche einen Zirkus, ein Varieté oder ich sehe mir einen Tierfilm an. Wenn ich in einen Zirkus komme und sehe die Manege, dann tut es freilich immer ein bißchen weh, sobald ich daran denke, daß ich nie wieder in diesem roten Ring auf dem gelben Sand stehen werde. Du wirst das verstehen, nicht wahr, Yutta?

Abends sitze ich gewöhnlich in meiner Kammer und lese bis in die späte Nacht in Deinen Tierbüchern. Ich habe daraus doch schon allerlei für meine Arbeit gelernt. Und ich bin unermüdlich dabei, mir mein Programm zusammenzustellen – das kannst Du mir wohl glauben – und ich bin ganz sicher, daß ich es groß herausbringen werde.

Ach, Yutta, manchmal glaube ich, daß ich erst durch mein Unglück und durch Deinen Rat auf meinen richtigen Weg gekommen bin. Ich will den Menschen den Ruf der Tiere, den Schrei der Kreatur in die Theatersäle tragen – ich will ihnen die Sprache der Tiere dolmetschen, daß die Menschen aufhorchen und erzittern sollen. Sie sollen nicht lachen und sich amüsieren bei mir; ich will, daß sie etwas lernen, daß sie lernen, im Tier die brüderliche Kreatur zu sehen, die ihnen näher ist, als sie in ihrem Hochmut auch nur ahnen. Siehst Du, Yutta, so dicke Rosinen habe ich wieder mal im Kopf, und Du wirst ganz gewiß meine Gedanken wieder mal als ›typisch bürgerlich‹ bezeichnen und ablehnen. Habe ich recht? Aber davon abbringen wirst Du mich doch nicht!

Gordon und May sind mir gleichgültig. Was geht mich die verkommene Gesellschaft an! Aber von meinen Tigern darfst Du mir nie wieder etwas schreiben, Yutta; es tut mir sehr weh. Die Yankees haben meine arme Sweetie erschossen, weil sie die Dompteuse noch ein zweites Mal angegriffen hat. Meine Sweetie, meine süße, feine Schmeichelkatze, hat ihr Leben lassen müssen, nur weil die Menschen so dumm sind und nichts von Tieren verstehen. Eine

Dompteuse soll man gefälligst mit männlichen Tieren arbeiten lassen, dann wird es fast immer gutgehen. Mit weiblichen Tieren wird sie nur fertig, wenn sie als Dompteuse und als Mensch ganz große Klasse ist.

Nun mußt Du doch bald Deine Nummer fertig haben, Yutta? Verzeih nochmals, bitte, daß ich Dich so lange habe auf Antwort warten lassen, aber wir haben in den letzten Monaten alle paar Wochen sehr große Transporte hereinbekommen, so daß ich wirklich nicht viel Zeit zum Schreiben finden konnte.

Sicher seid Ihr doch jetzt schon auf der Tournee. Bitte, schreib mir doch recht bald etwas Näheres darüber: wie das Geschäft geht – wie es überhaupt im guten alten Deutschland aussieht – und was Deine Arbeit macht. Spürst Du denn keine üblen Folgen Deines Unfalles mehr?

Mit tausend Grüßen

Dein Robby

*

Im Juli

Lieber Robby!

Ich bin durch – ich habe gesiegt – Du darfst mir gratulieren! Ich habe schon für den halben Winter Engagement: Miss Yutta, die Pantherbraut. Im Oktober arbeite ich in Dresden, im November in München, im Dezember in Berlin, im Januar in Hamburg. Robby, ich bekomme eine Bombengage!

Paß auf, ich will Dir alles erzählen – der Reihe nach, wie es gekommen ist. Der Radscha hat tatsächlich bis Ende März gefeiert und seinen festen Bau geschlossen gehalten; was für eine Stange Geld ihn diese Dickköpfigkeit gekostet hat, danach hat er natürlich nicht gefragt. Als wir im Anfang April die Chapiteau-Saison eröffnet haben, war meine Nummer fix und fertig. Aber Du kennst ja den Radscha; in den Abendvorstellungen hat er mich nicht arbeiten lassen. Meine Panther zeigen auch wirklich in seinem Riesenbau gar nichts her, und wenn vor mir die Löwen gehen und hinterher die Eisbären, dann wirke ich dazwischen wie eine Pinscherdompteuse. Aber geärgert hat es mich doch. Ich wollte doch so gern meine Nummer zeigen können!

Und ich habe beinahe geweint, als Zladoni, der große Agent, uns besucht hat und ich ihm meine Arbeit nicht vorführen konnte. Aber da hilft mir der Zufall. Die Löwen prügeln sich wie toll, und die Tiger sind heiß, daß Bort nicht mit ihnen arbeiten will – und es war ohnehin Abbautag – also, der Herr Direktor läßt mich arbeiten!

Und in der Direktionsloge saß Karl Zladoni; er sah mir zu und bekam bei jedem Trick größere Augen. Nach der Arbeit war ich kaum durch den Laufgang – da war er auch schon im Stall. Na, und da hatte ich ihn ja schön in der Zange. Nach einigen Tagen kam er wieder mit ein paar Direktoren. Der Radscha erlaubte, daß ich die Nummer vorführte – und abends um eins hatte ich die vier Bombenverträge in der Tasche!

So, und nun darfst du mir gratulieren!

Und wo bleiben Sie, Mister Ursinus?

Halt Dich ran, sonst holst Du mich nicht mehr ein!

Tausend Grüße und einen Kuß – aus Begeisterung

Deine Yutta.

Robby, ich bin ja so glücklich!

*

London, im August.

Mein liebes Mädchen!

Du hast in Deinem letzten Brief den Mund so voll genommen, daß ich ziemlich neidisch geworden bin. Trotzdem gratuliere ich Dir natürlich von ganzem Herzen. Aber was Du kannst, das kann ich auch!

Gleich nach Empfang Deines Briefes habe ich Baxter aufgesucht – einen guten Agenten, den man mir empfohlen hatte. Na, er hat mich Probe arbeiten lassen, und dann hat er mir einen Vertrag angeboten: für Weihnachten in einem mittleren Londoner Varieté und anschließend dreißig Wochen Provinztournée. Aber ich habe gesagt: ›Danke schön! Nichts für mich!‹ und bin wieder gegangen. Einige Tage später habe ich mich Watson vorgestellt, dem größten internationalen Agenten in London.

Und der hat sofort begriffen, was für eine einmalige Kapazität auf seinem Gebiete der Robby Neuhaus ist, und er hat mir für Oktober, November, Dezember ein paar großartige Verträge in London zurechtgemacht. Und wenn ich Deine Spesen und Futterkosten von Deiner Gage abziehe, Yutta – dann habe ich mehr als Du!

Was nach Dezember wird, weiß ich noch nicht, aber ich habe

Watson gesagt, daß ich dann auf dem Kontinent arbeiten will. Ich muß mal wieder nach Deutschland, Yutta – und möglichst mit Dir zusammen. Das habe ich nämlich dem Watson besonders eingeschärft: er soll mich mit Dir zusammenbringen. Es wird doch höchste Zeit, daß wir mal wieder alles so richtig besprechen, Yuttachen; mit dem Briefeschreiben ist das ja doch nichts bei uns!

So, und nun erwarte ich von Dir eine stürmische Anerkennung meiner phänomenalen Fähigkeiten!

Tausend Küsse – aus Begeisterung – und einen Gruß – aus Pflichtgefühl!

Dein Robby.

Gestern habe ich mir vom Schneider Maß nehmen lassen für den Frack! Was sagst Du nun?

Dein Robby.

*

Dresden, im Oktober

Lieber Robby!

Mit gleicher Post schicke ich Dir Zeitungen, die meine Nummer besprechen und mein Bild bringen. Robby, Yutta Mansfield ist eine große Nummer geworden! Im Programm, das ich Dir ebenfalls beilege, stehe ich als Hauptattraktion; auf den Zetteln, die in allen Geschäften aushängen, steht mein Name in den dicksten Lettern, und das Theater hat am First eine mannshohe Leuchtschrift angebracht: ›Die Pantherbraut‹. An allen Anschlagsäulen klebt ein buntes Bild – das zeigt mich zwischen meinen Panthern.

Und die Fotografen haben mich schon tausendmal fotografiert; ich habe mir sehr billig eine hochfeine Reklame-Kollektion zusammenstellen können, und ich lege Dir diese Bilder ebenfalls bei.

Aber ein faules Leben ist es eigentlich doch beim Varieté. Den ganzen Tag kann man machen was man will, und abends hat man nichts zu arbeiten als eben seine Nummer. Wenn man vom Zirkus kommt, gewöhnt man sich nur schwer daran. Vormittags bin ich bei meinen Tieren. Chuijh fängt an zu husten; es ist nichts Ernstches – aber Sorgen macht es mir doch. Nachmittags gehe ich etwas spazieren; hinterher probiere ich meistens zwei Stunden und gehe dann bis nach Schluß der Vorstellung nicht mehr aus dem Theater hinaus.

Ferdinand ist eine großartige Hilfe; ich zahle ihm jetzt fünfzig Mark mehr als beim Zirkus. Aber zum Dank hat er sich einen gräßlich gemusterten Anzug gekauft – und einen Schlips dazu, der eine ganze Ochsenherde wild machen kann. Und er fängt richtiggehend an, mir den Hof zu machen. Wirklich, Robby – im Ernst: Ferdinand hat es auf mich abgesehen!

Was soll ich nun mit dem dummen Jungen machen? Von mir läßt er sich ja doch nicht den Kopf zurechtrücken. Und er ist sonst so tüchtig; ich kann ihn doch nicht bloß wegen seiner dummen Verliebtheit hinauswerfen. Oder soll ich es doch tun – was meinst Du?

Rate mir doch mal; ich weiß wirklich nicht, was ich tun soll. Am besten wäre es, wenn Du dem Ferdinand mal den Kopf zurechtsetzen könntest; für Dich schwärmt er nämlich nach wie vor.

Viele Grüße

Yutta.

*

London, im November

Liebe Yutta!

Über Deine Erfolge habe ich mich mächtig gefreut. Das schönste Bild aus Deiner Kollektion steht nun immer auf meinem Schminktisch, und das zweitschönste hängt in meiner Pension. Das schönste Bild ist das, wo Du Nanusch wie einen Pelzkragen auf den Schultern trägst – und das zweitschönste ist das, auf dem Du mit Kashy herumschmeichelst.

Aber ich sende Dir mit gleicher Post ebenfalls Zeitungen und Hefte und Photos. Daraus kannst Du mal sehen, wie man hier in England gestartet wird. Ich bin hier schon so etwas wie ein Tagesgespräch; der Rundfunk will mich haben, und eine Filmgesellschaft macht mir dauernd Anträge. Für Klubs und andere Festlichkeiten bin ich bis nach Weihnachten festgelegt; das bringt viel Geld, Yutta, und es ist leicht nebenher verdient. Und einige hundert Liebesbriefe habe ich auch schon bekommen. Ich könnte schon bis in den Sommer hinein besetzt sein, aber ich habe vieles abgelehnt, weil – jetzt kommt die Hauptsache, Yutta!

Watson hat mir ein deutsches Engagement verschafft. Robby Neuhaus arbeitet im Januar in Deutschland – in Hamburg – mit Miss Yutta in einem Theater und Programm!

Und für die Zukunft habe ich große Dinge vor – aber darüber wollen wir mündlich mehr sprechen.

Mit Ferdinand will ich schon fertig werden; der ist nur verwildert, weil er die gerechte, aber auch strenge Hand seines Dompteurs Mister Hull nicht mehr über seinem dummen Schädel spürt. Aber ich werde ihn schon wieder zahm machen – verlaß Dich drauf.

Bis Januar, Yutta! Freust Du Dich auch etwas?

Du hast mir allerlei Küsse versprochen in Deinen Briefen, weißt Du das noch? Die hole ich mir alle miteinander; nicht einen davon lasse ich aus.

Liebe Yutta – bis Januar!

Dein Robby.

*

Die Klingel schrillt grell und anhaltend durch den weiten Saal des Varieté-Theaters – durch Gänge und Foyer und durch die große Restauration im Kellergeschoß; die Pause ist zu Ende, und das Programm geht weiter. Die erste Nummer nach der Pause ist die Sensation des Monats: ›Miss Yutta, die Pantherbraut‹. Lachend und schwatzend fluten die Menschen zurück zu ihren Plätzen.

Dreimal schrillt die Klingel; dann steigt der Kapellmeister auf sein Podium, und die Kapelle schwelgt in einem zündenden Schlager-Potpourri, bis die letzten Nachzügler zu ihren Sitzen zurückgefunden haben. Dann ist es still; die Türen sind geschlossen und werden von den Platzanweiserinnen bewacht. Langsam erlischt das Licht; die Rampe glüht auf, und das Gold des schweren, üppig bestickten Vorhanges funkelt und glitzert. Ein Scheinwerfer flammt auf – langsam und lautlos gleitet die dicke japanische Seide zurück.

Auf der Bühne steht ein großer, starker Rundfkäfig, der oben nicht offen ist, sondern von einem dichten Netz verschlossen wird. Im Hintergrund des Käfigs sind zehn Klappsitze angebracht, in der Mitte zwischen ihnen lehnt lässig ein Mädchen am Gitter – ein hübsches Mädchen mit großen, dunklen Augen und schwarzem Haar, das sie im Nacken im offenen Knoten trägt; weiß leuchtet der Scheitel, rot glüht der geschminkte Mund. Sie trägt ein offenes, weißseidenes Polohemd, breite, kurze Shorts, Opanken und seidene Strümpfe, unter dem Knie gerollt. Sie hat die Hände über dem

Rücken verschränkt; die Rechte hält locker ein kurzes, dünnes Lederstöckchen.

Hier und da klatscht jemand vereinzelt Beifall; das Mädchen lächelt. Von links, durch den abgedeckten Laufgang, kommt eilig und lautlos ein Panther in den Käfig – ein starkes, herrliches Tier. Silbern leuchtet das Fell; in seinem seidigen Glanz liegen die schwarzen Ringe gebettet wie wilde, fremdartige Rosen. Der Panther faucht kurz; rot bleckt sein Rachen, und weiß gleißt das mörderische Gebiß. Einen Moment lang glitzern seine Augen mit engem Pupillenspalt zum Publikum hin. Dann reißt er sich herum, faucht das Mädchen an und läuft auf sie zu; er springt gegen sie an, prallt hart neben ihrem Kopf gegen das Gitter und federt weich zurück. Er berührt kurz den Boden und ist mit einem neuen Sprung auf einem der Klappsitze; sein starker, langer Schweif schlägt wie eine funkelnde Schlange durch das Gitter. Böse faucht der wilde Kopf gegen die Rampe; still sitzt das Tier und sieht zum Laufgang hinüber.

Jetzt drängen von dort – Schulter an Schulter – zwei Tiere herein; sie ducken sich, fauchen und laufen gegen Yutta an. Sie springen – haarscharf links und rechts an ihrem Kopf vorbei, prallen zurück im funkelnden Bogen und landen auf ihren Plätzen. Das Publikum hält den Atem an, gefesselt schon von diesem Entree, dessen Gefährlichkeit jeder ahnt im weiten Saal und dessen exakte Arbeit jeder bewundert.

Neun Tiere betreten auf diese Art das Rund; sie treten fauchend ein, springen gegen das Mädchen und setzen sich dann still und brav. Dann weht ein halb entsetzter, halb entzückter Ruf durch die Menge: lautlos und stumm – unhörbar auf seinen weichen Pranken – betritt ein schwarzer Panther die Szene. Seine Muskeln spielen unter dem seidigen, nachtschwarzen Fell; gelb – voll unfaßbarer Wildheit – glimmen seine Augen. Er geht nicht auf das Mädchen zu; langsam streicht er am Gitter des Käfigs entlang und zeigt dem Publikum seine wilde Schönheit. Federnd von gefährlich verhaltener Kraft ist sein unhörbarer Schritt, abweisend und verächtlich streicht sein Blick durch den Saal. Plötzlich ist er mit weichem Sprung auf dem letzten Klappsitz, der an Yuttas Seite freigeblieben ist. Er richtet sich auf, legt zart seine Pranken auf ihre Schultern und neigt den schmalen, bedrohlichen Schädel vor; blutrot kommt seine Zunge heraus und leckt zärtlich über das schwarze Haar.

Yutta neigt sich, nimmt mit raschem, behutsamem Griff Noar auf und legt ihn sich über die Schultern. Die dunkle Last tragend, durchquert sie den Käfig und tritt in den Vordergrund. Weiß und schmal und schön steht sie unter dem Scheinwerfer; das Stöckchen hat sie fallen lassen. Noars schmal geschwungener Schädel schmiegt sich an ihr Kinn; gelb und kalt glühen seine Augen aus der schimmernd schwarzen Seide seines Felles. Yutta lächelt und grüßt knicksend das Publikum.

Zuerst wagt die Menge nicht zu klatschen; ist es nicht gefährlich, könnte das Tier nicht wild werden durch den Lärm? Aber als dann ein Sorgloser das Eis durchbricht und schallend seine Hände zusammenschlägt, da steigt der Beifall dröhnend und begeistert auf. Yutta lächelt dankbar und knickst; dann bringt sie Noar auf seinen Platz zurück.

»Wunderschöne Tiere!« sagt in der ersten Klubsesselreihe eine schöne Frau entzückt zu ihrem Begleiter. »Mein Gott, sind die schön – und zärtlich und sanft!«

Der Hamburger Kaufmann neben ihr hebt zweifelnd die Schultern; er denkt an einen Brief aus Zentral-Afrika, den ihm ein Freund vor kurzem von einer Jagdreise geschrieben hat. Da hat ein Leopard bei einer Treibjagd zehn Treiber so böse zugerichtet, daß sechs oder sieben von ihnen an den Folgen ihrer Wunden gestorben sind.

»Ich weiß nicht!« sagt er zögernd. »Schön sind sie schon, aber sie sollen da unten die gefährlichsten Bestien sein – schlimmer als Löwen, schlimmer als Tiger. Aber die Dressur – das Mädchen meine ich – das Mädchen ist fabelhaft!«

Und dann sitzt er vorgebeugt und angespannt wie die zweitausend Menschen ringsum auf seinem Platz und verfolgt atemlos die Produktionen der Raubkatzen. Von der Bühne weht der scharfe Geruch der wilden Tiere herab und mahnt an den Dschungel – an den wilden Wald, an die grenzenlose Freiheit der starken und einsamen räuberischen Tiere. Von der Bühne knurrt dunkles Raunzen, tönen scharfe, helle Schreie, grelles Fauchen; die silbernen, schwarz gefleckten, unglaublich geschmeidigen Katzenleiber wirbeln in vehementen, überwältigend schönen und aufregenden Sprüngen umher.

Yutta steht in der Mitte mit ausgebreiteten Armen. Zwei Panther nahen von hinten; sie springen hinweg über ihre Arme und gleiten auf ihre Plätze zurück. Dann springen von vorn drei Panther gegen sie an – der schwarze Noar in der Mitte. Wieder fliegen die Leoparden über ihre Arme – aber Noars nachtdunkler Leib schnellt hoch über ihren Kopf hinweg.

Dann steht Yutta da, von den Panthern eng umdrängt, und tätschelt die schmeichelnden, fauchenden Schädel, die sich an ihren Knien und Schenkeln reiben. Sie sagt ein paar leise Worte, und das Rudel ordnet sich in zwei Fünfergruppen; die erste umkreist sie im schnellen Lauf von links nach rechts – die zweite, von Noar geführt, kreist den Reigen in entgegengesetzter Richtung. Aber dann löst sich Noar aus dem Karussell; er gleitet an Yuttas Rücken in die Höhe, und schnobernd wühlt er seine Nase in das offene Haar ihres Nackenknotens.

Und immer wieder Sprünge der Katzen aus allen Stellungen, rasante, weite Sprünge; oft drehen sich die funkelnd schönen Leiber in der Luft und ändern im Sprung Richtung und Fall. Vergessen liegt irgendwo die Peitsche, das Lederstöckchen; ein kurzer Ruf, ein Fingerschnippen, eine leichte Geste Yuttas genügt, um den Tieren ihre Wünsche zu vermitteln.

Das ist keine Dressur, das ist keine Raubtierbändigung mit eiserner Gabel, stachelnder Stange und knallender Peitsche; da oben auf der Bühne vergnügen sich zehn Dschungelfürsten mit ihrer Kameradin – zehn Söhne und Töchter Baghiras haben sich zusammengetan und sind der Tochter Mowglis gefolgt in das Reich der roten Blume, in die Städte und Hürden der Menschen; zehn Dschungelfürsten dienen dem weißen Mädchen.

Dann sitzen sie wieder auf ihren schmalen Brettstühlen – fünf links, fünf rechts. Durch den Laufgang wird ein eiserner Kasten hereingeschoben. Yutta öffnet ihn und greift hinein; zehnmal fliegt ein faustgroßes Fleischstück durch die Luft und landet sicher in schnell zuschnappenden Rachen oder an den Yataganen blitzgeschwind schlagender Tatzen.

Yutta geht auf die Schmausenden, Schlingenden, Fressenden zu; die Panther blicken auf, fauchen wütend und grollen. Sie bleibt vor Noar stehen. Er faucht und bleckt die Reißzähne; wild glühen die gelben Augen. Sie sagt sanfte, schnelle Worte; langsam kommt ihre Hand, greift das Fleisch – und nimmt es zurück aus widerwillig sich öffnemdem Gebiß. Mit einem Ruck wendet sie sich ab, kommt in den Vordergrund und zeigt dem Publikum ihre Beute. Aber als sie sich wendet, kauert Noar hinter ihr und hebt bittend die Vorderpranken – und das Fleisch fällt zurück in seinen schnappenden Rachen.

Dann klatscht sie in die Hände; rasselnd öffnet sich die Tür des Laufganges, und in langen Fluchten drängen die Panther hinaus. Wie ein Orkan tobt der Beifall los.

Ungezählte Male muß Yutta knicksen und dankbar lächeln, bis sie endlich hochaufatmend hinter der gestickten Seide verschwinden kann.

Jetzt springt das Licht wieder auf, überall im weiten Saal. Menschen blicken sich mit hochroten Köpfen an; erregte und begeisterte Gespräche flackern auf.

Eine kurze Minute nur – dann verbreitet sich von den ersten Sitzreihen her Unruhe und Verwirrung. Was ist los da auf der Bühne? Eben noch hörte man Klappern und Rasseln hinter dem Vorhang – der Käfig wurde abgebrochen. Aber jetzt – was ist da nur los? Die Leoparden sind doch wieder da; man hört sie fauchen und dunkel raunzen – man hört mitunter einen hellen, bösen Schrei. Es sind die Leoparden, kein Zweifel! Aber dann müssen sie ja ausgebrochen sein; dann laufen sie jetzt da auf der Bühne frei herum, und man versucht, sie wieder einzufangen! Da wieder, ganz deutlich: ein Fauchen und dann ein wildes, wütendes Knurren! Totenstille breitet sich plötzlich über alle Bänke und Sitzreihen aus.

Nun erlischt auch noch das Licht. Aus dem Vorhangspalt schiebt sich ein Männerkopf – freundlich lächelnd, mit blondem Haar, vom Rampenlicht hell beschienen. Er fragt liebenswürdig und gemütlich den Kapellmeister:

»Haben Sie nicht eben einen Leoparden gesehen? Uns ist einer davongelaufen; er muß doch hier vorbeigekommen sein!«

Zu gleicher Zeit faucht es irgendwo in der Nähe scharf und wild; ein paar Damen in der ersten Reihe schnellen steil in die Höhe, und ein dicker Herr faßt sich verstört an die Glatze.

»Ist er da?« fragt Robby. »Nein? Dann muß ich wohl die Wahrheit eingestehen!« sagt er in das Schweigen ringum. »Der Leopard bin nämlich ich selbst!«

In diesem Augenblick rauscht die bestickte japanische Seide zurück, und Robby Neuhaus steht vor dem beigefarbenen Samt des Zwischenvorhanges. Groß, schlank, blond und lächelnd steht er da – sehr elegant im Frack. Hier und da seufzt jemand erleichtert auf, mehrfach wird fröhlich gelacht; natürlich – nach der Panthernummer kommt doch Mister Ursinus, der Tierstimmen-Imitator! Und dann lacht der ganze Saal; jeder freut sich schadenfroh über die Angst, die der Nachbar gehabt hat.

Robby beginnt mit ein paar kurzen, einleitenden Worten sein Programm – und zwar sehr zahm. Ein kleiner Spitz bellt wütend einen stolz, aber gereizt antwortenden Neufundländer an; ein Pinscher heult gegen den Mond, schottische Terrier spielen. Der Hetzlaut der Bracken weht wie Glockengeläut über den Sturzacker, ein frecher Dackel kläfft. Man hört amüsiert zu. Aber schon als Robby dann ein nächtliches Katerduell aufsteigen läßt – mit dumpfem, langanhaltendem Gebrumm, mit giftigem Fauchen und erbittertem, rasendem, durchdringendem Kreischen – die sehnsüchtigen wilden Brunstschreie der Katze dazwischen, die sich nach dem Kater und seiner Leidenschaft sehnt und ihn schamlos ruft – schon da seufzen einige Frauen verstört, und Männeraugen leuchten auf; seriöse Herren beugen sich vor auf ihren Stühlen mit glitzernden Augen.

Robby läßt einen deutschen Bauernhof erstehen. Ziegen mekkern frech – eng gedrängt zieht eine Schafherde über den Weg – in allen Abstufungen steigt ihr melancholisches Geblök empor; Kühe muhen weich und verschlafen, Stiere röhren wie Hirsche in der Brunst – Hühner gackern, Hähne krähen – endlos geht das Geschnatter der Gänse; spielende, springende Fohlen wiehern auf der Weide – vom Rethdach klappert die Storchin – Schwalben blitzen mit dünnem, hellem Schrei durch den bunten Bauerngarten. Gewaltig steigt das Lachen auf, als Robby mit Grunzen und Quieken die Futterstunde im Schweinestall aufleben läßt.

Robby zieht mit seinen Hörern durch die deutsche Flur und den deutschen Wald.

Verzaubert schauen die Menschen im weiten Saal auf seine Lippen. »Das ist was!« sagt der Kaufherr zu seiner schönen Frau, so stolz, als hätte er eben Robby selbst entdeckt. »Dagegen könnt ihr einpacken mit Film und Radio und anderen Konserven – der Kerl da ist mir lieber als ein ganzes Gewandhaus-Orchester!«

Junge Füchse keckern in der Sonne vor ihrem Bau, und ein Eichhörnchen zetert auf sie herab. Schweine suhlen sich, Wildkatzen schreien durch die Winternacht, Rehe schrecken – groß und gewaltig rollt das Hirschbrüllen durch Deutschlands Wälder. Noch einmal schreien die Käuze – und dann singt süß und werbend, schmelzend zärtlich, sehnsüchtig vergehend die Nachtigall ihr Lied in die Vollmondnacht.

Robby macht eine kurze Pause und nimmt den begeisterten Applaus entgegen. Bisher stand er im vollen Licht; nun erlischt der Kranz der Rampe, und der Scheinwerfer dunkelt rot und bläulich wie eine fremde Abendröte.

»Sibirische Wölfe!« sagt Robby und wendet sich halb ab.

Die Frauen schrecken zusammen; dünn und schneidend, verloren und verdammt heult das ›U – o – uh!‹ durch den Saal. Nacht ist es über Tundra und schwarzen Urman. Der eisige Wind, der vom Baikal-See kommt – vom heiligen Meer – fegt über die endlose Taiga, biegt Fichten und Föhren wie Bogenhölzer, und saust durch die mondlose Nacht, klirrend in Kälte und Frost. Gier und Hunger der Wölfe erfüllen die Welt. Sie heulen, sie ordnen sich zur Jagd; sie jagen den gewaltigen Elch, sie hetzen das flüchtige Reh, bis seine Lungen bersten und es tot vor ihre Fänge fällt; sie schlingen das rauchende, warme, tropfende Fleisch. Luziferisch durchdröhnt der trunkene, aufrührerische Gesang ihrer Sättigung den Himmel und schwingt über dem endlosen ›Trakt‹, der alten Straße, auf der durch die Jahrzehnte die Verbannten kettenklirrend in das Herz Sibiriens zogen.

Afrikanische Nacht steigt sternenüberladen herauf; der volle Mond hängt über dem eisblau sprühenden Gipfel des Kilima-Njaro – eine glühend gelbe, gleißende Scheibe, die ein Gott verlor auf trunken träumender Wanderung durch das All.

Zebraherden ziehen durch die Nacht; schauerlich lacht eine Hyäne im nahen Rohr. Aus den Felsenschroffen kommt Löwengebrüll, näher und näher. Hufe donnern über die Steppe, die Stummelaffen zetern am Waldrand, und die Paviane stolpern kreischend aus der Pflanzung hinaus auf die rettenden Klippen, gierig und lüstern heult der Schakal. Die Löwen kommen durch die Silbernacht; sie haben geschlagen, sie kommen herab zum Wasserloch. Simba ist der Herr dieser Erde! Wie Orgeldröhnen steht sein Gesang in der Nacht und über der Welt.

Indien ersteht. Durch den wilden Wald des Terrai hetzt Rothunds hechelnde, geifernde Jagd, die Affen lärmen mit tausend Zungen. Panther balgen sich im Spiel um eine Beute, kämpfen im tödlichen Ernst um eine dunkelfleckige Geliebte, um ein silbernes Urwaldmädchen. Die Elefantenherde trollt durch den Dschungel;

ihre Trompetenstöße lassen die Erde erzittern. Schama, die Spottdrossel, sitzt am dunklen Waldteich, sieht mit blanken Knopfaugen auf die Wasserlilien hinab und verhöhnt in süßen Strophen alle Dinge dieser Welt. Die Glocke fernen Tigerraunzens wandert durch den Wald: ›A – o – uh, A – o, A – o – ong!‹ Ein Schakal winselt trunken im Fleischrauch der Beute, die Sheerbagh, der Herr, ihm hinterließ. Papageien lärmen, Waldhühner kakeln rings wie auf tausend Bauernhöfen; hundert Vögel zwitschern und kreischen und singen und lärmen und flöten und jubilieren und krächzen – und dann beherrscht der Gestreifte, der König der Dschungel, der Fürst der Wälder allein die Welt. Nah und näher kommt sein dunkles Raunzen. Der Tiger sieht den Menschen, den Feind; er duckt sich fauchend, und dann springt er an mit donnerndem Gebrüll. Ewige Feindschaft herrscht zwischen ihm und dem bleichen Fingertier, dem nackten Affen, der seine Kümmerlichkeit mit fremden Dingen deckt – dem bleichen Gespenst, das er mit all seiner Kraft, mit all seinem Mut nicht besiegen kann – das ihn mit Blitz und Donner verdirbt – das die Wildnis, das Reich der Tiere, vom Erdboden vertilgt ohne Gnade und ohne die leiseste Scham.

Robby verstummt und verneigt sich tief. Der Scheinwerfer leuchtet auf; die Menschen sehen, daß Robbys Gesicht schweißnaß ist und wie von einer übergroßen Anstrengung erschöpft. Aber jeden hat die Stimme der Kreatur erreicht; jedem ist sie bis in das Herz gedrungen, hat das Herz erschreckt bis zur Todesangst oder hat es mit süßer Gewalt zutiefst gerührt. Maßlos braust der Beifall auf zu dem abwesend lächelnden blonden Mann.

»Gewaltig! Großartig!« ruft der Kaufherr in seinem Sessel. »Wenn man bedenkt, was der Mann in seiner Kehle hat – und in seinem Kopf! Dabei ist ein Ton, ein Klang in seinen Tierstimmen – es ist, wie wenn man von irgend etwas gerufen wird, meine ich. Eigentlich hat man doch gar nichts von seinem Leben. Es gibt verdammt viele schöne Dinge in der Welt, von denen man so gut wie nichts weiß. Nach Afrika möchte ich mal!«

Seine schöne Frau will etwas erwidern – aber im gleichen Augenblick hebt Robby die Hand; das Publikum verstummt, der Scheinwerfer wird mild und matt. Robby bringt seine Zugabe.

Die Sonne versinkt blutig tropfend im Sunda-Meer. In seiner Baumkrone – im flüchtig gebauten Nest – sitzt Mias Chapan, der Orang-Utan – der Waldmensch aus Sumatras Bambusdschungeln.

Mangrovenwäldern und bergiger Wildnis. Rot und lang umzottelt die Haarmähne seine Gigantenschultern, blau glänzen die starken Backenwülste; der Kehlsack strafft sich. Still und traurig sieht der Orang der gestorbenen Sonne nach.

Dann steigt dunkel in ergreifender Klage sein Nachtgesang auf; namenlos traurig schwingen die drei Vokale, die drei Urlaute ›a – o – u‹ von seinen Lippen. Leise erst, behutsam, fast zärtlich – dann anschwellend wie in gewaltiger Anklage. Und es ist, wie wenn der Orang von seinem Baumast über die Welt blickt und hineinsieht in die Welt des weißen Mannes; es ist, wie wenn er der sterbenden Wildnis ihr Totenlied singt – der Wildnis und dem freien Tier: beide müssen sterben, weil der Mensch gesichert leben will.

Jäh schweigt Robby – und als der Scheinwerfer aufblendet, ist die Bühne leer. Fast eine halbe Minute schweigt das Publikum – erschüttert, aufgewühlt. Dann aber regen sich alle Hände ekstatisch wie nie zuvor, und sie ruhen nicht eher, als bis der Mann wieder vor den Vorhang getreten ist – bis er sich ein dutzendmal und mehr vor ihrem Beifall, ihrer Anerkennung, ihrer Begeisterung verbeugt hat.

*

Während der Beifall versickert, geht Robby schnellen Schrittes über die Bühne, auf der bereits das dreifache Reck der Kunstturner aufgebaut ist, die ihm folgen. Er trocknet sich mit dem Taschentuch die tropfende Stirn und biegt in die Kulisse ab. Dort steht Yutta; sie hat nur einen bunten Frottee-Mantel über ihr Kostüm gehängt. Sie hat seiner Arbeit zugehört, wie sie es gestern getan hat und vorgestern. Sie schaut ihn an mit glücklichen Augen.

Und über ihrer Schulter sieht man das derbe, rote Gesicht Ferdinands.

»Also nein!« sagt Ferdinand respektvoll, »das war wieder mal schön! Was Sie so für Töne herausbringen – also nein, Herr Neuhaus, das hätte ich Ihnen nie zugetraut! Und das Ende, wo Sie den großen wilden Affen nachmachen – also da könnte ich stundenlang zuhören. Aber nun muß ich machen, daß ich meine Kater zu Bett bringe!« Damit dreht er sich um und läuft davon.

Robby legt lachend seinen Arm um Yuttas schmale Schultern und zieht sie mit sich. Hinter ihnen tönt der Gong, der Vorhang gleitet auseinander, und Musik rauscht auf: die nächste Nummer beginnt.

Sie gehen langsam den Garderoben zu; Robby lacht noch immer.

»Ich sollte doch eigentlich dem Ferdinand mal den Kopf zurechtrücken. Wie ist denn das nun?«

Aber Yutta wehrt eifrig ab.

»Das ist nicht mehr nötig, Robby; Ferdinand ist ganz von selbst wieder zu sich gekommen. Ich habe ihm erzählt, daß du hier in Hamburg mit uns in einem Programm arbeiten würdest und daß wir unter Umständen längere Zeit zusammenbleiben. Da hat er mich noch mal verliebt angegrinst und hat die dunklen Worte gesprochen: ›Dann ist ja alles in Ordnung; dann hab ich das ja gar nicht nötig!‹ Und seit der Zeit habe ich seinen wundervollen Schlips nicht mehr zu sehen bekommen. Dagegen fängt er jetzt an zu knurren: die Arbeit wäre zuviel für einen Mann. Wenn das Engagement läuft, geht es ja, aber die Reisetage haben es ihm angetan. Dann ist es ja auch wirklich ein bißchen viel; aber ich helfe ihm doch, wo ich nur kann!«

»Und in Zukunft werde ich ihm helfen!« sagt Robby und drückt das schmale Mädchen zärtlich gegen seine Seite. »Wenn nämlich alles klappt, denke ich, daß wir lange Zeit zusammenbleiben können, Yutta!« Dann fährt er schnell und eifrig fort: »Du mußt mir einen Gefallen tun, Yutta. Ich habe eine Überraschung für dich. Weißt du, wer heute im Theater ist? Watson, mein Agent. Dem Namen nach kennst du ihn ja; der Mann hat großartige Verbindungen und liegt jetzt so ziemlich an der Spitze. Ich habe ihn scharf gemacht auf deine Nummer. Er hat dich auch schon mal arbeiten sehen – in Berlin – aber er hat keine Zeit gehabt, an dich heranzutreten. Wenn wir ihm freie Hand lassen, Yutta, bucht er uns laufend und immer im gleichen Programm. Er schließt nur mit guten Häusern ab, und mit den Prozenten ist er sehr anstädnig. Was ich aber sagen wollte: er will nach der Vorstellung mit uns sprechen und wartet auf uns im Café. Er hat nicht viel Zeit; er fliegt in der Nacht noch nach London zurück. Willst du dich möglichst rasch umziehen, Yutta? Ich hole dich dann aus deiner Garderobe ab!«

»Gewiß, gern!« sagt sie und macht sich langsam frei aus seinem Arm. »Zwnazig Minuten, ja?« Damit verschwindet sie schon hinter der weißlackierten Tür.

*

Der trockene Engländer macht nicht viel Worte.

»Robby hat sicher schon alles mit Ihnen besprochen. Miss. Wenn Sie mit mir allein arbeiten, buche ich Sie. Ich buche Sie laufend – und Bedingung dabei ist, daß Mister Neuhaus stets im gleichen Programm arbeitet. Dafür garantiere ich. Ihre Gage kenne ich; in zwei Jahren werden wir sie um die Hälfte hochgetrieben haben. Ich nehme sechs Prozent. Euch beiden mache ich einen besonderen Vorschlag. Wir rechnen eure Gagen zusammen, und von der Gesamtsumme bekomme ich fünf Prozent. Einverstanden? Gut, Miss, dann unterschreiben Sie mal hier! Was das ist? Das sind Verträge – für Paris, für Madrid, für Lissabon. Danach bringe ich euch für ein Jahr in die Staaten!«

»Wir wollen aber im nächsten Jahr wieder hier arbeiten!« sagt Robby.

»Das weiß ich! Das bringe ich alles mit der Direktion in Ordnung. In fünfzehn Monaten seid ihr wieder in Germany. Bei mir seid ihr aufgehoben wie Kinder bei ihrem Vater!« Er faltet langsam die Kontrakte zusammen. »Die europäischen Verträge schicke ich euch in den nächsten Wochen; der Amerikaner wird wohl vierzehn Tage länger dauern. In Ordnung geht alles, darauf könnt ihr euch verlassen. Der Einfachheit halber schicke ich beide Verträge in einem Umschlag an Mister Neuhaus. Ist es recht so?«

»Nehmen Sie mich denn nicht für voll, Mr. Watson?« sagt Yutta schmollend und nippt an ihrem Portweinglas.

»Sehr!« sagt der Brite. »Sie sind die glänzendste Dompteuse, die ich je gesehen habe. Bitte, das ist kein Kompliment – das ist die nackte Wahrheit. Wenn ich meine Verträge in der Tasche habe, sage ich grundsätzlich keine Schmeichelein mehr. Ich meine nur – es ist einfacher, nicht wahr? Mit euch steht's ja doch so, daß ihr über kurz oder lang heiratet!«

Yutta blickt erschrocken auf; Robbys gutes, ehrliches Gesicht sieht feuerrot aus. Sie fühlt, wie auch ihr das Blut zu Kopf steigt und in den Schläfen hämmert. Aber dann sagt sie:

»Ja, mir soll es recht sein!« Und nun wird Robbys Gesicht da drüben noch röter.

Der Agent bestellt zur Besiegelung des Vertragsabschlusses zwei Doppelkorn für die Herren und einen weißen Curaçao für Madame. Als die Gläser geleert sind, sieht er Yutta voll an. »Wissen Sie, daß Gordon tot ist?« fragt er unvermittelt.

Sie bewegt verneinend das blasse Gesicht.
»Ja!« beginnt er und dreht nachdenklich das Likörglas zwischen den langen, knochigen Fingern. »Ich hab's auch erst heute erfahren. Er war doch mit einem Mädel drüben in den Staaten, und die hat ihn sitzenlassen wegen irgendeines exotischen Mannes. Und der gute Gordon hat dem Paar aufgelauert; er hat das Hotelzimmer gestürmt, den Revolver herausgeholt und wüst in die Gegend geknallt. Das Mädel war gleich tot; den Mann hat er nicht getroffen, und den letzten Schuß hat er sich selbst durch den Kopf gejagt. Verrückte Sache! – Ja, ja, ich komme schon!« Er winkt nach der Drehtür, wo ein Chauffeur erscheint, der sich suchend umsieht. »Kinder, ihr müßt mich entschuldigen – mein Flugzeug! Ich habe morgen in London eine große Konferenz!« Er schüttelt ihnen noch einmal rasch die Hände und stürmt hinaus.

Yutta sieht stumm vor sich hin. Soll sie trauern und weinen um James Gordon? Ihr Herz hat nichts von ihm gewußt; sie kann sich jetzt nicht dagegen wehren, daß ein Gefühl wie stille Freude sie langsam erfüllt: Gordon ist tot – die Vergangenheit ist tot.

Robby läßt sich die Flasche Whisky bringen. Dann trinkt er stumm und mit abwesendem Gesicht zum Entsetzen Yuttas ein großes Glas unverdünnt – so wie man den Whisky in fröhlichen Stunden auf der Veranda des alten Ridgeway getrunken hat. Das ist seine Totenfeier für May Ridgeway. Sie war schön, sie war süß – aber sie war treulos, und sie war egoistisch. Sein Herz hat nicht geblutet, als sie ihn verließ und böse verriet; soll er heute um sie trauern? May Ridgeway ist ein ganz fremder Mensch! Leb wohl, May!

Aber so ein Whisky schmeckt eigentlich verdammt gut! Er greift von neuem nach der Flasche, um sich ein frisches Glas einzuschenken – doch da liegt eine schmale, bräunliche Hand auf seinem Arm und hält ihn fest. Yutta sagt:

»Robby, es ist genug. Du bist hier nicht in Indien. Und wenn ich an deinem Tisch sitze, mußt du deine Gelüste ein bißchen zähmen, nicht wahr? Ich schätze einen Säufer gar nicht!«

»Aber ich wollte ja gar nicht mehr –«
Sie lacht ihn aus. Dann fragt er drängend:
»Wollen wir nicht noch ein bißchen durch die Straßen laufen, Yutta? Ich möchte so gern! Wir sind hier in Hamburg – ich bin doch hier zu Haus!«

»Gern!« sagt sie und steht auf. Er zahlt und zieht den Mantel an. Auf der Straße nimmt Yutta seinen Arm, und ihr Schritt gleicht sich seinem Rhythmus an.

Zwei, drei stille, abgelegene Straßen – dann überqueren sie einen breiten Asphalt; ein schmaler Parkweg nimmt sie auf, führt sie hinter blattloses Gestrüpp und an das Ufer der Außenalster.

Der Himmel hängt tief und grau; vereinzelte Schneeflocken, kaum wahrnehmbar, schweben herab. Das Wasser ist schwarz und bewegt; heftig klatschen die kurzen, harten Wellen gegen den Strand. Unter dem Bogen der Lombardbrücke verschwindet gerade der letzte Fährdampfer mit seinen bunten Lichtern. Weit dehnt sich das Wasser, fern funkeln die Lichter von Harvestehude.

»Hier ist es schön!« sagt Yutta; sie schmiegt sich fester in Robbys Arm und stülpt mit der freien Hand den Kragen ihres Pelzmantels auf.

»Weißt du, Yutta«, sagt Robby, »wenn wir im nächsten Jahr wieder nach Hamburg kommen, kaufen wir uns ein Haus. Ein Haus hinter Blankenese, weißt du: vorn die Elbe und hinten Kiefernwald und Heide. Und ordentlich Land muß ringsum sein, daß man auch mal husten kann, ohne die Hand vor den Mund halten zu müssen!«

»Was willst du denn mit einem Haus?« fragt sie mit naivem Blick.

»Wohnen will ich drin!« brummt er. »Und überhaupt muß man wissen, wo man hingehört, nicht wahr? In den Sommermonaten – oder wenn wir alt sind – oder wenn wir – toi, toi, toi – mal genug haben. Ein Haus ist wichtig; ein Haus gehört dazu!«

Sie antwortet nicht und sieht still über die seltsam bewegte Wasserfläche. Er seufzt. Sie stellt sich dumm; sie könnte doch wenigstens mal fragen: Wir? Das ist doch nur Niedertracht von ihr.

»Hast du gehört, was Watson gesagt hat?« beginnt er von neuem.

»Mit den fünf Prozent, die wir ihm zusammen zahlen?« sagt sie eifrig. »Das finde ich aber sehr nobel von ihm!«

»Ich auch – aber das meine ich nicht. Er sagte –«

»Daß er meine Gage noch höher treibt! Ich bin gespannt, ob ihm das glücken wird.«

Jetzt lacht Robby laut heraus. Er wendet sich ihr ganz zu und ergreift ihre Schultern mit beiden Händen.

»Nun laß mal den Unsinn!« sagt er. »Daß wir zwei bald heiraten, hat er gesagt! Yutta – du hast doch deine Papiere bei der Hand; wenn ich morgen das Aufgebot bestelle, können wir noch vor Ablauf des Engagements hier Mann und Frau sein!«

Dann schweigt er verdutzt, denn er fühlt, wie Yutta heftig erzittert. Erschrocken sieht er in ihre großen Augen, die ihn flehend anschauen. Das sieht ja aus, als wenn sie Angst hätte vor ihm! Aber Yutta und Angst haben – beinahe lacht er wieder laut heraus.

»Robby!« sagt Yutta mit merkwürdig kleiner, geborstener Stimme. »Robby, das ist doch nicht dein Ernst –«

»Ich wüßte wirklich nicht, warum ich Witze machen sollte«, sagt er unmutig. Wenn er das zweite Glas noch hätte trinken dürfen, ginge die Geschichte hier viel glatter! »Ich habe mich so auf unser Zusammentreffen gefreut, Yutta. Ich dachte, es ist doch alles klar zwischen uns. Aber wenn du mich nicht magst –«

»Ich habe dich schrecklich gern, Robby!« sagt die wehe Stimme. »Aber es kann doch nicht sein! Ich war so dumm, Robby, so furchtbar dumm – und du bist so gut – und du verdienst eine ganz andere Frau als mich dummes, unnützes Ding, das nicht mal auf dich hat warten können!«

»Nun hör mal – ich hab dich doch eben ganz deutlich gefragt! Willst du mich nun heiraten – oder nicht?«

Nahe vor seinem Gesicht sind Yuttas Augen; sie leuchten dunkel.

»Willst du mich wirklich noch, Robby – wirklich noch zur Frau? Ich war so dumm. Nach alledem –«

»Ich will!« sagt er und zieht sie fest an sich heran. »Ich will dich – ich habe immer nur dich gewollt!«

Ihr Kopf sinkt nach hinten, und ihre Augen schließen sich. »Dann küß mich, Robby – küß mich. Ich habe mich mein Leben lang nach dir gesehnt!«

Nach einer Weile löst sich Yutta atemlos von Robby. Sie lächelt. Dunkel und sehnsüchtig schimmern ihre Augen unter dem schwarzverhangenen Himmel. Robby sieht Yuttas roten Mund, der ihm zärtlich entgegenblüht.

»A – o – ong!« singt er tief und dunkel – und dann küßt er sie wieder, bis ihnen beiden der Atem vergeht.

Yutta lächelt glücklich – mit rotem, brennendem Mund.

– E N D E –